踯躅集

散文集

李成 著

云南美术出版社

图书在版编目（CIP）数据

踯躅集 / 李成著. -- 昆明：云南美术出版社，2025.5. -- ISBN 978-7-5489-6044-7

Ⅰ. I267

中国国家版本馆CIP数据核字第20256FR931号

责任编辑：方　帆
责任校对：金　伟　赵异宝
封面设计：珍　珍

踯躅集
李成 著

出版发行：云南美术出版社（昆明市环城西路609号）
印　　刷：武汉市籍缘印刷厂
开　　本：787mm×1092mm　　1/32
印　　张：10.75
字　　数：189千
版　　次：2025年5月第1版
印　　次：2025年5月第1次印刷
书　　号：ISBN 978-7-5489-6044-7
定　　价：68.00元

小 引

人生一过四十，步履似乎就变得十分迅疾，走着走着，仿佛都能听见两耳边呼呼的风声。

但这常常只是事情的一个方面，另一方面，虽然日居月诸，行迹匆匆，其实从业绩或者说收益方面看，并无多大进步；许多时候，不过是原地打转，甚至没有退步还算侥幸。

我就常常有这样的感觉。最初总有许多美好的设想或规划，但始终都停留在设想和规划当中；即便有一丁点接近，也不过似是而非。回顾来程，仍然不过是兜圈子而已。

我知道有一种叫作"鬼打墙"的说法，就是在夜晚或视线不佳的郊外会迷失方向，便在原地绕来绕去，一夜方休；我小时候听说后，总在想，我如果遇到这种情况一定有克服的办法，首先是冷静下来，然后仔细观察，寻找标志物。然而待到成年，进入社会后，才知并不这么简单，许多人生的困境仿佛宿命般纠缠，还真是难以突围。于是便常常有骑一匹劣马或策一头蹇驴，在崎岖山道上踯躅而行的感觉，而把回忆自己人生经历的文字结集，要取书名，首先想到的便是"踯躅集"。

应该说，"踯躅"虽然大多意为兜圈、原地踏步，但也有些前进之意，只是很慢而已，但愿这不是自我安慰，不然，我大约连这点文字也写不出。

这些文字所写都跟自己的生活经历有关。自然是没有什么惊心动魄的大事，如果有，大约也就不至于这样兜兜转转、原地踏步了。有的只是身经目睹的琐事和普通的感情，或略有感悟，不忍舍弃。原本已有几本集子问世，尤其是近似全面地记叙了我在乡村的经历，完全可以不必再有这个集子，但还想相对完整地绘出自己生活的面相，留给自己作为纪念，所以不揣浅陋，把这些文字收集在一起，并分为四辑，大约不出所经之事、所到之地、所见之人与所读之书，当然都只是其中的一部分，挂一漏万，不过聊以呈现一鳞半爪或者吉光片羽而已。

我有时不自觉地有"洞中方一日，世上已千年"之叹，这不是说自己所居之地有多么高尚，而是说自己的一贯封闭（过多地待在书本里，当然这也是职业所限），而人世间火热的生活大剧天天都在上演。我真想自己也能摇身一变，走进生活的热闹场，与所爱的人一起去创造这崭新的时代，那么或许我会在文字上有无限精彩的收获。

　　当然，这还只是一种期许，我目下所有的仍只是踯躅。

李　成
2024 年 8 月 11 日于北京

目 录 | CONTENTS

第一辑

同一条河 / 3

渠水悠悠 / 11

到父亲的学校去 / 18

童年的疾患 / 24

我家的小院 / 29

衣服记 / 35

校园琐忆 / 41

高考记 / 47

校园的围墙 / 52

母校的图书馆 / 58

校园浪客 / 67

回望这片处女地 / 74

我想写的小说 / 83

报刊梦 / 90

第二辑

老县城 / 97

东门街上 / 103

大官塘 / 109

马鞍山散记 / 116

芜湖在记忆中 / 121

曾到绩溪 / 127

池州一往 / 133

安庆印象 / 138

三十岁的海 / 146

大灰厂 / 155

南宫夜市 / 162

文化站 / 168

第三辑

暑假的一天 / 177

一片过早凋零的叶子 / 184

物伤其类 / 191

我也曾赴"罗丹之约" / 198

天下真小 / 204

林光先生二三事 / 209

同名者 / 215

遇见名人 / 221

对一位写诗朋友的歉意 / 228

一首诗的本事 / 235

怀凤鸣 / 243

江边的一次访问 / 249

第四辑

读唐诗记 / 259

手抄本、稿本与剪报 / 267

抄 书 / 275

书 癖 / 281

一见难忘 / 286

"浅游"琉璃厂 / 292

北京的书摊 / 299

一个平凡人的书生活 / 305

读书三态 / 310

杜老送我的书 / 318

乡间的书友 / 324

小城书店 / 329

第一辑

同一条河

在生命的初年，在一个人的出生地，与一条河相遇是重要的，也是幸福的，因为河流会把我们的视线和心带向远方。

我觉得我的生命里还是有这么一条河的，虽然它不是一条大河，不是多么宽阔，但它似乎是我生命的源头，因为它跟我们李氏家族的历史紧密交织在一起。这条河的名字叫龙河，我们这个家族素来就被人称作"龙河李"。

李氏先祖远在陇西，与后来的居住地桐城的距离怎么也有数千公里。那是哪一代开始卜居龙河的，中间有过多少曲折的经历以至磨难，这都不得而知。龙河不是一条有名的河，县级以上的区域图，估计就不会有它的影子；但它已经养育我们数百年，帮助我们李氏开枝散叶，代代繁衍，甚至像种子一样撒向大江南北。可如今我却看到它常常处于干涸的状态，乃至河心也长满了荒草，就像一位母亲，把儿女奶大后便被抛弃，我心里也像被堵了一样，说不出的郁闷。

我过去从没见它露过底，它整日滔滔不绝地流淌，灌溉着这里成千上万亩良田，多少村庄沿河散布，多少丘岗绿树成荫。我们的一辈辈先祖生息在这条河流冲积的土地上，挥汗如雨、张袂成云，栉风沐雨，顽强地辛劳地耕作，向这片土地求得生存，子子孙孙，瓜瓞绵绵。

这条河的源头应该在龙眠山中，据说那里有一条龙始终处于睡眠状态，好像至今还未苏醒，给人带来无尽悬念与遐想；它的终点则在长江，我曾向那里翘首眺望，却只见白云暧叇。大约它先是汇入下游的一个湖泊——当年湖上也是千帆竞发，渔歌唱晚，然后流入大江。中间一段流经我们那里，只是一条再普通不过的河流，大约连一叶船帆也未在它上面行驶过。我从未沿波讨源，或许知道它最后的归宿是大海就足够了。

我从来自认是这条河的子孙。千年万年，它始终在家乡的土地上蜿蜒流淌，流出了多少先辈，终于有一天也流出了我。可惜我的家并不在河边，我并不是一生下来就见到它。它应该是绕着我们前面的一个村庄拐了一个大弯，由北向南改向东而去。这一段两岸人烟最为稠密，生息的多是普通的百姓，从事的几乎都是农耕。一个个本本分分的农民，守着脚下的一点田亩，土里刨食，艰辛度日，也没有出过什么了不起的人物，连大一点的财主、富翁也很少见；只是在数十年前，靠近这条河的上游出过一名中将，在抗日战争中做出过一番功绩，尤其是在三次长沙会战中有出色的表现，也可谓为民族和国家出过力，因此乡人为他骄傲了多少年，后来却又因为他是国民党军官而少被提起，近年其自传《抗日参战纪实》出版，龙河李氏倍感荣光。

这位李将军的故里我是到过的，它在我家西边五六里处的山地，地名叫作"拍茅屋"或者"船形堂"。而船形堂的名号来自河边一座突出的崖岸，仿佛一条航船即将驶进河流，扬帆而去。我们家族的祠堂正建于此山麓。到我出生的时候，却已废弃而改为一所小学堂。我从小就听父老称它"李个祠堂"，但直到十多岁才因为去山里亲戚家，经过门口而向里窥探了一下，看上去颇为气派，仅此而已。

想起来，我真正第一次看见这条河就在离此不远处。那年我大约六七岁，冬日的某一天，河那边的山村忽然出了一件蹊跷事，一个生产队的队长竟然自缢于树林里，引起了很大的轰动。那时的人都穷极无聊，精神生活更是荒芜，所以十里八村的人，都被这件稀奇事吸引，要赶去一探究竟。我们村庄的人也喧闹起来，纷纷踏上了向西去的山道。我也很好奇，正好我对门的二姑也想去，我遂跟着她跑上曲折的小路。此时日已西斜，去还是不去，心中总是踌躇不定。走出村庄就是陌生的世界，我跟着二姑也不知走了多久，忽然一条河出现在我眼前。它已露出很大一片河床，只在中间流淌着一泓清溪，上面有散布的跳石，供人跨越。这条河就像一只旁逸斜出的胳膊，不仅拦住了我的去路，也拦住了我对远方事件的兴趣。我停在那条激流边，远远地跟二姑打声招呼，目送早已过河的她远去，而自己弯下身来，掬了一捧清水洗了洗面，便折返回家。

但大约一两年后，我再次来到这个渡口。我的母亲带我到山边的一户人家去问诊，我们沿着河流走了好长一段路。而正值春末，一河清水浩浩荡荡，两岸麦苗青青，让我领略到一片河湾风景。回来的时候，我们看到河边田地里生长有花生，母亲说只有河边的沙土地才最适合花生生长。她架不住我的一再央求，偷偷地跑到地里拔了几棵花生，这是我第一次见到长在地里的落花生，也是至今唯一的一次。待再走这段路时，我已经是一名中学生了。曾经跟随伙伴们在黄昏沿着河边这条路去邻乡的一个山村看露天电影，回来时成群结队在山野乱闯，也并不觉得害怕，反正知道沿着河就可以回到家。而后，父母准备翻盖旧居，需要一些石头筑基，决定到这个地方来捡石头。一连捡了好几天，偶尔在嫁到这里的方家大姐那里歇息打尖。我去给他们送饭，也帮忙挑过石头。从河里捡来，挑上河岸，得穿过一片茂密的竹林，正值盛夏，竹林里一片清凉，那么粗壮的青竹，看了就让人欢喜，枝叶苍翠，映到身上都是绿的,让人神清气爽,我好羡慕河边的人家。

其实,我家离河的直线距离也就两三里——穿过邻村走两条田塍就到;但我却也是长大了才走到这一带的河畔。我们村坐落在丘岗上,不怕涝,只怕旱,而缓解旱情的最后一个手段就是"淘河渗",也就是在河床上挖井,然后用水车把水车上来。我同村里的小伙伴在某个旱天一起跑到河边窥探过一次,河岸边的绿树浓荫下,架起了一架架大水车,而河床上掘出了几条深坑,翻出了河泥。那一刻,龙河给我的感觉真像遍体鳞伤的一条龙,它为我们抗灾而死去了。但它终于没有死,几场雨后,它复活过来,又浩浩荡荡向东流去。

在这一节河段的对岸,也有我们本家族的姑娘嫁到这里。婆家儿多,那些年里,可没有少过紧紧巴巴的日子,我的堂姊没少流泪。一开始家里只有一间房,但夫妻俩非常要强,硬是在几年里,夜以继日地埋头苦干,建起了几间大瓦房,当然也是赶上后来的改革开放。仓廪实了,他们对人更注重礼节,常与亲戚尤其是娘家来往。还在怀第一个孩子时,他们就把我们接去吃饭,甚至连我这个在初中读书的小舅子也邀请到了。放学后,我跟随这个村庄的同学前往,在傍晚过了河,晚霞映得河水一片红艳艳;吃过晚饭,同父亲和众人又在黑漆漆的夜幕下渡河回家。三五个人黑灯瞎火地在同一条河上渡过来渡过去,在一片低洼地穿行，把我绕得都有些恍惚，幸好身边有河水哗哗，而且看到向远方延展的一片白光，感觉新奇。以后再去，似乎每一次渡过的地方地形和景色都不一样。但只要走出邻村，我的脚下泥土就变成沙壤，湿润而柔软。

　　从我们那里再往东去，就是这条河的下游了。其中一段原本陌生，忽然秋末的一天，村里的几个大孩子带我们在田野里玩得高兴，却有人提议去附近的村子河边捉鱼。我们就一路狂奔而去。到了那个村子，河边却是一片荒野，四下里寂静无人，只有河岸和岸边成排的高树在深秋的风里潇潇摇动着未凋的叶。我们在河堤上跳跃、行走，看见了河里的游鱼，便脱了鞋袜，下水徒手去捕捉。伙伴们不愧是捕鱼的高手，一会儿就把十几尾一拃长的鱼儿扔到岸上。我也下到水里，但我笨手笨脚，却忽然发现有两条泥鳅往一块大石头底下钻。我搬开大石块，嗬，竟有一大窝泥鳅攒集在那里。我赶忙用手去捧，竟也捧得几条。看着河堤下蹦跳的鱼儿，我们一个个喜气洋洋，都忘记了大半截裤管已经浸湿，回家有可能挨骂。看着高天上奔驰的云团，看着一只只拍翅高飞的归鸟，我们扬起手臂唱起了歌儿。多年后，我读到一篇叫《白色鸟》的小说，其中写到乡村少年在河湾里看见飞翔的白鸟不禁拍手欢呼，我总觉得那写的就是我们。

　　靠近河的下游，河道变得宽阔，便有一座水泥大桥飞架其上。当年在我的眼里，这座桥是很高大很长的，偶尔还听说桥上、桥下发生一些故事，比如桥上容易出车祸，有人跳桥自杀等等，似乎多带有神秘的色彩。而在桥下，灌木葱茏，杨柳依依，自然会有附近村里男女来此相会。距离这桥并不多远，有一座山岗突起，我就读的小学就建在岗头，所以我小时候也没少到这河里担水挑河沙，老师还带我们来此拉练学军。我们偷偷地带来磁铁，在沙堆里吸铁砂。住在这河边的同学告诉我，夏天他们常常站在桥上，一个箭步，扑通一声跳进桥下滚滚流淌的波涛，我也想来这么一次，却始终没有做到……

我童年和少年时代，记不清多少次跨越这条河流，有时我甚至有一种错觉，那是不同的河，仔细一想，才明白过来：我是在同一条河上绕来绕去，只是从不同地段跨越而已。正因为是同一条河，我感觉这条河与我们的生命纠缠得更深；而长大以后我才想到，这其实也是一条时光之河，随着它的不断流淌、绵延，我就不断长大。只是没想到长大后的我，却要背离这条河流，越走越远。于是梦里常常有这条河潜入，像一条龙，追随我而来；醒来，我的眼角总有些润湿，久久拂不去它那夭矫的身姿。一想起这条河我就觉触到了我的根、我们家族的根。我们龙河李氏多少代人都生于斯，长于斯，游于斯，钓于斯，歌于斯，哭于斯，最后也死于斯啊，当然也有许多游子从这条河出发，朝着理想的世界奔去。虽然远离了它，但我仍然时时觉得它还在我的身边、我的血管里哗哗流淌。只希望它与天下所有的河流一样，永不干涸、永远奔腾，让那在两岸上演了几千年的一幕幕活剧，包括生生死死，悲欢离合，继续上演下去,人与河流就像来时那般紧密地交织在一起,生生不息，绵绵不断……

渠水悠悠

它还在流淌吗，它还在流淌吗？这会儿，我多希望自己手中的笔是一把铁锹、一把镢头，可以把这一渠清水掘引到我书写的纸上。

从我童年起，不，不知从什么年代起，它就一直这么潺潺地，轻轻而又清清地流淌着。它绕着村庄，像摒弃在外的村庄的游子，欲进入村庄而不得，只能操起一把琵琶或胡琴，弹拨一首凄凄而平缓的歌，绕村而过……

我从童年就认识它，就认识它的容颜。我和村里的小伙伴从东山坡下来，到它的身畔来拔野草，采野花，摘野果，甚至在水浅的时候，赤脚踩着小小的圆圆的卵石，踩出一串串浪花；更不用说在夏夜，我们跑过去捕捉流萤；那水草丰茂处，流萤也异常繁盛，如同从一只布囊中刚被放出来，如烟似雾，上下飘荡，飞到了渠那边的水塘里，飞到了田塍上，映得渠里的流水也一闪一亮。

它只是一条沟渠。我在家乡生活了那么多年，一直都想去它的发源地牯牛背水库看看，竟始终未得机缘。我只看到它从远处的大山边流出，绕过无数村落。在干旱之年，沿途的每个村子都等着它送去救命的活水。但它却是那么细小，宽不过两米，深也不过两米。它的水是清澈的，只有在春天的时候，才会漫溢出来；即使不漫溢，它平齐了两岸，从两岸的草叶与野花间融融泄泄地流淌，那就连一个身手好的青壮年也飞跃不过去了，只能走跨建在渠上的小石桥。

我几乎每天都会来渠边。我上学途中有很长一段路可以走在渠上，一路与渠水同行。但有一年春天，连下几天暴雨之后，那渠水走着走着，就消失在汪洋一片的大水塘里。村里的小伙伴不愿意绕道而行，都想泅渡过去。水性好的都纷纷下水了，只有我在岸上逡巡。这时有个大一点的伙伴从水里站起来，说可以把我扛过去，并一把抱起我，把我横在水面上。我吓得要命，但又不敢动，只是睁开眼，看到好大一片水，泛着浑浊的波涛，更是胆战心惊，但渡过后，心里也生出一种豪情与喜悦。

每隔几年渠道还得疏浚。它的下游一截堤坝总很脆弱，时不时就溃堤决口，为了解决这个问题，沿途几个村庄的村民被动员起来一同改造和扩建这条水渠。在这里我第一次看见"打夯"的方式，不过我们那里是叫"打硪"。几位乡亲，一人拽一根长绳，把一只圆圆的石磙高高地抬起，再重重地落下。整修好了的水渠第一次通水，堤上那一张张劳瘁的脸浮现笑容，我们小孩子干脆欢快地跳到渠里，与刚下来的渠水赛跑，终于被渠水撵上。有一次在水中，我忽然感到有什么在触碰我的光腿，可是我回头看，却什么也没有。我疑心那是条蛇，便慌慌张张地爬上了岸，显出了一副狼狈相。

那时候，没有什么学习负担，我们正好有许多时光耽搁在上学、放学的路上。水渠，尤其是在因拐弯或分岔而建有闸门的地方，更是我们尽情逗留之处。渠水漫溢的夏天，我们坐在岸边，把脚放入水中拍打，水浅了就从闸口顺着水流往下滑，冲浪一般冲入坡下的小潭，同时又逆流而上，比赛谁能不被青苔滑倒，而顺利地通过闸门；渠道要从地下穿越公路必须安设水泥涵洞，我们也喜欢钻进去，听着卡车一辆辆从头顶隆隆地驶过，感到恐慌又快活；雨天里我们还能捕捉到一条条逆水而上的鲫鱼，那鱼儿甚至跑到公路上拍打；冬天渠水干涸，我们则跑来渠里烤火……那时，我们不知道这个世界上还有游乐场，只觉得天赐予我们的这片田野这条水渠就是我们的乐园，无往不可以畅快地"游乐"。

但是随着年龄的增长，我也多少见识到生活的一些"底色"：缺吃少穿，处处捉襟见肘，一切都那么不易。有时想如果没有这条水渠，可能会更加艰难——我们几乎每年收获的粮棉都有赖于这条水渠,都是从旱魃的嘴里夺来,可见这小小水渠沾溉于人类之多。毫无疑问,每逢旱年,周边村子里的人们都得靠这渠里的水以滋润,于是都行动起来,跟上游大山里的水库管理方交涉,恳请他们放水,至于放多少、要交多少钱,自有人专门谈妥。然后,沿途都派人值守,由此几十个日日夜夜,沿途都有荷锄赤足的人上下奔走。为了一点水,看水的要跑到外乡,与当地人发生摩擦与冲突自是不可避免,有时双方甚至会大打出手。那一刻,田野间人群聚集,气势汹汹,就像要发生一场械斗,但最终还是各自按下了火气,息事宁人。参与过冲突的人中,不乏后来考上大学、走上领导岗位的青年学子。

那一年,我的小学语文老师就来到我们村来看水,他带着一张睡榻,坐在村头渠边人家的树阴下,摇着一把蒲扇;我闻讯跑去看他,他自然高兴,他告诉我,下学年还将教我语文,送我们毕业。他整整教了我四年半语文,师生的情谊自是不同一般。一连几天,我给他送去开水,并拿来一叠旧杂志,我们共同守着不远处的汤汤流水,听着溅溅水声,谈论喜欢的作家作品,每每回想起来也觉是一段快乐的时光。

很快我就上了初中,又上了高中。待到高中快毕业时,我也是个小大人了,村里再派人出去看水,我便自告奋勇地报名参加。我跟村里乡亲溯流而上,绕过好多丘岗、山岭,进到山里;在一座山岗下的村落歇足,并找了一户离渠最近的人家安营扎寨。我和一个老伯在这人家门前的打谷场上支起了大蚊帐,里面摆放睡凳和洗漱用具。白天,荷锄巡水,走到中途找一块树阴歇息,清风徐来,获一阵清凉;夜里,在打谷场上纳凉,与附近人家主人闲话。在蚊帐里,看着暗蓝的夜空和那么密集的灿烂的星星,心府也一片清澈;我甚至没有考虑来年的高考会怎样,一渠清水悠悠而去,流往下游的家乡,最终会渗进千万亩良田,一片稻花的清香便从那沾着星光露气的泉水上泛滥开来,弥散于阡陌、村舍、池堰,甚至道路、桥梁……

常在渠边行,幼小的我也曾两次失足落入渠里,好在水都不深,没有危险,倒是与水渠的亲近,让我记忆尤深。尤其是后一次,简直是有点荒唐,我去池塘找正在洗衣的母亲,母亲正忙着,不怎么回应我的呼唤。我竟要挟起母亲,说她如果再不答应,我就从水渠上扑下去;母亲自然不理会,而我真的不自觉地倾侧下去,结果可想而知,"砰"的一声,砸到了渠里,砸得水花四溅。是不是我原以为水渠会袒护我,不让我摔下去呢?可见当年是多么的顽劣、幼稚。

但是,水脚不断,渠水一年年在流淌,我也一直在成长,摆脱了稚气,有了自己的梦想,那就是追求远方的世界。为此，我不再贪玩，转而认真地识字、读书，甚至画画，写毛笔字，每天都兴致勃勃。十一二岁就偷偷地学起了写诗。当那稚嫩的诗行第一次出现在白纸上时，我惊呆了，我想起我的村庄，我的田野、丘岗、河流、丛树与一渠清流，似乎有了隐隐约约的愿望，把我看到的世界都写入我的诗行。我忙不迭地拿着诗稿来到水渠边，恨不得借这一渠流水，把心思捎向远方广阔的原野。我把每一句诗都读出来，读给青草、灌木、野花听，读给游动的小鱼儿听，读给飞过水面的小鸟和蝴蝶听，也读给夜晚的萤火听……当夏日暴风雨来临，我甚至学起了行吟泽畔的屈原，彷徨又彷徨，看着天上乌云翻滚、脚边怒涛拍岸，竟然有了一种遗世而独立的意味，一切都那么神超心越……到了高考前夕，为了顺利地通过高考，每当从学校回家，我都要在渠堤上一边走动，一边不停朗诵我的那些课本。而效果也出乎预料，我顺利考上了大学。

哦，这条清浅的水渠边留下了我的多少脚印，渠水印下我多少身影与声音！然而我觉得还不够，我还要在这条水渠里放入内心的一些东西，这样我们的生命才真正融合在一起。从小母亲就跟我说过，她娘家那个村子在"文革"前就出过好几个大学生，在那一带都极为罕见；他们不仅读书认真，而且个个都惜字爱纸，写有字的纸从不乱丢，甚至不当作垃圾处理，而是把它焚化，然后将灰烬撒到村外的大河里，以表达对文字和学问的尊敬崇拜。她认为我也当如此。于是我怀着一份对前人的敬意，把我写过诗、练过毛笔字的废纸都集中起来，将它们点燃，最后把灰烬送到了渠边，轻轻扬扬地撒进渠水里，让那一渠悠悠的清流把它带到遥远的天际！

到父亲的学校去

我有很久没有梦见父亲了,不像他刚去世那几年,时不时就来到我的梦中。我也没有梦见到他的学校去。那所他待的年头最长而我也去得最多的小学差不多已消失了。有一年春节回乡,我特意让人开车到这所小学看了看,它已被废弃,成了所在村庄堆放杂物的公屋,只是提起当年的李校长,村邻都还记得。

他调到这所小学的第一天,我就跟他来过。那是"文革"末期,他跟他的老搭档余校长一起调来。暑假即将结束,各位老师提前聚集到学校,新调来的更要抓紧熟悉环境。一起聚餐后,一行人骑车经过本乡另一所小学,再回到父亲和余校长原来的小学(也是我正就读的学校)。一日之内,连走三所学校,在我是从未有过的,故颇感新鲜。

父亲的新学校从建筑来看是本乡最好的一所。它是由祠堂改建的,房舍围成一个小小的"四合院",内侧还有檐柱走廊,而且每间教室、宿舍都是青砖到顶,连北边短短的一段墙垣也是砖砌的。院内栽植着梧桐，夏天不仅垂下一地绿荫，而且因有阔叶的掩映，连空中的阳光也是碧绿的；何况东端靠近厨房的地方簇拥着几十竿翠篁，风来姗姗响动，反衬出一片幽静。整体来说，这所小学给人的感觉就是安静，教师和学生也就能潜心教与学，成绩自是不俗。我从心里喜欢这所学校，何况它的前面除了一片宽阔的操场，还有一个清波粼粼的大水塘，再往前还有漠漠的绿色田野，视野开阔，风景怡人。

我常常去这所小学找我的父亲。从我就读的小学到那里，大约有四五里路；一开始，路不太熟，要穿过好几个村庄，只得在田野里乱闯，走过许多弯路，几经打问，才会到达（后来在我的梦境里，这条路更迢遥得像是没有尽头）。有时到那里已是上灯时分，校园里虽然只有几盏灯火，但我觉得好明亮。灯光里几位青年教师的脸庞很俊朗，也很亲切，让我的心一下子感到温暖乃至兴奋。我在走廊里转了一圈，看到每间教室窗户都安着完整的玻璃——而我读书的小学恐怕连一扇完整的玻璃窗也没有；内侧墙壁上贴着那么一大片壁报，"报头"画得很好看，我猜是出自父亲的手笔；而学生用毛笔抄写的文章，也字体端正，匀称大方；除此之外，进校门的过道两侧墙上也刷成黑板，一侧用彩色粉笔写着大字标语，而另一侧是简单的"黑板报"……这么正规、雅洁的校园是我没有见过的，只感觉身心愉悦。我知道,这里面渗透着作为教导主任的父亲的很多心血。

这所小学的教师有严格的作息制度,几乎每个教师晚上都会集体办公。这更方便我接近那几个看上去很和善的青年教师,主要是问他们要图书。他们很热情,拿来了一大沓连环画,说是学校图书室里的。这里还有图书室?我大为惊奇;但他们的目光似乎告诉我,这有什么稀奇,其中一个谦虚地说:也就是几本连环画。可以想见,那个夜晚我过得多么愉快。

再来父亲学校,我更不拘束了,甚至还尝试着融入其中。有时父亲留学生抄写壁报,也让我参与。有一次,他当着大家的面夸奖一位女生的字写得好,我虽然不服气,但我无论怎么用心,还真的没有人家写得清秀,我只能在心里佩服这位不知名的比我高一两个年级的女生(我忘记是否见过面)。老师们打篮球,我当啦啦队;最快乐的当然是和父亲及其同事一起去县城看电影。当我被叫来,我还懵懵懂懂的,来了以后,父亲就让我先在他的房间里睡觉。他给我盖好被子,拉上窗帘,然后离开,屋子里顿时一片黑暗,也特别幽静,而窗外的声音显得远了,也不真实。可是我哪里能够睡得着呢?只得闭着眼装睡。一两个小时后,父亲来问我睡好了吗,我只得回答说睡好了。这时他才说,睡好了,我们晚上去看电影。"去哪里看?"

他告诉我是街上（县城），我的心里好一阵激动。除此之外，让我兴奋的是从老师们那里寻觅图书，虽每每失望，但还是借到了《水浒传》和一两本当代小说，其中有一本的作者名字我记住了，叫陆俊超，20世纪70年代末我还从刊物上读到他的短篇小说。没有书，办公室里的报纸也引起我的注意，除了本省的日报，我特别喜欢上海《文汇报》的"笔会"副刊，上面发表的一篇《司马迁下狱》至今令我记忆犹新。

到了小学高年级以及初中，我去父亲学校除了玩，还得帮他做点事，主要是抄抄写写，比如抄一学期的全校教学计划。他拿来一叠材料，叫我端端正正地抄在一个有着细细密密格子的本子上。我不知道他为什么要选择这样的本子，那么多格子等于没有格子，不好掌握字的大小，且不能写错，不能歪斜。这真难为了我，父亲不时过来查看，每看到我抄错了一个字，他不仅指出，还很生气，说着说着甚至给我一个"凿栗"，结果我一慌张，错得更多了，父亲更是勃然大怒，斥责就更重了。但即便屈辱的泪水在我眼里流淌，我仍得抄完，以至于到父亲学校于我而言都算一次小小的"磨难"了，可是，我现在想重温这样的"磨难"却再也没有机会了！

暑假，父亲偶尔也带我来他的学校。有一天，整个校园里只有我们和一位年轻的女教师——她的母亲好像也曾在这所学校任教,与我父亲同过事。白天忙完了,夜里来到校门口的过道里乘凉,父亲跟这位女老师谈起教育界的往事,我在旁听得津津有味。而那一夜,天上无星无月,四周仿佛伸手不见五指,我们坐久了才能略微看清彼此的面孔,但我看到父亲眼里闪动的光芒;田野里传来断断续续的蛙声,校园里一只纺织娘的"纺线"声不绝如缕,偶尔还会有一声蝉嘶,这样的夜晚、这样的纳凉夜话在我的生命中是从未有过的,我感到心旷神怡。我希望还会有这样的情景,可是不久,那位女教师就调动回了县城,现在连她的姓名我都已经忘记,而父亲逝世转眼已经三十年!

到父亲的学校去得多了,对这所校园当然比较熟悉。我本以为这么一所小小的校园再也没有什么神秘可言了,但没有料到,还有令我唏嘘的地方。那是在学校的一墙之隔。有一回我吃过午饭,到池塘边玩耍,看了一会儿小鱼在微波中游动,正准备往回走,忽然看见学校的厨娘端着一只碗进了隔壁一扇敞开的门。我以为那是学校附设的一间屋子,用来囤放什么东西或饲养什么家禽的,等到厨娘空手回来,我心里进一步生出好奇,这里到底藏着什么秘密呢,便想过去一探究竟。我鼓起勇气,怯怯地走近那扇还敞开着的门,心里仍在踌躇要不要跨越门槛。但终于好奇心大过一切,我一步一步往里探,里面黑魆魆的,什么也看不见;我继续往前,甚至还发出了一声轻咳,这时里面传来弱弱的声音："谁？"我惊得停住了脚步。那声音又传来："你是李校长家的孩子吧？你不要过来。"我更是又惊又怕，到底还是迟疑地转身离去。事后我问父亲，才知是一位瘫痪在床的村妇，她的双腿都烂了，我听了甚感戚然。或许是看出了我的担忧，父亲说，我们也尽量送些吃的给她……这似乎也告诉我，世事并非都那么美好，这所在我眼里已接近完美的乡村小学，它的隔壁却住着一位在病床上辗转呻吟的农妇，想来怎么不令人心弦一颤。

待到我考上了大学，转过年来，我父亲也调离了这所学校，屈指算来，他在这所学校任教十三四年，他一生最好的年华在此度过，以致我想起父亲，梦见父亲，我都会想起和梦见这所学校。有许多有关父亲和他的学校的画面深刻在记忆里，尤其是"这一幅"：我唯一一次去父亲的课堂听课，那是在我小学毕业的前夕，虽然听的内容我已忘却，但他讲课的神态和姿势只要一想起就在我眼前。我不知道是否因为有我在他的课堂上听讲，他似乎也略有些激动，他的声音是那么洪亮，眼里也有兴奋的光芒，简直有那么一点慷慨激昂的味道。那一年他才四十三岁，真正是年富力强。如果时光能停留，我愿意就永远停留在这一刻！

童年的疾患

我身体还称顽健，没有生过什么大病，只是前年胃部出了一点问题，现在看来也平复了。但我也是吃五谷杂粮长大的血肉之躯，自小至大，小病小恙也是有过一些的。特别是我出生后，在襁褓中或一两岁的时候，小病不断，不是头痛就是脑热，总得抱到乡里的卫生所，以致那里的医生对我母亲说：你再也不要来了，我们给你儿子看病都看够了。可见没少麻烦他们。这当然得自母亲后来的讲述，我是没有一点印象的。

按照中医学理论，我的体质大约是属于易上火型的。据说，母亲在生我前一两个月，天气炎热，而她还得每天在外劳作，烈日曝晒，所以让腹中的我受了暑气，后来动不动就"上火"，表现就是容易生疮。我六七岁的时候，头上突然生出热疮，有七八个之多。鼓突着一个个包，就像一座座微型的火山，尖端还结着痂，抠它当然有些疼，也有些痒。关键是，这疮并不随着季节变化而消失，不仅盛夏有，就是冬天它仍然存在，而且，一连好几年都未有好转。于是成了顽疾，让我的父母着慌了，他们怀疑我生的是癫痫，将来势必要落下一块一块光亮的疮疤，这可怎么好？我可是他们当时唯一的宝贝儿子呀！于是，他们带我上医院去看病，打针、吃药，可是无效；又由母亲背着，走了好几里山路去寻土郎中，也无效；到处打听偏方，试了又试，仍然毫无起色。这下让父母更为恐慌，因为医生也说不出这是什么疮，为什么会生这疮，病根在哪里，个个仿佛束手无策。情急之下，也只得按某个医生的吩咐，把一些药片——我不记得其名，好像是青霉素、土霉素之类的，碾成粉末，然后涂在疮口，头上简直像落满了鸟粪，可惜照例是没什么效果。父亲感到绝望，最后只得"死马当作活马医"（我记得，我第一次听说这个词语，就是父亲针对我的顽症讲的），经常用淘米水或香皂为我洗头。每次洗的时候，他都用手指狠狠地挠我，仿佛跟我有什么冤仇，疼得我嗷嗷直叫，但他用膝和手臂牢牢地箍着我，让我逃不掉也动不得。这样洗过一二十次，父亲看我头上的疮起码没有增多，也就渐渐懈怠，以至忘记了这件事。我更是照常在外面疯玩，把这件事忘了——我记得有一度小伙伴们还喊过我"癫痢头"哩——但后来，也不知从什么时候开始，这疮竟然一个接一个地消失了，有一天，猛然一摸头，疮没了——啊哈！这是怎么一回事呢？当然觉得匪夷所思，现在想来，或许是随着年龄的增长，体质有所增强的缘故吧。

但我体内"火气大"的性质似乎没有大的改变，那火山时不时地还要爆发一下，只是转移了地方，而且是一次一次地转移了地方。所以我从头到脚，几乎都害过疮。五官也不能幸免。眼睛曾莫名其妙地红过，然后，眼角就会长出一个鸡米似的疙瘩，里面肌肉发热，很快就灌脓，上面结出一个小小的痂。我们乡下把这疮叫"挑灯窠"，而且有一个"治疗"的方法，就是用衣角不停地戳它，一边戳，一边唱歌："挑灯窠，衣拐啄；啄几下，就好着。"偶尔还真有奏效的。这样的疮害的倒不多，而鼻孔的问题却延续了很长时间，甚至延续到了青年时代。其症状就是鼻孔里面长期干裂，结痂，热度很高，真像个烟囱，特别难受；为缓解一下，不免要用手抠那痂，有时会抠出血，随后，它又会重新结痂，而每到阴寒梅雨季节，又患有鼻炎，就更是呼吸不通，只能辅之以嘴，其难受的程度可以想见。而寻医问药也告无效，有医生告诉我：没有好办法，只能用"可的松"眼药膏涂抹，以使之润滑；果然，涂了以后觉得有所缓解，也舒服多了，但根本谈不上根治。嘴巴也没能幸免，嘴角常常破裂、发炎，那是小事，可以不提；舌头破过，也可以忽略；但牙疼实在是令人没辙。不明所以地疼，靠近里面后槽牙的地方，无论如何就是疼，要爆炸似的，要咬人似的，一直疼、疼、疼，疼起来牵扯半边脑袋都不自在，不论什么时候，它都提醒你一颗病牙的存在，而又无药可救。只能咬紧牙关，受着；被疼痛穷追不舍，没法可想，只好找一根筷子，把一头放在疼的牙齿上，再上下紧咬，以求缓和一阵，但咬了一会，疼痛的潮水积蓄起来，疼得更厉害了，只得松开。反复如此，徒唤奈何。

即便如此，那"上火"造成的炎症仍不放过我。有一段时间，我的耳朵里化脓！一般情况下是一只耳朵，也是莫名其妙，里面就发炎，而且水滋滋的。只能怀疑是洗澡时溅入了生水造成的。耳朵里进一点水就害起来，那做人也太难了，谁能保证耳朵里不进水？但村里那些喜欢游泳的小伙伴并没有得此症啊，我觉得很沮丧。这耳朵害得厉害时，半边脑袋都有些麻木，人也是昏昏沉沉的，就像生了病，浑身无力，只能躺着。那时我已经开始阅读，有一次，在这种情况下，两眼昏花，朦朦胧胧，我正好读到《水浒传》写宋江为捕快所追，情急之下，躲到一个庙里，在如梦如寐的情况下，得见九天玄女，被她授予一卷兵书，我其时正处于如梦如幻的病期，读这样的文字，更觉得现实变得虚无缥缈，仿佛自己就是宋江，正在做一场白日梦哩！

除五官之外，我几乎全身也都害过疮。最严重的时候，腿部和臀部害了几个大热疮，真像火山喷发似的，几处都有溃烂，喷发热气。热疮磨破后，脓血沾染衣裤，也是狼藉一片，苦不堪言，上课也不安于席，只好到教室后排站着听课。背部也一连生出一串红疮，本地叫它"蟠蛇疮"，以取其形状相似，我只好去求邻村的老人用艾草去灸一灸。而脚上呢？多年都有脚气，甚至害到了红肿如面包的程度，几乎不良于行了，但也无药可治，只能待其自生自灭——包括以上的种种炎症疾患，也几乎都是久而久之，不药而愈。特别是鼻孔的干裂、结痂，一直拖到了我来北方上学，忽然就自愈了，想来也是奇怪，大约是北方"地性凉"，对"上火"的体质多少有平衡的效果吧，所以许多症状都消失了。这么说，北方对于我，到底还是"福地"；我如果一直待在南方，情况如何，还真是不可想象。

　　我小时候的疾患大致如此，其他如感冒之类的，也总是有的，不必赘述。总起来说，我身上害热疮比较多，这也在一定程度上给我带来了痛苦和烦恼，不过害过了，好了以后似乎也不易重复。这么说，我身体的许多器官也算是经受了锤炼吧，而热火、毒火外发出来，是不是也避免了其侵害内脏呢？不管如何，我就把这一切视为锻炼吧，在"烈火"中锻过炼过，应该能更坚韧些吧。当然这只是一厢情愿，私心祷祝如此罢了。

我家的小院

我越来越怀念老家的小院。那不是20世纪90年代老屋撤除改造后新建的小院,是这之前的那个小院,它在屋子的东边,大约只有三十个平方米大小。狭小、简陋的它虽然与鲁迅笔下的百草园不可同日而语,却也给我的童年带来了许多欢乐。

院子中间有两棵树。如果模仿鲁迅的说法,那就是"一棵是枫杨,还有一棵也是枫杨"。立在院子中心位置的一棵大些,而靠墙的一棵小些。父亲说这是柳树,但跟我印象中的杨柳一点不像,或许这是它的俗称吧。我曾把这两棵树写进我的文章,读了的朋友说是"枫杨",我这才知道它的学名。这两棵树都有粗壮的树干和遒劲的枝丫,所以夏天绿荫满庭,树上还会垂下长链似的小荚壳,那应该是它的果实吧?它的花呢?对不起,我竟不能确切地记得花的颜色和形状,大约是像玉兰那样的大朵的白花。

但我没有忘记,我在上小学的时候,总喜欢爬到当中的那棵大树上。大约有两丈来高吧，在枝干上跳窜，像猿猴一样，甚至尽可能攀到高处，站起来四下眺望。很远很远的远方，田野、池塘、山岗、公路……一下子都变得近在眼前，这多么让我感到新奇。而穿过村庄的村路也仿佛变短了，在不远处绕来绕去；眼皮底下，则是本村一片挨挨挤挤的屋脊瓦檐。看到这一切，我的心也仿佛升起来了，飞向很远很远的天际。

因为树的枝丫的高度适当，每年秋天，母亲会把石磨搬来，在这里磨辣椒、豆子、糯米，还有红薯。那磨子的推手两端系的绳子就拴在枝丫上，磨完了，还要用纱布裹紧磨出的糊状物，挤压出浆汁；或者把纱布四角系上绳子，吊在枝丫上，让浆汁流下来，落进下面的大缸里。有一年，我生了场感冒之类的小病，有些昏沉地躺在睡榻上，看着母亲、父亲在忙碌，却几乎听不到声音，只看到他们忙碌的身影，仿佛在看一场无声的影片，这感觉多少有点怪怪的。

院子东、南、北三面的墙都不是用土坯或砖块砌的，而是用黄土筑的。所用的工具就是自很古时候起，中国建筑就常用的"板筑"。一个长长的木板框，没有底和盖，放在要建墙的地方，往里填满土，夯实，然后拆下板筑，再加在已筑的墙体上，层层筑下去，层层加高。我曾亲眼见到父亲请人来筑南边的一堵墙，这使我后来看书当看到

"板筑"两个字没有茫然不知何物。

农家自然少不了养猪的营生。猪圈就在院子的东侧。一般情况下，母亲会捉一两只小猪来喂养。但有两年，不知为什么没有喂养，猪圈就一直闲置着，恰好风传本地要发生大地震，上面号召大家尽可能不要睡在屋子里。那么睡在哪里呢？搭帐篷吗？村里以前也在打谷场上搭过一个，但后来又拆掉了，大约因为全村人都睡在一个帐篷里总是不便。父亲想来想去，就把这一年多没养猪的猪圈好好清理一下，铺上沙土、土坯，垫上厚厚的稻草，然后铺上被褥，夜里全家都睡进去，倒也无任何异味。不过也只睡了三四天，还是觉得不便，到风声不太紧时，又回屋子里去睡了。但睡在猪圈这么狭小的空间，一抬手就可以摸到草盖的屋顶，总是一种难忘的经历。

猪圈边上有口泔水缸。有一回，竟有一只大黑老鸹从墙头上飞进来，不知是因为被人打伤还是在飞翔途中撞到了树干，掉下来，在泔水里淹死了。正是青黄不接、肚子饿得慌的日子，母亲捡到了这只黑老鸹，欢喜得很，连忙烧水褪毛，用油盐红烧，做了一盘上好的肉食，让我们痛痛快快打了一次牙祭。我后来还盼望有黑老鸹飞进来掉进泔水缸，当然从此再也没有了。

院子的北墙下有一条小小的阴沟。黄梅雨天，雨水淤积得多，也会泛滥成溪流。我和村子里的小伙伴在这里踩水、放纸船，玩得不亦乐乎。更妙的是，这里竟然会有两三只大癞蛤蟆，身子蹲居在地，头却抬得很高，两只眼睛黑亮黑亮，喉咙下面还一鼓一鼓。也许那傻样子让我们看不起，也许是那不凡气势让我们生气，我们总爱用竹竿去敲打它们，甚至把它们翻过来，四脚朝天，笨拙地挣扎，想再翻回去，逗得我们哈哈大笑。而这面墙的外面，邻家有一棵树靠近这里，有一年，竟在接近屋檐的地方结了一个大野蜂窝，葫芦状，却比葫芦大了一倍。我们根本没有注意到，直到有一天发现有许多野蜂飞来飞去，才都大吃一惊。我们都知道野蜂子厉害，蜇了人，甚至是要命的。那么，怎么把这个蜂窝除掉呢？我们想了许多法，最后大约是先用火攻，继而用竹竿把它捅掉了。对于这么个小东西，我们竟也如此畏惧，这种感受也烙印在我心里。

就在这前后，我和小伙伴们迷上了打乒乓球。但在这村子里，哪里能找到乒乓球桌呢？我们把门板卸下来，在这北墙边上用板凳支起一个简易的乒乓球桌，竟然也能一推一挡地打得很成功。我甚至还学会了削球、扣球和打旋球呢。

再说东墙与北墙的转角处，母亲曾经栽植了一行月亮菜，那菜藤子像爬山虎一样爬满了半个墙壁，绿叶重重叠叠地披挂下来，秋天里结出了一只只弯弯的小月亮，风一吹来，婆娑不已，看上去多么令人欢喜。不知为何，母亲后来并不再种，大约因为那月亮菜味道并不怎么好吧。但有时，母亲会把从田野收获来的芝麻、黄豆连着茎秆晒在这里，晒到一定程度再放到簸箕里敲打下来。棉花秸也放在这里，准备晒干了做柴火，而我会跑过去，选择粗大的秆子，把它削成长枪，和小伙伴玩打仗。

南端的转角，不知为何，堆了一堆石头。这自然诱引我来这里不停地翻找。翻找什么？我也说不出，只希望翻出一个什么宝贝或什么稀罕物儿吧。可是没有，只有垒垒乱石。后来我无意中搬动石头，竟发现下面泥土层里蠕动着蚯蚓；再搬开一块，还是有蚯蚓。我高兴极了，准备钓鱼时来这里捉蚯蚓做鱼饵。当我真的掘开土层挖蚯蚓时，见到地下有那么多粗大的蚯蚓缠绕在一起，反而有点害怕了。我匆匆选了一条细些的就走开了。

每当夜晚，院子里总会听见轻轻的虫鸣，尤其是在秋夜。从屋子里透出的灯光筛下一地碎碎的树影，两三个地方发出嚯嚯、嗞嗞、吱吱的声音，几乎没有间断。我有时跑过去用力跺一下脚，虫声也只断了一下，接下来又响。我白天跑去看，翻开石头，似乎也只见到蝼蛄之类的小虫，我想找纺织娘却也没有找到。长大后，我读到古诗"今夜偏知春气暖，虫声新透绿窗纱"，我喜欢；读到西班牙诗人洛尔迦的《哑孩子》"孩子在找寻他的声音。／把它带走的是蟋蟀的王"，我也联想到我家小院听到的这一片虫声——虽然我不能确定,那些虫子当中是否也有一只两只是蟋蟀。

我家没有百草园,我家只有这么一座破旧、简陋的小院,然而我从中得到的欢乐似乎也不比鲁迅先生在他的百草园里得到的少很多,大约孩子的天性就是玩,有一个小地方就可以玩半天。这也就是我为什么怀念这个小院的原因吧,它是我的童年所在,正如叶圣陶先生在一篇文章里说的:"所恋在哪里,哪里就是我们的故乡了。"

衣服记

人生下来就得穿衣，这是不消说的事。只是不知人类诞生之初没有衣服穿怎么办？想来他们应该生活在热带，不需要穿衣服，最多是找一些树叶和蔓草盖在身上以度过夜晚，或者以烤火驱寒；然后学会打猎，从野兽身上剥下皮来制成衣物，这样才渐渐地往热带以外的地区迁徙。所以说衣服也是人类不断迁徙，走向文明的见证。

我觉得我自己也是随着所穿衣服的质地或者品位的不断提高，而在这个世界上越走越远的，或者反过来说也一样。

我穿过一件百衲衣，那是出生后不久的事。不完全是因为贫穷，而是为了祝福我长命百岁。因为在我之前有两个哥哥接连夭折，母亲怕我也活不长，被造化或者说鬼神带走。便依照民间的通常做法，向一百个人家要来一百块布，然后拼接在一起给我做一件袈裟似的衣服，那就可以获得护佑，得以长生。

或许是乡亲们出于同情，他们都希望我好好地活着，不会夭折，便拿出家中所能找到的最好的衣料，而且大多是绸缎，剪下一小块儿给我母亲，于是母亲把这些布块缝缀在一起，做成了一件披风，让我穿上抵挡风寒。而这件色彩斑斓的披风还真是像袈裟，块状方格，柔软丝滑，让小小的我顿时显得格外精神，父母亲看着也充满喜悦和信心——对于我长大成人的信心。

也许正是得益于这件披风的庇护吧，我一直健康地长大至今。

但百衲衣到底不是神话里的"百宝衣"，它绝不会变戏法似的变出什么宝贝以改善我的生活。于是，我们家跟乡亲们一样，也在贫穷中煎熬着，或者说与贫困做着长期的斗争。

那时候，我们家虽不至于家徒四壁——许多人家却不免如此，但也难得能买几尺新布来做衣裳。20世纪70年代，买布还须凭布票，但领到的那一点布票还有结余，人们几乎年年都穿着旧衣裳。冬天有一件旧棉袄已十分不错了，有的同学几乎一冬都只能穿几件夹衣，在寒风里瑟缩着。但我也还觉得冷，便向母亲吐露要一件毛衣的愿望，但哪里能得到。母亲只好把她穿的一件旧毛衣穿到我的身上，我竟然也"当仁不让"，好在毛衣是穿在里面的，且不怎么分男女，不像有的同学穿的是他母亲的大襟棉袄，解开外衣，就看出开在腋下的衣襟，很容易引起一阵哄堂大笑。可惜，只不过穿了一两月，那毛衣破得更厉害了，许多地方线已松，甚至有了好几个破洞。有一次，我在学校里不知为什么事情，从外面跑步赶到办公室向老师报告，因为跑得热了，我把外衣脱下，结果露出了身上破网似的毛衣，被老师看见，他们都不约而同地笑了。倒是我这个小学生也不懂得"爱面子"，并没有因此而感觉害羞或自卑，大约那时候我已深知，大部分人穿的其实跟我差不多。

没有像样的衣服可穿，平时倒也没什么；关键时刻也会有些尴尬。但对于小学生，"关键时刻"倒也不多，最多是在全乡小学生去烈士陵园扫墓，作为学生代表讲话，如果穿得不够体面，还是觉得有些不好意思。有一次我就推掉了这一指派下来的任务。而全县学生文艺汇演，自己在其中担任一个角色，还是不好推脱，那么就借一件衣服吧，一个村子里总有人做了几件新衣服，我不知最终向谁借了衣服去表演，但我记得表演并不出色，大约这也跟借来的衣服穿着不合体有关吧。

改革开放以后，乡亲们的日子一年年好起来了，终于摆脱了过去缺吃少穿的境况，也可以根据季节更换衣服了，根据需要裁剪新衣了。

与此同时，我已经小学毕业，开始对将来有了一些遐想。从小做的"英雄梦"还未醒，崇拜军人的心结很深很深，我尤其喜欢那一身绿军装，梦寐以求自己也能穿上一件。邻村的学长不知从哪弄来一件黄色的军上衣，我为之着迷，经常跟在他屁股后面，后来竟用自己的一件大号的衣裳跟他换了这件"军服"（不能确定是否真是军服），欢欢喜喜地穿了好两年。

这样就上了高中，也算是离开本乡本土到外地上学了，总不能穿得像过去那样寒碜。父亲要给我买衣服，问我想要什么，我说买一件大棉袄，接近大衣的那种。

他真的给我买了，穿起来确实像短装大衣。为了不被弄脏，他还扯了几尺蓝布，给棉袄做了一件外套，由于棉袄的确有些大，那外套略显小了些，但还是可以勉强套上去，只是显得有点不好看。我穿了两年，直到高中毕业。记得那两年每天早晨要做早操，行动起来略有些不方便，我便每天在上操时都脱下来，放在郑老师的宿舍里，他也从来没有表示过不悦或厌烦。二十年后，郑老师来京读博，我其时已经工作，便常常相聚，总要在品茗或小酌时，谈到过去的很多往事，但我一次也没有提起这件事。其实，也应该当面向他表示一下感谢。

上了大学，基本上都是买衣穿，再也不是买布请裁缝制作了。但为了买书，只能节衣缩食，所以那几年，我穿得又旧又土气。但似乎也不觉气馁，虽然不够光鲜，不能引人注目，可那时对于未来前途的忧虑深深困扰着我，我更操心的是读书与写作。偶尔实在没有衣服穿，而又看中了同学的衣服，我便让他脱下来，卖给我，而同学也似乎并不反对，甚至很乐意。有一件漂亮的"军裤"（同样不能确定）我一直穿到毕业后好几年还舍不得扔，打上补丁继续穿，穿着它，大约感觉还没有离开大学校园吧！

而大学时代，最贵重的一件衣服终于来到我身上。因为父亲在我高考前夕曾许诺，我若能顺利考上大学，他将给我做一件呢子服。啊，呢子服，那是多么高级的衣服，只在电影里见过，穿在大人物身上，显得那么帅气、挺括、庄重，我难道也可以穿？没想到，父亲说话算数，在我大三那年还真兑现了诺言，给我做了一件藏青的呢子中山装，在我们村似乎是第一件，我竟然也没有犹豫就穿上了。如果是现在，我多少还要思量一下穿还是不穿吧！

后来，父亲自己也做了一件呢子中山装，可惜几年后，他就病逝了。记得他在医院，临终时穿的就是那件呢子服，这是他一辈子唯一穿过的贵重服装。而我呢，当然比他幸运，不仅穿过中式，后来还开始穿西式，甚至高档西服，还买过几件皮衣。说起来，我最初对西服并无好感，我来北京，基本上还是穿中山服，但不久我就觉得确实有些老旧了，我的同学们几乎都穿西服或夹克，我一直在思量自己是否也要"赶时髦"买件西服，但我总认为自己长着一副典型的中国人的脸，也是典型的中国人做派，穿西服可能会不合适——"不伦不类";但穿中山装的越来越少了,没办法,就下决心积攒一点钱,到街上买了件西服,没有想到,见到的人都说好,自己也感觉合身,从此买起了西服,当然再也没有买过或穿过中山装了。人有时候以为自己观念难以改变,其实不然。

随着走上工作岗位,我买的衣服档次也渐渐提高,不是为了享受,而主要是为出席一些比较"有层次"的场合。这也有个过程,起初我也不把衣服好坏当回事,我甚至记得鲁迅先生在一篇文章里写道:"在上海,如果一身旧衣,大宅子或大客寓的门丁会不许你走正门。所以,有些人宁可居斗室,喂臭虫,一条洋服裤子却每晚必须压在枕头下,使两面裤腿上的折痕天天有棱角。"他自己本人穿得就很随意,我觉得这显示的是先生的伟大,但后来我的同事告诉我,穿体面一点去见客,是对于客人的尊重,我觉得这话很有道理,所以就尽量注意不要太随便。

不过,回想起来,虽然并不爱好穿着打扮,但这几十年下来,我也穿过不少衣服,品位甚至比自己预想的高;可在所有的衣服当中,我最有感情的还是当初穿的那件百衲衣。它来自一百人家的布料,代表着一百家人对于我的热心,我一直期望自己不至于辜负它。

校园琐忆

我从小很喜欢校园。不知从几岁起,大约五六岁吧,开始知道有学校这么个让许多孩子集中在一起读书的地方,就一心向往。在我的潜意识里,似乎觉得那里是个乐园。可我还没到年龄,只能眼巴巴地期待着,盼望着。我父亲本是一名教师,他每天去学校,却从来不肯带我去。于是有一天,我大着胆子独自(或许是跟随一个小伙伴)跑到四里外我们大队的小学校。母亲发现我不见了,顿时紧张,在村里到处寻找,直到我回来,才松了一口气。

这大约是我跟学校"打交道"之始。过了一两年,父母还是没有让我上学,理由是要走很长一段公路,来往车辆多,不安全。我仍只得偷偷地跑去玩,偶尔也窜到父亲上课的教室,在黑板底下转来转去。有时不慎就把头碰在黑板的下角,生痛生痛的,不由龇牙咧嘴,被下面的学生看见了,惹得他们发笑。我更多的是在校园里乱逛,教师的办公室里也跑去玩。这个校园是个三面都有教室的四方形结构，东边的几间是初中部，我和另一位教师的儿子，偷偷地跑进一间化学实验室里，看到有那么多玻璃管子，想抽几根出来玩耍，可是抽不动，随即便被一位老师撵出来了。我们只得在学校大门口闲逛，在沙坑里玩沙。不知出于什么心理，抓起一把细石子，就抛到初中部的教室屋顶，不想又把刚才撵我的那位教师惊动了，他再次出来呵斥。可见我小时候有多顽劣。

等到我正式上了小学，这初中部却已搬走，连房屋也拆得一干二净，只剩下一间破烂不堪的厕所。如果不仔细回想，简直想不起来，这里还曾经有过初中部，我还曾去实验室里偷过玻璃管。空出的场地开出了几垄菜畦，我们间或在这片菜畦上劳动。在这里，我见到了一种可以用来扎笤帚的植物，或许一辈子就只在这里见过。那时，学校条件很差，那间厕所，除了脏得要命，去往厕所的路也泥泞不堪，简直叫人无从下脚；而许多教室连一扇窗户也没有，冬天里只能一任北风呼啸、雪花飘飘。有一年冷得实在不行，班主任老师让我们搓草绳，把窗棂一格格地缠绕起来，然后用泥巴糊上，终于使教室里暖和些了，只是光线更加昏暗，如逢阴天，根本上不了课，因为那时教室里还没有安装电灯。

但这不影响我们在校园里玩得欢快。在操场上，我第一次学会了丢手绢、击鼓传花等游戏。同学们都反应敏捷，显得聪明伶俐，不知为什么，他们后来大多没有能上初中。有时候，为了文艺演出，我们晚上还到学校来学表演。几间办公室里灯火辉煌，映亮了整个校园，让我感到莫名的兴奋。另外，发现学校一角有一堆乱石，我拾起一块，砸在石堆上，碰出了璀璨的火花，这都让我感到新奇。但有一年暑假，我隔了一两个月没有去学校，偶然路过，从门缝里看见校园操场上长满了蒿草，显得十分荒芜，我心上仿佛被什么扎了一下，鼻子一酸，连忙掉头而去。

一转眼，小学毕业，升入初中，与小学校不过一墙之隔。校园分为两大块，一块是三面房子围拢的教师宿舍区，另一块两列教室算是教学区。整个校园也没有围墙，下课可以直接走到田野里，在冬麦青青的一片绿色中，找一个坟冢，可以靠在上面休息甚至打个盹——不知为什么，那一段时间总觉恹恹欲睡。两处建筑之间，是南北通达的道路，不仅供师生行走，周围村庄和其他地方来的行人可以随意通行。因此在春耕时节，常常是春雨霏霏，会看见有赤脚的农夫扛着木犁，扬着鞭子，赶着水牯牛从校园里经过，甚至会有牛粪遗落到操场上，我们谁都不会在意，甚至感到很亲切。

我还记得当年为挖一口井，学校大费周章。似乎挖得很深，也不见出水，还遭遇过塌方。为了安全起见，请来专门的作业队，运用塔吊与抽水装置，几经周折才挖通，让师生有了水喝。老师都对我很是关爱，读初一时，我每天中午上学来，也不直接进教室，而是先去班主任的宿舍坐一会儿，为的是翻翻书，读读报；而老师自己在一旁午睡，也不嫌我打搅。那时我已经开始尝试文学写作，在一些老师房间里发现文学书籍，欣喜不已，如获至宝，比如唐诗、宋词之类的，我都是那时才开始读到的；还从一位老师的枕头下摸出一本新诗集《新的长征》，主人慷慨相赠，谁能想到几十年后我会多次与这本书的作者石祥先生见面、聚会呢。

高中我上的是两年制，紧张而又充实，几乎整天埋头学习，无暇他顾。而我的高中学校坐落在县城边上的一座高岗上，前面是宽敞的坪，也没有围墙，所以也与外界连通，谁都可以进来——当然，无事也不会有什么闲人进来。这块坪地靠近教师宿舍一侧设有几副单杠，没有事的时候，同学们可以来锻炼身体。我那时因为参加本县文艺座谈会，结识了住在县城东门的诗友，他家与我校距离很近，不过一箭之地，我们便经常往来。他曾多次在傍晚来看我，几乎每次都在这单杠上做运动。

因为没有围墙，来人也就不被阻拦，也不需要通报，只要到教室附近找个人通知一下就可以出来见面。我的文学老师、著名诗人陈所巨，因为要代销《星星》诗刊，曾经骑车来校园找我，我们就在操场上站着说话。坪的尽头就是公路，我们刚来上学就发现，这里有一间炸油条的小店，两小间茅舍，东倒西歪，但炸油条的油香特别诱人，我便常常想法弄点钱来这里买一两根油条打打牙祭。只是那油条炸得实在好，橙黄酥脆、喷香可口，我似乎此后再也没有吃过这么好的油条。

后来侥幸考上了大学，大学校园不仅大，而且像个大花园，亭台楼阁，花圃池苑，错落其间，典型的江南园林，让我大开眼界、流连不已。在这里，我开始全身心地走向文学世界，沉浸于诗与书的海洋，张开了人生理想的翅膀，度过了生命中最充实也最浪漫的青春时光。这段记忆值得一辈子珍惜和回味，所以毕业之际特别难舍，后来一直想回去读研。

大学毕业回乡到一所小镇任教，那也是一个有特色的校园。它坐落在一个高高的山坡上，周围碧水环绕，仿佛是一个深沟大壑围护的山寨。园中四处散布着校舍，但只有一两座二层小楼，其余都是平房，包括一个"园中园"，如果不熟悉，简直如入迷宫。这还不算特别，新奇的是园中不仅有菜畦，还有一大片田地，有池塘、古柳，一派田园风光。我们在教室里上课，却有老农在扬鞭躬耕，池塘里还不时有网罟下水；而这田地与池塘所得，全归学校所有，所以我们每年还分得几袋稻谷、几尾鱼、几十斤木炭之类的，让人感觉是一种意外的收获，有如在桃花源中的喜悦。我总觉得，这是个养老的好地方，可惜我还年轻，"世界这么大，我想去看看"，所以还是依依不舍地离去。可是现在走南闯北一辈子，除了一身风雨、满面风尘，又得几何呢？偶尔回想起来，对这样田园式的校园的眷恋还是浓郁如初。

高考记

因为父亲是一名乡村教师，我从小就知道有大学的存在。小学时的一个暑假，父亲和我相伴在家，他一边做家务，一边跟我聊天，说："许多大城市里都有大学，校园很大，绿树成荫，大学生们身着光鲜的衣裳，穿着皮鞋，行走在一栋栋高大整洁的楼宇间,去教室去图书馆里看书。那里有好多好多书，你不是喜欢看书吗？"……

可以说从那时起，上大学就成为我的一个梦想，我的头脑里一次次浮现父亲给我描绘的大学画面。

但那时我不到十岁，正是"文革"末期，无论从哪方面来说，上大学于我都是遥不可及的。不久，听说几里外的邻村有一两个我认识的高中生,正被公社推荐去上大学。我在家门口遇见其中的一位，他是我父亲教过的学生，我跟他说起这事，他说名字报上去了，还不知道结果哩。我和父亲都对他抱着满心希望。但是,他最终还是没能上大学。

母亲也常跟我说起她娘家村子里曾经出过三个大学

生，当然都是在"文革"前，这在十里八乡都是罕见的。母亲说话时语气透着无比的骄傲，她勉励我好好学习，要踵武前贤。我亦深受鼓舞。但当时都是推荐上大学，我能被推荐的希望微乎其微。所以母亲又换一种口气说，你别声张，我们一定想办法让你读到高中。

到底是形势比人强，到了我小学毕业前两年，所有升学都由推荐制改为考试制了。但我的高考之路仍然漫长。首先我得上完初中，还必须考上高中。因为爱好文学，我多少有些偏科，数学是"跛脚"，只得不断强化练习。

中考时，我住在父亲同事家，其实距设在县城的考场仍比较远。陌生的环境，加上喝了浓茶几乎彻夜难眠，但精神仍比较亢奋。成绩出来后，分数只够上普通中学。父亲很失望，但我觉得只要上了高中，就有上大学的希望，甚至庆幸自己分数不到"重点线"，如果到了，父亲一定会让我去读师范，因为读了师范，也就算拿到"铁饭碗"了。

刚上高中，还没有感受到高考的压力，我一下子放松起来，更多地沉浸于文学世界里。因为学校就在县城边上，去文化馆、文化局找文学界的老师比在乡下时方便多了。我仍然在本地小报上发表作品，再一次参加县里召开的文艺座谈会。很巧，在会上认识了一位诗友，他家就紧挨着我的学校，我们便常相往还——更多的是我去他家谈文论艺，也到他的单位串门，还曾随他去新华书店买书。

日子过得非常惬意。结果可想而知，期终考试成绩单交到家里，父亲爆发雷霆之怒，将我鞭挞了一顿，最后我在两个妹妹的哭声中被赶出了家门。

我肩背手提一大一小两包书，头也不回地走上了村道，准备去漂泊四海，闯荡江湖。前途茫茫，我心里没有底，但并不害怕，多少还有一点鸟儿飞出樊笼的感觉。从小看了那么多英雄的故事，"骑马挂枪走天下"甚至正是我所向往的，有什么好害怕的呢？但首要问题是没有钱，正所谓"一文钱难倒英雄汉"。

于是决定先去五六里外的小镇找我的小姨，她在街上做裁缝。她问我借钱做什么，我大致告诉她缘故，并说我要先去安庆找人。此人是邻村考出去的第一位大学生，听说其时已分配至安庆工作。小姨断然拒绝，说不如先到她家住几天，待我父亲气消了，再把我送回家。

我想想临近春节，人人回家，假若找不到人，就是流浪也无处落脚，只好听了小姨的建议，在那里过了小年。又过几日，父亲找来了，我才跟他一起回了家。

这次"出走"，倒是让我感到出走并非易事，要想飞到外面的世界，大概最稳妥的办法还是走高考之路。于是，我暂时收起对文学的眷恋，把更多精力放在功课上，学习成绩逐渐上升。

当时，班级里学习气氛浓厚，大家你追我赶，要好的同学各有擅长：有人数学优良，几乎任何试题也难不倒他；有人英语呱呱叫，词汇量很大；有人地理学得不错，地图上标注的地形、城市、物产过目不忘……因此，我确定自己的战略：扬长避短——长处一定要发挥，短处尽可能缩短距离。这样一来，我的总成绩在班上也就处于前列。

那一年多的时光，真的是紧张而又充实，每天都能接受新知，每天都感觉到进步。为了写好议论文，我自制了一个十六开的白纸本，上面分双栏，抄录读到的一些警句格言、名人轶事，当然也有一些古诗词。日积月累，写文章有了一点素材。数学也多做习题。而该背诵的政治、历史，我和同学们天明即起，到校园外的田野上一边徘徊，一边朗读。只偶尔还去山坡下的诗友家小坐，谈些文艺界的事和准备高考的情况。

到了高中最后一学期，挑灯夜战更是家常便饭。教室熄灯后，同学们将自带的煤油灯点上，继续复习。我则随几个同学到也有孩子要参加高考的老师宿舍去读课本。有时去的人多了，我就站在门边上看一两个小时，大有"凿壁偷光"的劲头。

高考前有一次预考。预考不及格者是不给参加高考的，实际上是先经一次"资格"筛选。我信心满满，只担心睡不好觉。预考前一晚，我与班上要好的小胡一同睡在他父亲单位的宿舍。小小的屋子，桌上有一只小座钟总在滴答滴答，而窗外淅淅沥沥的雨一直不停，我愈是担心睡不着，愈是翻来覆去难以入眠。眼看窗户由黑漆漆而渐渐变白，我只得爬起来，洗把脸骑上车赶往学校，头脑还不算太沉重。预考侥幸过关。

一个多月后，正式参加高考。考场在城里，我可以住在学校，但我的一位老师建议我住在家里，因为我家离考点也不过十三四华里。我接受了这个建议。但因为紧张和兴奋，我仍然折腾到大半夜不能安睡。

父亲一改往日的严厉，温和地坐在我床边，一边给我扇扇风，一边安慰我。意思是我已经尽力了，得失可以不计。我说那哪行，我只要能睡着，高考肯定没问题，并说别人都这么认为。但还是睡不着，并问父亲能否找来一粒安眠药给我。父母去问对门的堂二姑父有没有，还真有，父亲拿来一粒让我服下。

我照旧没能入睡，这时，我折腾得有些饿了，便跟父亲说我想吃点东西。他安抚我说：你先躺着，我去做点吃的给你。他便起身离去。我等着等着，竟然睡着了，等到父亲叫醒时，已天光大亮。不知不觉地睡了一觉，心情真高兴。

我独自骑着车赶到了考场。这天上午考试没什么问题，下午却感到有点瞌睡，幸亏后两天的情况要好一些，我就这样完成了人生的一场重要"战役"。

校园的围墙

我到大学报到的第一天,就发现学校有一道那么长的围墙,而且还那么高大坚实,委实吃了一惊。说真话,这有点出乎我的意料,因为我从来没有见过如此"壮观"的围墙,甚至连后来也没有。

我和父亲是在长江码头坐母校接新生的汽车直接进的校园。校门内侧有市百货公司特设的货摊,跟前人潮涌动,摩肩接踵。我们挤进去买了点日用品,随后就按照别人的指点,走到一号楼进了学生宿舍。放下行李,与先来的同学互相认识了一下,这时天已过午,我们实在是饥肠辘辘,而校园里却看不到就餐的地方或拿着餐具的学生。我和父亲商量了一下,决定上街去解决午饭问题,于是循着来路走出校门,来到了街上。但打眼一看,也看不到有卖食品的商店。我们只得再往前探索,又怕迷路,便沿着学校围墙一路走去。走哇走,而前方一直没有饭馆之类的建筑,我们只得继续往前,走得我都感到绝望了,围墙却还看不到尽头。我真是又累又饥又困，恨不得立即就返回宿舍休息，但看回程也已远，只好再打起精神接着走下去，连父亲也不由感叹这围墙"怎么这么长"……多少年后，我读到了意大利诗人蒙塔莱的一首诗《夏日正午的漫步》："田园的红墙绿荫沉沉……一阵莫名的辛酸涌袭心间／嵌立着锋利的酒瓶碎片的高墙／环绕它无休止地踽踽而行／莫非就是全部苦难和人生"，不禁感慨良多，第一次绕着母校围墙行走的情形重现眼前，我也恍惚觉得自己终生都在这围墙之下踽踽而行了。

不过，我们学校的围墙倒不是红色的，而是黑色的，差不多快有三米高吧，上半部还可以看出一块块砖形的方块格子，下半部约一米高是水泥筑成，两者接合处有微凸的一道棱线——不久，我就发现这道棱线恰有妙处。

一道高大而漫长的围墙把喧嚣的市声隔开，校园里的世界便安静多了。我们一号楼就最靠近围墙，在二楼以上，可以看见墙外绿树浓荫的街道和对面的邮局。邮局是我尤为注意的地方，因为我知道，在那里可以买到杂志。只不过刚在学校里安顿下来，校园里的一切就足以引起我的好奇，我还来不及去围墙外的街上逛逛，何况高墙深院，走出去那么费事。但我很快发现其实另有办法。先是有一天，也是过了正午，我不知因为懒还是有事耽搁了，没能及时上食堂去吃饭，而此刻，通往食堂的路上已看不到几个人，大约也买不到饭菜了,怎么办呢?我正为此犯愁,却从后窗一眼瞥见有几位同学正趴在围墙上——围墙很高,但宿舍区一带地势也高,故围墙只及人的胸脯,这几位同学正用绳子往墙外边吊什么。我赶过去一看,他们的绳子一端系着一个网兜,而网兜里却安然放着一只瓷碗,碗里面是面条,原来同学们是这样从街上买面吃的。这真是个好办法,我立即如法炮制,找来绳子、网兜,把钱放进去,喊来街对面一爿小食铺子里的当垆妇人,也很快解决了饭食问题。从此,我再也不用担心错过饭点,而且一来二往,和那些卖面条的都有些熟悉了,偶尔在街上玩,也会拐到这里吃上一碗面,和他们有了更多的交流。

这些卖面条的小吃铺,已经靠近校园侧背的一条僻静的小街,而每当夜晚来临,校园正面的围墙外大街上反而格外热闹。原来,有许多卖小吃的来到了这里,就公然把食摊设在了学校围墙下。他们的食摊大多很简单,有的就是一两只锅灶,锅里煮着牛肉、鸡蛋和豆腐干,也有的设一口油锅,用来炸臭豆腐,还有的是煮面条和馄饨。墙根下堆着几箱啤酒。有人不知从哪儿牵来一根电线,吊一只灯泡照明,其余就借着路灯和校园里的灯光,到处热气腾腾,香气四溢,人来人往,声音嘈杂,好一派喧腾繁华景象。校园里的同学听到这一片市声,闻到了食物的馨香,不自觉地直咽口水,尤其是到了晚上九十点钟,许多同学已下了自习,正肚空腹虚,自是按捺不住，都想赶赴围墙外，大快朵颐一番。要走那么漫长的一段路出校门，再折返过去，当然是不耐那个烦也不"经济"（从时间上说），于是只剩下一途，那就是越墙而过。好在校园这边地势虽不及宿舍区这一带高，爬上墙头虽然费点力，但并非大难事，而翻到那边，只要转过身扣紧了墙头，把脚搭在那围墙中间凸出的棱线上，再往下轻轻一跃就可以稳稳落地，何况同学们还可以互相援引，一切便都不在话下。我也和同学们一样，多少次翻过墙头，下到那边找一家食摊，坐在一只小马扎上，就可以点上几味食品，有滋有味地吃起来，偶尔还和同学凑在一块儿喝一两瓶啤酒，那就更可说是酒饭俱足，快何如之。

就是白天，也会偶尔看到有同学翻越墙头的。我曾在白天往书包里放上几本书，翻过去，跑到邮局买来一两本杂志，然后溜达到镜湖边的迎宾阁。那是一座公园，而园中的"阁"上开有茶楼，游客可以叫上一茶杯，坐在那里一待几个小时。我便常常在这里读书、写作，才思枯竭时，便到湖边走走，手攀柳丝，凝眸远眺清粼粼的湖波细浪，或在园中的花木丛中散步。游人并不很多，四下里十分安静，而景色宜人，清风拂面，让人有遁入桃源甚至飘飘欲仙之感。我在这里写了好多篇诗文都发表了，而得了稿费又可作来此小憩的茶资，不亦快哉。在我一生当中，大学读书这几年是最快乐的，而来迎宾阁，更是让我感到无与伦比的惬意。

喜欢翻墙头的，一般都是男生，只有极少数女生才敢一试，而且大多还需要男生在边上助力护持。大学四年，我也干过这样一件"蠢事"。那一年，我受艺术系一位同学的委托，给她妹妹补习文化课，也许是为了答谢我一段日子的辛劳，这位妹妹邀请我去她家乡——江南某小城游玩。我们收拾好行李背包，准备赶赴火车站，因为带着东西，要走很长一段路出校门，感觉甚累，我便贸然决定"犯险"，带她去翻墙头。好容易把她连哄带拉地拽上了墙头，没想到，她一看墙外的街道地势是那么低，顿时胆怯了，不敢再往下攀跃，而这时我已跳到了墙外，她也不敢再返回，遂进退失据，在墙头上磨蹭起来。不巧的是，正值夏天，她穿的是一条长裙，自然要被风一再掀起边幅，她要不时地按捺她的裙子，于是更加手忙脚乱，而此时街上的几个时髦小青年见到这样一幅"西洋景"，自然不肯放过，有人哗笑，有人吹起了口哨，这让她感到十分尴尬，而我也更加紧张，便不停地呼喊、指点、示范，终于，她横下心来，转过身用手扣住墙头，而身体仍然悬吊着，我引导她用脚踩住了棱线，并把她接到了地面，一场危机才算化解。想想那时可真是"少年孟浪"啊！

虽然总有同学喜欢这么翻来翻去，尤其是夜晚，差不多成为街头一景，但是从来没有一位同学真的摔下来过，更未曾有摔伤的。都二十岁上下的青少年，身体轻盈、敏捷，虽然围墙比较高，到底不在话下，何况还有中间那道棱线可以蹬脚。写到这里，我真的想说，那道棱线简直就是特意为我们翻墙留的。想起来，还真是要感谢母校的领导和老师，他们几乎从来没有禁止过我们翻墙头，甚至没有说过翻墙起码是不文明行为，有碍观瞻，这也可以说是一种包容，显示了母校的气度。是呀，都是成年的大学生了，又何必拘束得太紧，何况就是一堵围墙，即便限制住我们的脚步，又哪能限制得了我们的心。

我还记得我毕业那年，正面临街的围墙一侧，学校建了个小屋子，我起初以为是用来监视和禁止同学翻墙的，其实不是，是用于储藏什么物件的；如果记忆没错的话，我见到有人往里运过一捆捆旧书刊，我还跑去帮过忙。从一堆旧刊物里，我发现有一种比较老的杂志——大约是20纪50年代出版的，出版单位我记不得了，刊名也叫《读书》，比当时我买过几期的三联出的《读书》开本要大，是十六开本，好像还是繁体字，我才知道，三联的《读书》杂志不是首创，它是有"前身"的。

我从内心感激母校的围墙，它像母亲的双臂围护着我们，又没有把我们拘束得过紧，让我们偶尔"逃逸"一下，翻越过去，放松一会儿，舒缓舒缓。这在某种意义上也保护了我们生动活泼的天性……

母校的图书馆

有些知识是从课堂里得来的；有些知识则是从图书馆里获得的。后者对我的影响似乎还要大些。

我们一入学，学校就专门安排图书馆馆长给我们新生做过一场报告，介绍校图书馆的馆藏历史、现状及使用图书馆的相关知识。我尤其记得他曾自豪地告诉我：我校图书馆藏书有180万之巨，在全国高校当中都是数得着的；有一批珍本孤本，属世所罕见或绝无仅有。我们听了当然也感到自豪。

从此，我们开始频繁地出入图书馆，在这里度过四年当中的无数美好时光。

校图书馆大约位于校园的西北部，与几栋教学楼既有一段距离又不算太远，地势也比较高，环境相对安静。尤其让我这样的文学爱好者感觉亲切的是，一入馆门就会看见一尊鲁迅先生的塑像，虽然不很大，是座胸像，放在半人高的白石底座上，但先生那直竖的头发与凌厉地望着远方的眼神，令人印象深刻。据说这座塑像出自本校艺术系青年教师之手，显示了创作者不凡的功力。走过塑像就是楼梯口，左右摆放着两列长玻璃柜，陈列有本校教师的著作。我们中文系的老师作品较多，宛敏灏教授的有两部，一部是出版于五六十年代的《张于湖年谱》，一部是《词律》，后一部不是正式出版物而是纸样，因"文革"爆发而未及出版（值得一记的是我毕业后，这部著作终于正式出版，我还买得一部），另外还有祖保泉教授研究《文心雕龙》的著作，好像也是两部。历史系我记得有万绳楠教授（陈寅恪先生的弟子）的《魏晋南北朝文化史》等，其他还有徽商研究方面的专著与资料，此外的印象已不深——应提及的是，那时候不像现在，出版一部专著是很不容易的事。而更令人敬佩的是其中一个柜子陈列有我校杜宜瑾校长发表于英、美等顶级科技刊物上的学术论文，是用英文发表的，看了以后更感到我们学校学术力量的强大。杜校长后来出任本省主管文教的副省长，我一方面为他高兴，觉得上级所选得人；一方面又觉得他不搞科研了，多少有些可惜。

　　转过楼梯口，就直接上到二楼。二楼左手有一间阅览室，是在大厅一角用报架围成一个独立空间，架子上插放着当下的文学期刊。这当然是我"光顾"最多的地方，仿佛置身一大片带露的鲜花，我们这些小蜜蜂一飞进来，就只顾肆意地采蜜。可以站在这里翻阅，也可以拿到座位上细读（好像要在入口处做个登记）。全国各地当下名家新秀发表的作品一一进入我们的视野，而毕业于本校的作家、诗人的作品，更是引起我们的注意。我曾站在那里读我几位师兄发表于《十月》《北京文学》等名刊的大型组诗，内心自是受到一种冲击。进入二年级，我们几个文学爱好者的作品也开始登上一些刊物，当然也是在这里第一时间读到，那种喜悦自不待言，甚至盼着同学们也能够看到，从而获得一点成就感——少年人的这点虚荣心似乎亦不难理解。

　　我已不能十分清楚地记得我们是如何借阅图书的了。印象里，最初图书馆是把每本书都做了资料卡片，盛在柜子里以备查阅，然后填上索书单，交给管理员到库里查找。我们还需把索书单放到一只竹篮里，然后让竹篮沿着一根铁丝线滑动，传到管理员手里，再由管理员进到库里寻找，找到书后再放到竹篮里传到我身边，方法有点"土"，程序有点烦琐，往往要等很长时间。这种办法好像没有多久就废除了，手续简化，有许多书就放在报刊阅览室对过的借阅处，用一道玻璃墙隔着，透过玻璃，我们就能看到书架上的书脊，看中哪本就指示管理员去取，然后在书签上做个登记，留下书签就可以了。我最初借阅的几本书都还记得，《汤姆叔叔的小屋》《沈从文小说选》《沈从文散文选》《杂拌儿》，前两本读得比较认真，都写了读后感。这两篇读后感也可以看作我后来写书评的试笔。而俞平伯《杂拌儿》中的许多篇章我却读不进去，除了那锦绣般绮丽的《桨声灯影里的秦淮河》，其他都引不起我的兴趣，直到多年后，我才能体味俞老夫子文章的妙处。我读的《杂拌儿》似乎还是初版本，竖版，一页没排多少字，这也让我感到不太习惯。

三楼是过期杂志的阅览室。一本本合订本，都加上了黑色或绿色、红色的纸板封面，典雅厚重，我自是不少借阅。借得最多的是1980年前出的《诗刊》，因为自1981年起的《诗刊》我都订阅或零买了。1980年《诗刊》举办了第一期"青春诗会"，参加诗会的几乎都是名家或因参会而成名。那一期"诗会专号"，我不知读了多少遍，还摘抄了一些。还有我以前在乡下只闻其名而从未能谋面的一些地方性杂志，这时也可尽情地浏览一下了。而四楼也用木板或玻璃隔出了一个独立的小间，那里陈放的是"内部借阅"书刊，所谓"内部借阅"就是只能在当场阅读，不能借回寝室，主要是港台图书，也有一些古籍。我在这里读得最多的是台湾出的"新文学大系"，在上面我第一次读到诗人余光中的散文，那时还只有四川诗人流沙河向大陆读者介绍过他的诗歌，而他的散文只零星地由《散文选刊》《台港文学选刊》转载过几篇，在这大系里载有他的几篇长文，如《咦呵西部》《逍遥游》，我读后真是爱不释手，遂一字一句工工整整地抄录下来。抄过的台湾散文还有王鼎钧、张晓风等人的作品，都觉眼界一新。至于古籍何以也算"内部借阅"我倒不很明白，大概是多数古籍均为洋洋巨著，馆藏只有其中一部两部吧。我竟然也有兴趣读了一些如《康熙起居录》这样的枯燥文字，甚至同样摘抄了一些片段。我至今还记得其中一节记有康熙痛斥遇见的一位和尚，认为他不事生产而蛊惑人心，当时觉得康熙还颇"英明"。

我从图书馆里借得最多的倒是台湾远景出版社出的一套"诺贝尔文学奖获奖作家丛书"。我借的是精装本，红色封面。同样是台湾出版的，这却不算"内部借阅"，可能这套书所收的都是外国作家吧。我读了法国诗人米斯特拉尔的长诗《米赫尔》、狄奥·蒙森的《罗马史》、显克维支的《你往何处去》等都印象深刻，颇想一读再读。读我一直热爱的大诗人聂鲁达的作品也由此开始。后来还专门找来大陆的译本《聂鲁达诗选》，为他所创造的诗的世界所深深折服，觉得那真是五光十色绚丽多姿，让人惊叹不已。我甚至拿出卡片，摘录他所用的一个个意象，可惜抄不胜抄，最终半途而废。古典文学读得不多，一部《珂雪斋近集》倒是读得兴致淋漓。古典文学读得不多的原因，还在于我平时就从书店买了一些普及性选本，似乎并不需要从图书馆借阅。

因为去图书馆还比较勤,我跟图书管理员也逐渐熟络起来,我记得过期杂志部有位管理员孔老师,是位五十岁左右的女士,对我们态度和蔼,喜欢和我们说话,她问我是哪里人,我告诉了她,她就说起在学校里工作的我的同乡。她后来调到内部借阅处,自然也常常见面。"内部"还有一位三十多岁的年轻职员,他见到我手持杂志上刊有自己的文章,说这对以后评职称有好处,他哪里知道,评职称常常是不看发表不发表或在什么地方发表文章的。

我跟图书馆的关系一直是和洽的,这中间也发生一件小插曲,但照样没有影响我对图书馆的亲近感。那是有一回,我从图书馆借来一本海外作家写的长篇小说《我们的歌》,大约是写20世纪五六十年代留学海外的台湾省青年的故事,我读后很感动,觉得他们是追求理想、意气风发的一群,便推荐给同寝室的一位同学读;他读了也很喜欢,但他不该激动之余还在书里又是画线又作"批注"。我拿回书后就觉得犯难,侥幸还回去后仍惴惴不安。果然不久,通知到了系里,让我去图书馆一趟,我一听就知与这本书有关。果然,借书处的老师让我回去写检查,我回来写了检查,说明了情况,并检讨自己不如羊羔之知跪乳,乌鸦之知反哺,受图书馆嘉惠之多,却不懂得珍惜,实在不该。大概检讨得还算深刻,递上去后,图书馆的一位领导还出来找我谈话,大意说,图书馆的书里如果都被勾画涂写,别人还怎么看?这是损害文物。他还说,是的,主席、郭老(郭沫若)路过芜湖,都曾从我们图书馆调阅图书,并在上面留有墨宝,那是领导人手迹,弥足珍贵;一般人不能允许的。最后他要我下不为例,这次就免除罚款了。我嘘了一口气出了图书馆,少年人的心性让我在心中赌气说:说不定哪一天,我留在书上的文字也成了墨宝哩!说是这样说,其实我并没有多少底气,果然没这本事。

那时候,同学们上晚自习,都把图书馆阅览室的位子占得满满的,去晚了连座位都找不到。(估计现在高校也是如此吧,爱读书的学生还是不少的。)大家都静悄悄地在那里阅读,做作业。我偶尔也在那里写篇文章或小诗什么的,心情很是愉快。尤其是春末夏初或仲秋,风日甚好的时候,看了一会书,到校园里随意走走散散心,或跟同学聊聊天——谈的也是当前的文学创作,现在想来,更是觉得那是神仙一般的日子,是一个人一生中最美好的经历,有了是幸福,没有多少是缺憾。

还记得有一度,我跟艺术系一位漂亮女生来往比较频密,别人以为我们是在谈恋爱,其实我们连手也没有拉过;她比我大,早已名花有主,只是对象据说在上海读博士。我们常常一道去图书馆,每当我们走入阅览室,好一片目光就"唰"地投过来,就像一盏盏探照灯似的,照得我抬不起眼来。我的这位女同学却若无其事，习以为常。我们在看书时，我的同年级诗友，现在已成为知名评论家的洪和他的艺术系女友也在那里自习，总是能在稠人广众当中发现我们，很快一羽折叠的纸条就飞了过来，上面画着漫画，有一次是一头大象卷着长鼻，甩着长尾，鼻子上挂着一块牌子，上面写着："祝你们晚上好！"我们看了，不禁莞尔。

这真正是一段青春浪漫的岁月！而这一切皆与学校的图书馆密切相关。相信这里也曾经发生许多爱情故事。我刚上大学不久，我的一位学兄就在一个春夜找我出来散步，见他神情郁郁，欲言又止，我便问他怎么啦，他索性抱着头在荷花池边坐下来，吞吞吐吐告诉我，他爱上了一位年轻的图书管理员，可是她家里不同意，从此她不再理他，他感觉十分痛苦，不能接受。面对这种状况，我能说什么呢，当然只能竭力安慰他，说还有好姑娘在前面等着他哩。其实，我心里很感动，我觉得爱上一个人是一件十分美好的事，何况她是一位图书馆里的管理员！

现在想来，我觉得如果说母校是我们成长的摇篮，那么图书馆更像哺育我们的母亲，精神上的，甚至是情感上的！

1990年我工作两年后考研究生，因第一志愿录取有困难，我回母校探询是否有可能作为第二志愿重返母校，得知同样有难度后,只得凄然而别。临行前,我特意跑进图书馆,在几层阅览室门口都转了转,看到一切物是人非,想到自己不知是否还有可能重新回到母校走一走,不知还有没有机会再来图书馆,两汪湿热的眼泪顿时夺眶而出。

校园浪客

离开大学校园已有二十余年，我不太了解当下大学生的生活了。模糊的印象是他们年龄似乎都显得很"小"，还像个孩子，大多非常乖巧非常安静地待在校园里、教室中，沉浸于书本和网络世界。我们那时没有网络世界可迷，只能读些书籍和报刊。但是20世纪80年代中期的大学校园是非常富有激情与生机的。正值如火如荼的改革年代，社会上激动人心的大事新鲜事也比较多，而我们因为从小所受的教育和社会影响，"以天下为己任"的意识在头脑里还根深蒂固，有时还比较强烈，所以社会上的思潮和一些发展动态总是能够在我们当中激起回应，虽然有时候也不免有一些偏激。

我是在江南某城的一所普通高校读书，虽说城市很小，同学们一样非常热情关注国家的命运前途，关心社会上发生的大事。有时候议论甚至很热烈。但我总觉得，毕竟地处一隅，相对还是闭塞。虽然我们向往外面的世界，但许多都不过出于想象。我非常希望与外地名校的学生建立一点联系，了解他们的生活与所思所想及写作的情况，以便提高自己。我曾经与在北京大学读书的一位高中同学通过信，在信的结尾还提到他的一位经常发表散文的女同学，我的这位同学将信出示给她，她还主动给我写来一封信，我也回了信，可惜我到底谈不出什么，此后再无下文。

到了第三学年的那个秋天，社会思潮仿佛愈加激荡，我尤其想知道那些大城市里的大学生的一些情况，仿佛天遂人愿，不久我竟意外地遇见了一位在高校与高校之间漂流的"浪客"。

说"遇见"似乎不太准确，说他来找我，倒更符合事实。其时，我正担任本校诗社的负责人，在校园里，大小也算是个"名人"吧。偶尔会有校外的人慕名来访。如果记得不错，这一天傍晚，我正好待在宿舍里，却见外系一位同学把一个陌生人引了进来。来人中等身材，不胖不瘦，穿着一身比较破旧的衣裳，头发既脏且乱，背着一个帆布挎包，一副风尘仆仆的样子，一看就是个流浪汉，而且年龄明显比一般在校大学生要大一点。但他自称是浙江抑或福建某校大学生，刚从北京的几所高校游历过来，还要到各地高校进行联谊活动。他还说他是个诗人，所以就来找我了。

客人来了，我当然就得接待。我让他坐下，倒水给他喝。稍事休息，大约就到了吃晚饭的时间，我便带他去食堂就餐。晚饭后，我们便坐在校园操场边的台阶上闲聊。他再一次讲述了他在北京几所大学的观感。我们交谈最多的是当时的文艺观点以及高校学生的诗歌创作。我问到他我所知道的几位大学生诗人包括号称"神童"的田晓菲的近况，他都能一一回答。他谈得较多的是刘再复及其女儿刘剑梅，说刘剑梅在父亲的影响下，在北大读书如何用功，写作也有成绩。这是我第一次听到刘剑梅这个名字。

这个校园浪客自称"江帆"，我疑心是个笔名。我们互相交换作品，我记得我读到他的一两首诗，似乎也未见精彩。我不免有点怀疑他的身份，但总不好当面质疑。他给我建议：不仅要读万卷书，还要尽可能做到"行万里路"，尤其应该像他那样到外地高校去串串门，以增广见闻、学识，眼界和境界会截然不同。对这一点，我当然是毫无疑义地表示赞同。他还说到他认识一些报刊的编辑，可以帮助我发表作品。我虽然对他是"何许人也"都不大能确定，但发表作品对于我有很大的诱惑，便心存侥幸，狠狠心，就将自己的一组诗歌和几篇散文交给了他，郑重地予以托付。诗作有底稿，而散文是工整地抄在活页纸上的，一时也来不及誊抄，就这样交给他去碰碰运气，我真的是没有一点把握。果然，这些作品后来都与江帆其人一样泥牛入海，毫无音信了。这些散文里有我用心写成的《秋风起的时候》《信》等，都还没有投出去过，所以我至今还觉得有点可惜——我时常念及我还有几篇作品失落于江湖，也不敢奢望它们还有可能存于天壤之间。

且说当初我们闲谈了好一会儿，他忽然就向我打听：本校师生当中有没有成就突出的教授、作家、艺术家一类人物。他这一问，让我加深了对他的好感。我想了想，便告诉他：我校艺术系有一位叫李××的女生扬琴打得极好，前不久刚获得了文化部的一个奖项；另外，艺术系的郑震教授是国内著名的版画家。他顿时表示出很大的兴趣，便恳求我安排去与他们会面。我虽然并不认识这两位艺术界名人，但觉这位远道而来的客人用心诚恳，也就不愿拒绝，何况我也一直想一睹他们的风采。我当即表示：好，今晚我们就去找李同学，明天再去拜访郑教授。

没费多少周折，我们就进了女生宿舍区，经打听找到了李同学的宿舍。但不巧的是，李同学上自习去了，寝室里只有她的两位室友。一个正窝在床上看书，对外界没什么反应；另一位姓张的女同学不仅长得非常漂亮，反应也颇为敏捷，她听说我们的来意后，就热情招呼我们坐下。我和江帆互相看了一眼，就说虽然李不在，但我们也只是想了解一下艺术方面的知识与讯息，那么就跟张同学谈谈也一样。于是，三个人就坐下来聊开了，谈本系的情况，谈对音乐、绘画的感受，谈读过的书。关于书，那时大学校园里流行读西方哲学家的著作，我们虽一知半解，甚至连这也谈不上，但还是谈了萨特、弗洛伊德、叔本华等。我记得这位张姓女同学说她不喜欢叔本华，江帆问为什么，是因为他看不起女性吗？张点头答是。我对叔本华一无所知，心下惭愧，对他们的对话插不上嘴，但心中有了对二人的敬意。话题接着又回到音乐上，张说她本人是学古筝的，并谈了她的学习体会。江帆对民乐也略知一些，不时插话和询问。我正是从这次谈话中第一次听到音乐家"谭盾"这个名字，张同学说到谭在美国的创作，言语中不乏热羡与崇仰。我也谈了谈我所了解的当代诗坛。这样一谈不知不觉就谈到快十一点了，我们不好意思再逗留，便告辞出来。下楼的时候，恰巧在楼门口遇见了我们原本要拜访的李同学，张同学在过道昏暗的灯光下，匆匆给我们作了一下介绍，我们就说因时间关系，再找机会拜访她，这样我们就离开了女生宿舍区，返回我的寝室，稍稍议论了几句各自就寝。不知江帆对于这次访问是否满意，在我看来还是比较成功的。因为这次拜访，后来我与张同学还有多次交往。此是后话。

第二天上午，我陪江帆在校园里转了转，参观了一下校图书馆。下午，我们按计划去拜访郑震教授。经多次打听，我们找到了郑教授的住处。那是校园后山边上一座相对独立的小楼，周边是高高的绿树形成一个小树林。今天我的印象中似乎那座绿树掩映下的小楼里面，只住着郑老师一家而没有其他住户，实际上是不可能的，但这说明当年那里是十分幽静的。我们大约爬了三四层楼梯，在一扇门前停步，叩开门来，见到一位身材较高、略显清瘦而行动敏捷，颇有大文化人气度的老人，他正是郑老师本人。听我们说明来意，他把我们引进他家客厅，客厅虽然不大，但非常整洁，墙上还挂着一两幅中国画（我不记得是不是郑老师本人的作品）。我们就在一张小四方桌边坐下，交谈起来。郑老师介绍他的人生经历：出生于合肥一个没落的封建官僚家庭，早年也从事过文学创作，发表诗歌、散文、小说，40年代初，到乡下当抗日宣传队员，唱歌、写作、演话剧，做过办事员，还做过中学美术教师，在战乱中辗转各地，在旅途中结识了一些很有才华的朋友，在他们的影响下，专攻版画，又来到高校任教，"文革"中受到冲击，到干校……郑老师一边回忆往事，一边还偶或从内室取来作品集让我们翻阅，我们也偶或插话，比如我问他与著名画家赖少其（其时他正担任本省文联主席）的交谊，赖少其的艺术特色与成就等等，此外我还可能提到我知道的一些名版画家，如古元、莫测等。不知不觉，一两个小时就过去了。那一天，阳光灿烂，但因为郑老师所住的楼房周围绿树成荫，又给人以清凉的感觉，何况郑老师的娓娓叙谈不时地把我带到江南山山水水如画的风光，带到版画那美妙的意境，更觉心旷神怡。

　　拜访郑震教授回来，江帆便收拾行李——其实就是一只背包，离开了我校，再次踏上了他的浪游之路。黄鹤一去不复返，从此，再也没有听到他的任何消息。他的来访，便成为一个小小的插曲，在我的大学生活中一闪而过。但是，迄今已过去三十年了，我仍然不能忘记他，不知他是否还在人间——因为从来都是"江湖风波险，恐有失舟楫"，这样想也很自然。我想说的是，虽然只有短短一两天的接触，虽然我甚至搞不清他真实的身份，但我必须承认他还是给身处封闭环境的我带来了一些讯息，正如所谓的空谷足音，让我知道了一些外面的情况，同时他这种浪迹天涯的游学方式似乎也颇令我向往。要不是他，我很可能连我校艺术系的同学都很少接触，所以我还是要感谢这个校园浪客。希望他还好好地活着，并且能看到我的这篇文字。

回望这片处女地

我得到两册我读大学时的校报合订本,一连几个晚上,我都沉浸在阅读中,内心里涌动一股股暖流。

大约从来没有一份报纸这样让我感到亲切。这是三十多年前的报纸了,已称得上"故纸"。而我打开它,还像第一次读那样新鲜。是的,这些报纸我当年几乎每一张都读过,尤其是发表我和同学们作品的副刊。但那时都是读过就丢,没想到,三十多年后,它们会以这么整齐的阵容一起出现在我面前。它把我带入岁月的河流,带回三十多年前的大学校园,置身那熟悉的美好的环境和充满青春朝气的同学当中,重温那富有生机的浪漫的大学生活。

岁月如烟消逝,这些报纸却仍然像刚刚出版,就是因为与年轻的生命联系在一起,它真的像春天里的一片片青青的原野,展现出迷人的景色:有青青的小树林,有清澈的潺潺溪水,有从河岸上飞旋起来的白鹭,有一垄垄的绿油油的禾苗,有淡淡的远山和袅袅炊烟的村落……啊,这是一幅多么清新明丽的图画,而我也曾经在这图画中徜徉。

我至今还清晰地记得,当年我第一次读到它是多么惊喜,文艺副刊"赭山"更是在我眼里显出夺目的光彩,仿佛有一座空中花园矗立在我面前,又不自觉想象它会像一只飞碟,将载着我们五光十色地飞翔。果然不久,我们当中有不少人因为这块园地而登上文艺的殿堂,更多人在其中深切地体味到诗意与远方——直到许久之后会发现,这萦绕的诗意已把我们的生命浸染得始终保持勃勃生机,而生发出一片又一片光华。

这个园地不大,每半月才出一期,副刊才有一个版,八开大小,这使它每一期都成为一个精致的花篮,里面绿树、花卉、蔬果、青草、蔓藤……每一种精巧的搭配,都有丰富而谐调的光色。更重要的是,这些植物都是带露"种"下的,生发出来虽稚嫩却是无比的青葱,是真正的朝气,是最纯净澄澈的晨露。

我从冬宫走来/用朔风梳去冷酷的记忆/用残雪润泽脸上的皱纹/抖一抖柔软的枝条/抖去那无数烦恼/艳阳下,吐一朵金色的笑/我吹着小喇叭/带着芬芳,带着希望/闯进春的怀抱(洪治纲《迎春花》)

新莺试啼,歌喉清亮,其实正是一种年轻生命的自信,人生起航的宣示。

一莺啼而百鸟鸣。请听：

你不是来了么，到我们中间/走！然后让我们去看海
那里离海不远/你像朵浪花，朝我走来……（孙功兵《我们去看海》）

别说，什么也别说/你的眼睛/已放飞心灵的信鸽/携起手来，我与你同行/去酝酿同一旋律的歌（韦佳《我与你同行》）

年轻的生命最应具有的就是对未来的向往。前方，有更绮丽的景色在引领我们前行。这是对青春的真正的赞美，今天读来却是如此令人感动。

"同一旋律"或许是就大的方向而言，大约在细节上不妨五彩缤纷，所以我当年也在这个园地发表了一首《周末，五颜六色的诗》：

这些五颜六色的年轻人/用笑语挽着笑语，像珍珠/结着珍珠/在夜的怀中，闪着光亮/一阵阵，哗然而去

青春无忧无虑，青春如花怒放。斗转星移，时光也在青春洁白的底色上烙印了各种斑斓的花纹，深深浅浅的图案。现在出现在我眼前的竟是一枚"海螺化石"：

在这织满钟声赤尾鸟羽的崛起史/大海是贞女是死于

难产的母亲/天葬台上盘旋的神鹰/将她澎湃的灵魂整个地叼起/背人的脊背/却洒落她一滴浊黄的涩泪/(你沉甸甸的小海螺呦)/每一条粗糙的深纹/都使不识娘亲的儿女们想起她/艰难的一生（沈国全《海螺化石》）

生命开始伸长触须，触摸历史，首先是大自然的历史，这个星球的历史，因为这才是生命真正的起源，仿佛只有如此，才能探索"我们从何而来"这一千古疑问。

但年轻生命的眼光无疑又是灵活的，它既可以延伸至远古，又能弹跳回来，凝注现实：

一切都已过去，只有风蚀崖壁远远地/回荡若有若无的钟声/龙王的凡胎早淤为黄土/剩下镇河石兽/一页页剥落昏黄的目光/庙宇的残垣上有桃花灼灼地/将乡俗开满（杨坤《故道》）

在那样的年龄，就能这样地把握历史与现实并表达得如此生动形象，殊为不易。

认识来源于观察，有些观察是很细致的：

哈欠哈欠/在硬座和硬座之间/在旅行包 在苹果的气味/和女人的脸蛋之间 挤满……/一叠散乱的扑克/慵倦地缩在一角 像一对似搂似偎的青年/零乱着头发和衣裙（佘林颖《火车上》）

这首诗欲扬先抑。后面写到车厢里播放一首《国际歌》令所有人振奋起来,这恰恰说明诗人心底的希望是压抑不住的。

可贵的是因为写诗,对古今诗人的命运有了同情式的理解:

你是骑着你心爱的小毛驴/走的/你是在小毛驴沙哑的铃铛声中/一路推敲着走的/……你知道你要去的地方/比你梦见的还要美丽/比你想象的还要遥远/你知道你要去的那地方/唐朝的地图上还没生下来……(张雪《贾岛》)

上京城的时候/你就背着比你高的钓竿//你无法把它/收藏起来/后来,你便被赶到/这条江边上……(凌晓革《钓雪——致柳宗元》)

读到凌晓革——这个瘦瘦的青年、我的同班同学的这么几句,我就被击中。是的,我后来也来到京城,我是不是也背着一根钓竿,然后也被赶到了一条江边,虽然这条江未必就在南方……

于是,"久违"了的父亲再一次回到我们的视野:

父亲是一块打满补丁的土地/……处处疤痕把勋章的骄傲 缀遍/父亲的土地/……绝少有艺术细胞的父亲/一回头发现他的晚年/竟还有点诗意且耐人咀嚼……(陶正

洲《父亲》)

相信这并不是"循环"。因为我们毕竟在新文化的星空下游目骋怀,我们毕竟有过理想,何况更有无数感召的力量:

郁达夫的那杯杨梅烧酒 / 一直醉了我好长时间 / 迷迷糊糊难醒 / 难认富春江畔之路 / 许多招引的手臂躺在地上 / 我渴望成一滴血去溯源而上……(洪治纲《杨梅烧酒》)

后来,作者果然在郁达夫的家乡生活下来,尽情地徜徉在当代文学的河流里酌饮"杨梅烧",并成为闻名遐迩的文学研究大家。

这还是当年在校园里就为同龄人所熟悉的诗歌骄子。令我惊讶的是高校诗册未必提及的女同学也拿出了她们的习作,在十分宝贵的版面上,陆敏与季松各发表两首:

一把花伞 / 淡雅如你的花语 / 撑一方 / 很蓝很蓝的晴空 / 拥进我的疲惫 / 仰起脸 / 已是泪流满面……(陆敏《永远的花伞》)

眼中流淌的诗句 / 凝固了很久 很久 / 绿坡上那洁白的少女 / 是冬天遗落的雪的精灵……(季松《赠友》)

少女的心灵总是细致到隐微曲折,但因为纯真,任何时候读来都觉叩动心弦,无论诉说的是爱情还是亲情。

就从这些摘引的清词丽句,这些有意味、有思想的倾诉,我们就必须承认:这真是一个诗人的群落。要知道我们都属于同一年级,是真正的同窗,真正的同龄人。一个年级的诗人就如此,可见这一片小小的园地人才之盛。

何况,我们还不仅用诗的形式吟唱,我们也用散文的形式描绘与再现。描绘与再现的是我们眼中的景与象,我们心中的物与人。

这些散文其实是另一种形式的诗,有的就以散文诗来命名。

仰了头,窄窄的崖缝里,镶一线晴天,湛蓝湛蓝。壁上的茅草,瑟索抖动,很像是在水里。

静极,只听到鹞鹰的翅膀在远处震颤。泼拍响阳光,只显现一方黑影,在头顶出现。

来了来了又来了

高高的梁上下来了——吆喝!

一阵苍老浑浊的歌声挤进来,在厚厚的黄土上飘散。歌声来自哪儿?像是头顶,又像来自地底。

来了来了又来了,

对面的壕壕里下来了——吆喝!

歌声凄怆沙哑,被塬上的风撕成一溜溜布条,断断续续荡进来,很是添了些苍凉。(杨坤《高原四章》)

这是作者到西北高原采风得到的印象吧？情景逼真，一笔一画如木刻版画，刻印在了读者心上。我当年读后就不曾忘记，再次读来又添一层韵味。

我没有想到似乎不怎么"舞文弄墨"的同学，也发表了值得品读的文字，如计长生的《雨花》，写得多么美：

雨花石大部分产于雨花台附近，因系玛瑙的一种，又称雨花玛瑙。体态多呈卵状，半透明，略带朦胧。说起雨花石这美丽的名字，还有一段不凡的来历呢。据说，古时候，有位高僧，在雨花台讲经，讲到妙处，感动神灵，天花纷纷坠落如雨，雨花石便因此得名。

展厅门口，摆着三大盆雨花石，分大中小浸着，任人挑选，可以买的。小的，如豆、如樱桃；稍大的，如佛珠，如酸梅；更大的，如乒乓，如鸡蛋。颜色也是各式各样，赤的，似火；白的，似脂；绿如翡翠，黄如柑橘；而更多的，则是杂色相糅，五彩斑斓。

这真让我惊叹：我怎么不记得当年读到过这样好的文字呢？看来，我当年似乎每一张校报都读过，其实也许大多只是匆匆浏览一遍。如今这么两大册合订本摆在我的眼前，让我"检阅"一遍这片迷人的处女地，完美了我的记忆，不由惊叹这也是些五彩斑斓雨花石，多么珍贵啊！

因此，我不由对这片园地的园丁心生感激。他把这么宝贵的版面大片大片地给予了我们，许多同学都发表过多次甚至十余次，这是园丁在着意栽植和浇灌园林，更是用手把一排排幼树引领，推送到了地平线上，让它们沐浴春风朝阳成长。

  我也想起刚入学不久，有一天傍晚，朦胧的夕光中，那一叠崭新的报纸，由一位同学抱着走来，放在校园人群熙攘的路旁，很快吸引人围拢上去……当我第一次看到校报心里就涌起兴奋：学校里还有报纸！我也应该在上面发表自己的作品！这让不时投稿而屡受挫折的我看到了希望的光芒……我更忘不了第一次踏访校报编辑部，结识那敦厚壮实的编辑凤老师的情景，他读了我的稚拙之作，当场就作出采用的决定（从此我似乎也算一发不可收），我年轻的心受到多么大的鼓舞。以后的日子里，我和我的同学像百鸟朝凤一般，围绕着他——当然也是他打理的这片园地——

  翩翩飞翔！

我想写的小说

当一名优秀的小说家,写出一本本精彩的小说,当然是颇为诱人的胜业。因为可以在小说里塑造那么多栩栩如生的人物,在某种意义上可以再造一个世界,令人神往。

可惜我不是,虽然我也有近四十年的从文经历,但所写的不过是散文、诗歌;虽然那里也有一个世界,但到底没有小说堂庑的廓大、恢宏。我这么说,一点没有轻视散文、诗歌的意思,散文、诗歌自有它们的魅力,那就是情感与思想。

如果要搞文学创作,最好还是写小说,即便以诗歌写作为主,也不妨写一两部小说,我时常这样想。但我并没有这样做,也许因为我算不得一个真正意义上的作家。我也曾有几次尝试去写小说,可是当我打开笔记本——我习惯于在笔记本上写东西,试图写一篇小说,总觉得身上聚集不起力量,心里也很散乱,这样当然只能放弃。因为我知道:真正的写作是不能有一点勉强的,所以最近十余年，我再也没有尝试了。

但是，写小说在我心里曾是一个朦胧的向往。这或许是来自早年的美好愿望。我早在小学五年级时就准备写小说了，甚至已经浅尝过一次，但确实是"浅尝辄止"，不然世界上又多了一个杰出的小说家也说不定哩。记得写的是一篇"革命题材"的小说，因为那时候颇流行红色小说，里面充满了英雄与硝烟，使我从小对革命战争充满了遐想。我多么也想写出一群革命者尤其是冲锋陷阵的战士。于是，我在小说的开首就安排了一场"暴动"，十几个农会的成员扛着土枪、大刀围攻一座小镇的堡垒，几次冲锋，遍地弹痕，牺牲甚多，却久攻不下，人们决定放弃，这时忽然来了一位革命者，是组织上派来的党代表，他亲临指挥，鼓舞士气，终于打垮了敌人，占领了小镇，成立革命组织……我只写到接近胜利的一刹那，便再也写不下去了，因为搜索枯肠，不知道怎样拓展情节，甚至觉得没有多少语言可供驱遣，只得戛然而止，就这样成了一篇只开了个头就煞了尾的不成样子的东西，连再看它一遍的兴趣都没有了，亦可谓"意尽矣"。

我不记得这篇"小说"后来拿给我的同学看过没有。我这么说是因为在邻村有一位同班同学，他的作文也写得很好，和我一样喜爱读课外书，我们俩常在一起讨论读过的书刊，也交流一些读后感。我写小说，很可能事先跟他说过"构思",甚至是他先萌发写小说的念头,而我也跟着想来那么一下子。在他的那个村庄,还有一位高我们好几个年级同样爱好文学的同学,亲口对我讲过他准备写一部小说,写的也是革命题材,或许我正是受他的启发而"捷足先登"了。但在我的记忆里,他的小说终究也没能写出来。

由此可见,写小说是多少少年人"昙花一现"的梦想,尤其是那些作文写得不错,被老师赞赏过有想象力的学生,很容易产生作家梦。但真正尝试的恐怕没有几人,如果抓住梦想,坚持探索并不断努力下去,或许真的能成为一名小说家亦未可知哩。我相信一定有一些知名作家就是这样走上创作道路的。

幸抑或不幸,我从小学时代就写起了诗歌,不管写得像不像、好不好,我确实是从那时起,几乎一直都在写诗(中间因考学等原因中断了几次),从此再无写小说的冲动。但我一直在读小说,尤其是一些外国的现代小说——奇妙的构思,深邃的意蕴,诗一般的语言,常常让我叹服不已;读得多了,仍然不时有"心摹手追"的"技痒"之感,虽然我是一点"技"也谈不上。于是,写小说只能在心中保留一个朦胧的愿望。我多次想,假如我在人生的路上没有别的念头,那么我一定还会写小说!比如,如果我没有考取研究生来到北京的话,我在当初教书的那间斗室,当会把那些考研资料从书架上撤下，立即把一些中外名著摆上去，而且一心一意写小说，不信不能从纸上以笔为刀"杀出一条血路来"！幸抑或不幸，我还是来到了京城，写小说，做小说家，终于成了人生"一条未选择的路"。

其实到了北京，写小说的念头未曾断绝，尤其是刚来读书的那几年。我甚至多次将几部小说的"构思"对同窗好友叙述了一遍。其中我最想写的一篇是虚构一个与世隔绝的村庄，地处群山深处，人们要走过几条河流才能进得去。因为封闭，谁能坐上村长的宝座，谁就可以一言九鼎颐指气使，只手遮天。但坐老大的宝座需要非凡的"功绩"或者贡献，其中有一个"老大"是通过打捞河流中沉没的一尊宝鼎而上位的，但他的对手揭露那只宝鼎不过是赝品，"老大"的地位岌岌可危；为了保位，他使用了种种极端手段，让对手们接连神秘死去。一时间村子里风声鹤唳，人人自危。结果却是老大自家后院起火，他本人惨遭毒手。争权夺利，仿佛是这个村人们唯一的追求，但煊赫权势下，却是生活的极度贫困与艰难，同时，到处充满了迷信气息。其中还安排了一个舞着龙灯游行来求雨的情节，木柴成堆燔烧，而"老大"的一个对手被当作祭品置于柴堆顶；结果如何呢？迎来的是一场叛乱……当初的构思是比较细致丰满的，二十余年过去，几忘大半。我将这个构思对我的一位女同学讲述一遍之后，她说与张炜的小说《古船》比较类似，我写作的兴味顿时大减。实际上我并没有读过《古船》，后来买了一本，也一直搁置在书橱里，不知是否受我同学那句话影响，至今没有读它。

不必否认，我有几篇小说的构思确实受到我所读过的名著影响。比如我想写篇《红草莓，黑草莓》的念头，就是在读艾特玛托夫的中篇小说《查密莉雅》时萌发出来的。艾氏的小说写的是苏联卫国战争期间，村子里的青壮年都去参战了，许多人牺牲在前线，"我"的一个哥哥也同样上了前线，而嫂子查密莉雅在家乡搞生产，却与一位受伤返乡的军人相恋了，但他们的感情却是真挚而热烈的。"我"目睹了这一过程，一方面是觉得值得同情，一方面因为哥哥而难以接受，遂陷于矛盾之中。我之所以要写与之近似的小说是因为心中有一位原型，那就是贫穷的堂哥从山里娶来的一位姑娘，她在新婚之日看到丈夫孑然一身且家徒四壁，便不愿和他成亲，当天就想逃走，结果叫村里人剥光衣服，关进屋里，被强行留了下来。不久，有一个走南闯北的放蜂人来到我们那里放蜂，我的堂嫂与他相识，后又相恋。这个放蜂人离开时约她一起远走他乡，但她拒绝了，因为这时她已经有了一个女儿，她不想孩子从小同她一起背井离乡，漂泊四方。我想在中间插入"我"随堂嫂一起采野草莓的情节：在炎热的中午，在山野，我们来到一条河边，看到清粼粼的河水，她忽然想洗涤一下身上的污垢，便嘱我为她望风。时年十一二岁的我却偷窥了一眼她在河中的光洁的身体，觉得她是那么美；而结尾则是堂嫂与放蜂人话别，却被丈夫带人"捉奸"，捉回来后，再一次将她衣服剥光了，以此来羞辱她，而经过一场纯洁爱情的洗礼，她的灵魂早已苏醒，她不能接受这样的侮辱而选择了投水自尽……我至今觉得这一构思尚有可取之处，何况还有原型，写起来应该有一定的底气，可惜我并没有把它化为文字落在纸上，而是一直留在心底。

我在人生的低谷期，一度又想到写点小说，期待它能改变一下自己屡屡被动的处境，乃至可以"别开生面"。我买来一个新笔记本，准备开工，大干一番，但写了几千字的开头了，仍然找不到感觉，只得仍然让它"胎死腹中"。这一篇已经不是"红草莓，黑草莓"式的浪漫田园故事，而是一个知识分子的悲剧命运，几乎完全以我的一位中学老师为原型。这个老师爱好文学，做过很长时间的"文学梦"，在"文革"时期就喜欢读文学书籍，不知不觉受书中主人公的影响，从此在生活中过得像个小说中的人物，与周围格格不入，言谈举止在别人看来都似不食人间烟火一般，成了一个耽于幻想到了走火入魔地步的诗人。他在教书时，与从小失怙的学生同病相怜而渐渐发展到同性恋，但这个学生性取向是正常的，他考入高校后便与这位老师断绝了畸型关系，结果这位老师受不了了，赶去挽回，又哭又闹，寻死觅活，但仍无结果；回来后，他遂陷入崩溃与半疯癫状态……好不容易痊愈了，经人介绍与一位很好的姑娘结婚，很快生了一个儿子，但他还是不喜欢女性，且猜疑心很重，便用种种借口逼得妻子与他离婚……中间生出许多风波，直到老（退休后）还喜欢到处流浪，辗转在过去的学生间，又与许多学生产生各种矛盾……我一直认为这是一个很好的小说题材，我甚至想好了书名：《晕陆》——有人在海上晕船，"他"在陆地上也像在海上一样，经常晕眩，意在揭示文学让他不适应现实生活。可惜我仍不愿下一番苦功，广泛搜集资料，再现一个时代和这个时代里一位"逸出常轨"的知识分子可悲的一生。

总之，我屡屡动念写几篇小说，从来都懒得付诸实施，即使有一两篇开了头，也鼓不起勇气和干劲把它续写下去，主要原因还在于自己写小说的意愿并不那么强烈吧，所以定力不够，也不愿下那样的苦功——有小说家跟我说，写小说，特别是长篇小说是个体力活，其劳作是非常辛苦的；或许，也正如我的一位写作的朋友说：你写诗歌、散文、散文诗，甚至还写点评论，也足够表达你自己了，你生活底蕴也不是那么丰富，不写小说也罢。

我不得不承认他说得对，但多少心犹不甘。来日方长，我会不会有一天也拿起笔来，写一篇两篇小说而且将它们发表出来给朋友们看看呢，这当然只有天知道。

报刊梦

这里的"报刊梦",是指编报刊而非读,是我文学梦的一部分。

我的文学梦开始得挺早,大约在小学时。因为从那时起,我就给报刊投稿。从初中一年级起,就偶有发表,但数量极为有限。于是就幻想,如果能自己办一份报刊多好,那么,自己的作品想怎么登就怎么登,不受限制,是一件多么美的事。

正好这时已初中二年级,我看到有初三的同学帮助老师用钢板刻印试卷,就动了心思,也利用钢板、油墨,刻一份文学小报送给班上同学阅读。说干就干,我说服了保管钢板、蜡纸等物的同学,编了一期稿子,主要有自己的两三首诗,一两位同学的作文,剩余的就用摘录古今名人的诗歌、短文补白,自己动手,刻印了两张蜡纸,放到油印机上印刷。于是,一份文学小报就此诞生。我以为会博得同学们的青睐,没想到,拿到班上,发给了几位重点同学，反响却平平，应者几乎寥寥无几。我本以为这份小报设计得还不错，有刊名还有插画，现在重新审视，才觉得它真的就是一只丑小鸭，难怪不能博得好评。后来我才想到，其实并不是它印得不好，而是同学们的心思根本不在这里，他们关心的是来年的中考，谁还对你的什么文学感兴趣呢？所以，这份报刊印了两期就自动停止了。我现在连它的刊名也想不起来。只记得第二期用很大篇幅刻印了艾青的一首诗《透明的夜》，或许只是节选亦未可知。

再次动了编刊办报的念头，却已是三四年后，刚上大学那会儿了。彼时，神州大地文学热正兴起，何况我读的又是中文系，我所在的大学也有文学创作特别是诗歌写作的传统，很是出了几位诗人，于是，差不多人人都有个文学梦。晚上宿舍里聊天，聊着聊着，就有同学提出，就以我们这个小组（同寝室十位男生+三位女生）为单元，集中办一份手抄刊物。也是说干就干，买来两本稿纸，每人发几张，抄一到两篇自己的作品，收集起来，装订在一起；再用八开的白纸装一个封面，取名"新月"，意思是我们文学的起步，虽然是个"月牙儿"，但代表着希望。我们知道刊名与现代文学史上的流派"新月派"重名，也不管了。我记得这一期有我的一首诗《我们集合在太阳底下》和一篇散文《桐花赋》，其他同学除了一位女生的《童心悠悠》外，没有任何印象。正当我们兴致勃勃准备出第二期时，却再集不齐稿件，大概许多人的文学梦已破灭，无兴趣再写。这一期《新月》也就成了唯一的纪念，据说它现在还保存在某同学手里。

与此同时，我所在班级也有编印刊物的设想，我积极参与并力主取名《江花》；但并非我主持，具体细节也不清楚。这份油印刊物有十来个页码，我似乎也没有参加刻写；但拿到油墨飘香的一叠刊物时，还是有一种由衷的喜悦。这个刊物大约印了四期，我在上面连载了我模仿泰戈尔的抒写爱情的散文诗，看上去我已经历了一次恋爱，其实完全是想象的产物。这份刊物不知是否还存于天壤之间，我的作品当然也就遗失了。

到了这里，我编报编刊的兴趣已大减，更多地把精力转向读书、写作，当然也包括投稿。但我在校学生诗社担任负责人，也想实现好几届同学都想完成的出一份刊物的愿望。但谈何容易，首先就面临着经费问题，向学校申请相当有难度，或者说迟迟不能兑现。于是，我在上一任社长的带领下，参与组织了一期稿件，反响还不错。后来出了一期《江南》诗报，我已不记得谁主编的了。只记得我在上面发了一首爱情诗。到了我任社长，又由一位同学主编了一期，经我手寄赠了许多家杂志，有的予以转载。我的一首《猎户》也选刊于《绿风》诗刊。匆匆大学四年，我的文学报刊梦留下的痕迹大约也就是这些。

大学毕业，我分到本县一所地市级重点中学任教。我没想到，与编办报刊还有一点瓜葛。这所中学的学生素质都较高，他们也素有办文学社团的传统，甚至在我还在大学读书期间，有一次在县城与几名年轻学子邂逅，一交谈，都是文学青年，都有办社团出刊的兴趣，他们还热情地请我担任"顾问"，后来好像还在他们的油印刊物上发表过我给他们的一封信。但一两年后，我去任教，这件事也就搁置了。新一届同学仍想办刊，我自然是担任指导教师的角色。其时，我正一心考研，也没有太过问此事，只是翻阅过学生送来的稿件。他们不但连出了几期，而且设了一个栏目，登载我与另两位老师的几首古体诗作，名之曰"岁寒诗草"，因为我们三人常相往还，被学生称为"岁寒三友"。我写的诗几近打油，但也剪存了几首在我的作品集里，也算是一种岁月留痕吧。

我研究生毕业放弃了去一家部级国企办报的选择，而入职出版社，算是与早年报刊梦再次失之交臂。但出版社其实也有一份杂志，却是面向全国农村的，只有一个栏目跟文学有点关系，当初我正是因为其写稿而受到赏识而得以进入这家出版社。做了三年图书编辑，却还想重续"报刊梦"，又调去编刊，刚想大干一场，没想到半年多之后就因故中断，我的报刊梦彻底破灭。

新世纪以来，我还是做图书编辑，只在业余帮社里编辑一份书评杂志，但它只是内部刊物，并不对外发行，虽然一度也发稿费，最终随主持其事的社领导工作变动，这份杂志也无疾而终，前后出了二十几期吧。

　　这么说来，我的"报刊梦"到底是浅尝辄止，不过也算略略过了一把瘾。

第二辑

老县城

童年和少年时代，县城在我心目中是一座古朴的小城。除了没有城墙——在抗日战争初期被拆除了，为了敌机轰炸时，方便群众疏散；街道也只有四五条：一两条长些，两三条短的，大多弯弯绕绕。所有的建筑也就是一些水泥砖房、小楼，中间有一座广场，街旁有一些商店、机关而已。但毫无疑问，它是全县人向往的中心。十里八乡要处理一些大的事务，买比较贵重的物品，都得来这里。

我家所在的村庄离县城大概有十三华里，这样的距离，以当年的交通方式，不算近，但也说不上远。虽不能说走就走，但稍稍下个决心，付出一些努力，去逛一趟也并不难。不像远在深山，或相距百余里地的远乡村民，去一次县城便是大事。所以，我们一般从能记事起就对县城不陌生。

但我已经忘记自己何时第一次上县城了。最早的记忆是五六岁时，有一天晚上，半夜醒来，忽然睡不着了，辗转反侧。父亲被吵醒，问我怎么了，我无言以答，只好信口胡诌，说我不舒服。父亲摸摸我的额头，对我母亲说，嗯，孩子是有点发烧，明天带他去县医院看看吧。第二天，他果然把我架在肩上，驮到了县城，穿街走巷，直奔地处县城西北隅、相对偏僻的县医院，当然没发现什么异常。我的父亲为我白累了一回。

后来去县城的次数不断增多。六七岁时随父亲去澡堂洗澡，上学以后，每年随同学、老师去烈士陵园扫墓。有几次跟着父亲到南大街吃馄饨，从街这边店铺里买好木牌，却要到对街的铺子里端食品，总觉得有些奇怪，而那馄饨也着实圆润可口。偶尔还随父亲及其同事到电影院看电影，记得最初看的是《钢铁战士》，印象中有被捕的战士面对敌人的拷打坚贞不屈的画面，后来重看此片，却没有看到这样的镜头，因此有些疑惑。每次去县城都坐在父亲的自行车后座上，在麻石铺的巷道上颠簸，两侧古色古香的房屋曾引起我的好奇心，可惜一闪而过，看不真切。印象最深的还是离城门口不远的"小猪集"，一个卖猪的地方竟然也有两层楼，从窗洞里可以影影绰绰看到人们交易的场景；离此不远，竖着一块巨大的牌子，上面用毛体字书写着《七律·送瘟神》。我不明白为什么要在这里放这么一块牌子，后来才恍然大悟：乡民们不是对猪崽常犯猪瘟感到头痛吗？那么就以这首伟大的诗篇镇之！

不知从什么时候开始，我知道县城里有家新华书店，为之魂牵梦萦，心心念念。十岁那年，借口帮对门的堂二姑爷拉一板车稻谷去县城里交公粮，完事后，路过书店那条街，便央求他给我几分钟时间，我去看下就来；于是快速地跑进去，趴在那一排玻璃柜上紧张地搜索起来，在跟着进来的二姑爷的催促下，匆匆选择了一本能买得起的小书《陈玉成》，欢天喜地地回去。太平天国的一段历史便在我眼前展开，一个青年英雄的形象引起我这个少年的景慕。往后只要有机会，总要进这家书店去流连一番。

每次从街巷上经过，对街上的居民常不自禁打量，总在想象不需要种地的他们，各自何以为生。其时，我的一位小学老师家就在县城，我跟随父亲去过几次。跨过逼仄的巷子和古旧的房舍，进入他的家，住室很局促，但室内挂着古画，家人的一切做派似乎都与我们乡下人迥然不同，看得出生活得相对优裕。我后来怀疑这位姓方的老师可能出身本县有名的大家望族"桂林方"或"猎户方"，这两个家族在明清都出过名气很大的文人，可惜老师已去世，无从问起。我还记得曾同我的另一位小学老师去访问过一位县级领导，他不过就住在一排砖砌平房里，门前用竹子扎成竹篱小院，室内布置朴素整洁。在一个夏日雨后，父亲与他的同事带我登上城北一座空空的碉楼式的建筑，那建筑仿佛有些摇摇欲坠；他们与一个我没见过的人从窗口俯瞰北城，一起在商议什么，我探头看着一条汹涌的河从城边流过。这些经历当然一闪即逝，事后就像梦一样渺不可寻。

不管怎么来去，县城对于我还是神秘的，我对它的感受总是那么有限。有一年外婆来我们家小住，父母决定趁此机会一起到县城照一张合影。怎么去的我忘记了，只记得到了县城我们是穿过北大街前往照相馆的。这样的偏僻街巷几乎看不到什么人，想找个人打听一下方位也不容易，等了好一会，才见到一个戴红领巾的女孩，比我大一两岁的光景，她不仅热情地指示我们怎么走，而且给我们带了一段路。我还记得在那街巷一侧，是一片拆弃屋子后留下的空地，这让我感到疑惑，怎么城里还有废墟呢？十年，二十年后，每经过这一带，我都把这个印象重新放映一次。

上了高中，因为学校在县城边上，终于可以和同学骑着车，在这座城里四处闯荡。到文化局文化馆去拜见文学老师、投稿；还曾跟家住在县城的同学一起从邮局边的一条巷道里曲折地穿过，到荣休院看电影——那里总放一些稀见的影片；夜里的灯光球场，可以看到一群人生龙活虎地打球……这一切都让我乐此不疲。新华书店去得更多了，有一次碰到书店降价处理书，一堆书摆在门口，都相当便宜，第一次遇上这样的事，简直令人狂喜，赶忙把《西行漫记》《南行记》《南行记续篇》什么的，抱了一堆，满载而归。到了高考预考，我还借宿在同学的住处，听着滴答的雨声，一宿未眠，一大早摇摇晃晃骑上自行车去考场，竟侥幸过关。高考后一身轻松，又随同学住在他父亲位于城关镇政府的新单位。古雅的建筑，许多墙面都是木头做的，门窗大气，雕梁画栋，非常气派。我心想这是哪个财主留下的房子，没有想到，后来公布它是一所名人故居！

本以为把县城探索得差不多了，但其实所了解的只是皮毛。20世纪80年代，县城里一下子冒出那么多名人故居，让我瞠目结舌。邮局边上那条常走的普通小巷，有一天封闭起来了，再过一段时间去看，街巷整洁了，还在边上挂起了牌子：六尺巷，而且很快名动全国。原来的广场看起来比较开阔，在80年代初的某一天也圈起了一块地，盖起了一座仿古的文庙。在60年代以前曾被捣毁，现在又作为文化的象征而得以新建，且更气派，更光鲜亮丽。

时间似乎经过一个一个新的轮回，城东那条河上两三百年前建筑的石桥，那巨大的石板竟然也被车轮磨出了那么深的辙痕，当年我每走过一回，都感到震惊，想象曾经有多少独轮车被人推着从这里走过，又有多少士子由此出发，北上京华博取功名。过往的一切都消逝在历史的烟尘里，这桥也因不堪重负被弃置。在它的一侧早已有一座现代的混凝土大桥飞架东西，每天车水马龙。县城则早已超出了这条河界，向四面八方扩展了数公里。在这样一个古文化发达之地，人们素来不乏智慧，只要不把他们的手脚束缚起来，一任他们胼手胝足地干去，财富总可以成倍地积累。这些年城内的楼房也真如雨后春笋，老县城俨然已蜕变成一座有一定规模的现代城市了，令偶尔回乡的我简直找不到北。

东门街上

想起来,我家乡桐城确实是个不错的地方,它背倚西山,而东有大河——这条河就是有名的龙眠河,它相当宽阔,涨水时节,洪波滔滔,而枯水时期,则龙吟细细。而旧日县城主要是在河之西,河水也就擦着东边的城墙汤汤流过。但是,东门外也有一条街,这条街就叫东门街,是当时进城的要道。

从这里进城必须跨过贴着城墙流过的龙眠河。可以肯定的是,这条河上很早架了桥,不过桥是什么模样,是石桥抑或木桥,皆不得而知。而我小时候来到东门大河边,看到的是一座看上去结构比较精巧、也比较高大稳实的石桥。桥面相当平整,两边有石栏杆;主体由一块块长长的麻石条砌成,上面有很深的辙印,是当年的铁轱辘独轮车压出来的,可见这桥的年深月久。部分石条与石条间也有了缝隙,往下看,可以看到底下汤汤的急流,因此,童年的我第一次见还略有些心惊。这座桥在县城东边,所以名之曰"紫来桥",取的是紫气东来之义。它还有一个名字叫"良弼桥",据说是为了纪念清初宰辅大臣,本邑张英、张廷玉父子的。这个名字,平时民间并不常用。

很长时间,我到县城去,足迹所到,仅以河西为限,难得在桥上走一回,而每走一回,都有些新奇、兴奋。因为城中有河,河上还有古朴的石桥,比那些看上去都差不多的大街、人流、房屋,好像要有意思得多。但是我一直未能涉足东门街一带,只看见幽幽的巷口有人来往,不知其究竟,心中颇觉好奇。直到小学快毕业那一年,父亲带我去东门街上他以前的一位同事家做客(在这位老师家读到张承志刚发表的小说《骑手为什么歌唱母亲》,颇为惊艳),我才算真正跨过这座石桥。

这次做客的地方靠近东门河沿的南边一带,只有攒集的一片住宅而未形成街巷,在它的北头就有一条规模相当可观的街道。这就是人们俗称的东门街了。不知何时,我终有一次从这东门街上走过,一下子就被吸引,因为这里像极了一些电影里的古街。一条条麻石板铺成的巷道,高低不平,远望过去并不平直而有些弯曲;两边的房子多是木结构,连成一片,近似江南建筑风格,时见飞檐和马头墙;那房屋大多是两层,底层开着店铺,它们的大门由一块块木板组成,每天早晨一块块卸下来,叠放一边。这些店铺有日用杂货铺,有木器铺、竹器铺、陶器铺,还有粮店、修配厂、成衣店等等，不一而足，而街道上空还不时见到横架的竹竿，上面晾晒着各种颜色和式样的衣衫。街道上人来人往，进城的人——大多是农民，有的还是挑着柴火上街来卖的山民，就扛着扁担在这些店铺里出入，购置日用物品，但一切都显得那么安静、祥和，给人感觉平和安稳。

我很喜欢这样的街道，也常想在这里走走。仿佛天从人愿，机会很快就来临了。初中毕业的升学考试我没有考好，考上的是东门外的一座普通中学，真是塞翁失马，我从此可以经常接近东门街，这大大地满足了我的好奇心。所以，每次上学或进城办事，我都从这东门街上过，或骑自行车，或步行，无论哪一次走，我都尽情地打量着这里的房屋、店铺、行人，每次都能感受到我不熟悉的城镇生活气息。

我每次从这里经过，不嫌其远，只遗憾这条街巷还不够长。有时候，我特意停下来，看街店里的手艺人做工艺，如编竹器、打铁桶；有时候，也要在小饭店里吃一碗馄饨，买几块糍糕、几根油条，打打牙祭。

每当我早晨或是半上午从这条街上过，总看到街上特别是接近桥头的地方，有许多人在街巷两边席地而坐，摆摊卖菜；而这些时鲜蔬菜，样样都青翠可爱。卖菜的多是附近村子里的大娘大婶，她们并不高声吆喝来延揽生意，只等行人前来问价。而没有生意的时候，她们彼此说说笑笑，一切都自然、朴实。其中一位卖菜的妇女，尤其引起我的注意，因为她看上去不像是乡下人，面容白皙、姣好，一双眼睛黑亮清澈，但是再一细看就看出她是个残疾人，下肢不是瘫痪就是得过麻痹症，极不方便。我每次看见她坐在一只小板凳上，下肢就松松软软地伸着，只有上身在转动。我心里为她惋惜，可是她脸上并无悲愁惨戚，她仍然是在轻松地与周围的人说说笑笑，不知为什么我的心里充满感动。

走过这段较为热闹、繁华的街巷，下半街就安静多了；而到了它的尾梢，房屋就没有这么规整了，错落开来，渐渐融入城郊的村庄。而街尾的背后，就是小桥流水的田园，开满金黄油菜花的田畴与菜圃。在这附近还有一间邮政所，很小，好像只有两三个工作人员，孤零零的，像古时候的一个庵堂。有一次，我从城里回来，遇上下雨，急忙跑进来躲雨；是不是在这里取过一点稿费，我记不确切了，但确实在这里寄过稿件，所以与这里的所长还有过交谈。当然这邮政所早就消失了。

下半街的许多房屋，大门镇日都是紧紧地关闭着的，我和我的同学从这里经过的时候，有人曾经指着其中一家关闭的大门说这是我们化学老师的家。其实数学老师也住在这里，只是他性格颇有点怪，就是不太与人来往、爱生气，而且，据说他的身世也有些独特，所以人们对他敬而远之。但时间改变一切，后来他改行做行政去了，性格也变了，我们与他也有了来往。有一次聚会后去他家里，看见室内安设有许多玻璃门，让人觉得还是有些奇特。

从街的尾梢一拐，走过几条田塍，跨过柏油马路，再上一段坡，就到了我就读的中学。但是，正是在这城乡接合部，我也有一段非常愉快的记忆。在这里读书时，我出席过一次县文化局组织的文艺座谈会，在这次会上，我结识了一位写作者，而且也写诗。我们一见如故，交谈起来，总有许多话题。他告诉我，他家就住在东门街上，距我读书的地方很近，我可以去他家玩。不久，我真的到他单位找他，然后，便去他家拜访。此后一年多的时间，我就常常去他家，找他谈天说地，讲过去、未来。我那时对人生有那么多的憧憬与热望，也都毫无顾忌地向他倾吐，而他总是笑眯眯地听着，表示赞许，也表示鼓励。我们在一起交换过一些文学书刊，曾一起去书店淘书，当然也相互交流作品。有时他吃过晚饭，天还没有黑，还会上山来找我聊天，我们在校园里的操场上散步，做做单双杠、体操，活动一下筋骨。他的家人对我也非常好，不仅留我吃饭，到临近高考时，还叫我把换下的衣服拿去洗，真的令我感动。这些交往使我枯燥的高中生活变得丰富了些，不但没有影响我的功课，而且还使我获得许多鼓励，放松了身心，从而有了更大的信心。这一段非同一般的情谊，我是牢牢地记在心底了。

东门街，这条古老的街，这条入城的重要孔道，经过多少岁月的烟尘，见证多少人世的沧桑！甚至不用查阅史料，我都几乎可以肯定，张献忠的军队从这里走过，太平天国的军队也从这里走过；当宰辅、修《明史》的张廷玉走过，因写《南山集》而被康熙下令处死的戴名世也曾走过（据说他早年曾坐在紫来桥上，出对子给巡视经过这里的县令，说对得出来才给通过）；甚至连美学老人朱光潜、将军大使黄镇、黄梅戏表演艺术家严凤英这些现当代名人也一定走过，而今作为一个乡下学子，我又走过，当然也很自豪。最起码我可以感受故乡老城的风味，用想象去触摸过去的岁月，何尝不是对阅历的一种丰富。

大官塘

我一直遗憾没有生在水乡。如果生在水乡，往来凭舟楫，可比步行有意思多了，而且能处处得到水的滋润，或许我所写的文章也更有灵气哩。

我的家乡地处丘陵与平畈交接地带，背靠山地，往东则是一片平旷的田野。水面较少，除了几条河流，就是一些池塘了。那些池塘一般面积不大，最多一两亩、两三亩的样子。却也有一例外，那就是大官塘，怎么看也有一两百亩吧。

如果在都市里有这么一大片水，那就完全可把它称作湖泊；如果在高原，甚至可以称为"海子"——当然"海子"的意思也就是湖。它到底有多大，其实我并不清楚，只知道从此岸望彼岸，村庄与树木都只是隐隐约约的一抹。一般情况下都蓄满了水，一眼望去，波涛滚滚，细浪粼粼，风平浪静时，大有一碧万顷之势。

这口塘在一条国道东侧，面向平原。我一看到它就有些惊讶：为什么它这么大，而其他的池塘都那么小，它比我们村里一百个池塘加在一起还要大吧。在它的东南角堤岸下，还有一个村庄，名字就叫"官塘"。我不知道是因为先有了这口大塘而以此命名呢，抑或相反。我也不知道它开凿于什么年代，我查了一下县志之类的资料，也找不到相关记载。从名称来看，它是一座"官修"的水库。当年开凿它一定花费了不少人力，一定动员了周边几个村的人工，千军万马齐上阵，人欢马叫，热闹非凡，可惜我生的晚，未能目睹。

因为这里视野开阔，且有变化多姿的碧波浪花，所以假日里我写作文，每到文思枯竭的时候，不自觉地想跑到这塘边来，看着浪花踊跃在脚边，也感到心旷神怡。特别是夏天暴风雨来临，天上乌云翻滚，四野狂风呼啸，塘里惊涛拍岸，我的心里也是云飞水怒，神思飞越，我甚至把自己想象成行吟泽畔的屈子，仿佛心思浩茫连广宇，一下子接通了中国文人的万古哀愁。

当然它的存在不是为观赏，而是为解决周边村子的缺水问题，特别是逢到旱季，赤日炎炎，田地坼裂，秧苗奄奄一息，这里的庄稼和人都急盼着这一口水活命。可以想见，这么一大塘的水，可以救济多少亩良田。只是我所在的村子处在上游，得不到它的沾溉，村外田干河枯，却徒唤奈何，只有羡慕大官塘下游村落的份了。

这水从哪里来，据我所知，流经我们村子的水渠，就长年不断向它输送，想应该是这一塘水的来源之一。这么一大片水，我总觉得我们并没有好好利用，比如用它养殖水产之类。每当我来到它身边，久久地朝这水里凝望，总希望从里面发现什么稀奇的东西，可是我连一条大鱼也没有看见过，当然也没有听到邻近村子里的人捕获到大鱼的传说。或许因为每隔一两年它就干涸见底，养不住大鱼吧；当然也没有听说在这塘里出过什么溺水事故，或许正因为塘里没有什么珍宝，就不存在诱惑吧。于是，它就剩下一塘清水，倒也显得朴素、干净。

它偶或干涸，只剩下无数星星点点的水宕。我不记得它是在什么情况下干涸的，大约都是在冬天，忽然有一天就见了底。我不由地想那么多的水到哪里去了呢，似乎也有几分神秘。干涸后大官塘是一片平旷的土地，简直可以在里面跑马。当然没有马，那么长出了星星点点的绿草可以放牛。不长草的地方可以用来集会，所以那时的公社常把这里当作召开全社大会的会场。每逢这时，我们觉得像过节一样，周围和塘里面热热闹闹。一个高台在北侧搭起，插上红旗，竖起了大喇叭，当然也贴满标语。几十个村庄的人都陆陆续续往这里赶，各种各样的面孔，各式各样的衣服，各种各样的声音与笑容，让我们这些没有见过世面的少年感到新奇，平时毫不相关的人们忽然有了聚拢接近的机会。有一次是"农业学大寨"动员大会，塘里人群熙攘，红旗飘飘，喇叭里歌声阵阵，大会开始后，从喇叭里传来领导的讲话。因为我们小学生无须参会，所以我只是从边上走过，看了一眼盛况，那一片黑压压的人头令我震撼。而走得远了，还听见当时公社女书记在宣读文件。这年轻的书记是一位从田间成长起来的郭凤莲式女干部，我在公社大院里曾经见过一两次，很是敬佩她二三十岁就做了公社书记，似乎身上很有传奇色彩。这是我第一次听她那清亮的声音，觉得真是好听。

　　印象深的还有一次在这里召开揭批"四人帮"的大会。照例是领导发表讲话，宣读了几份文件，公布了一批资料，揭露篡党夺权的罪行。这一次，连我们中小学生都必须参加接受教育。我个人听了这些，确实感觉有些触目惊心，实在想象不出还有这么一伙别有用心的人，处心积虑，妄想一逞。我们离得近，到得也早，开会前就在会场溜达，不时碰见其他学校学生也在一旁三三两两聚集、聊天。看得顺眼时，我还跟一些陌生的同学搭讪，给我的印象那些同学并非都懵懂或只知嬉闹的顽童。这是我第一次参加这样大规模的群众集会，一切对于我都很新鲜，当然作为少年，当时我们还感受不到，正是从这次揭批运动开始，我们国家进入了一个新的历史时期。

　　偶尔还能在大官塘底看到露天电影。有一次我听说放一部有名的战争片,跑过去以后,却是看过几遍的《青松岭》,我们就很失望地扬长而去,也不知放完《青松岭》还会不会放那部向往已久的战争片;又一次是我的二姨父带一个女孩儿来我家,那女孩没有考上中学,想到父亲学校补习,好像商谈好了,晚上留他们住下。正逢大官塘放电影,我们便一起去看,到了一看,观众甚多,我们从人缝里看了半天,也没有看出什么名堂,加上冬夜比较寒冷,女孩提出回去,我们也就返回了。

因为学校离塘畔不远,我在小学和初中读书时差不多天天从大官塘一角路过,而我去父亲的学校,更得在塘堤上走很长一段路。我每次都要在东侧的闸口处逗留几分钟,偶尔还会跑过去用手转转那提升闸门的螺旋。其实在学校,推窗也可以看到这塘的一侧,也就是说我们正是在这塘畔长大,这塘伴着我们成长,听我们在教室里琅琅的读书声,看初三毕业班挑灯夜战。只可惜那时我还没有学会游泳,没有下到塘里游几个来回。似乎也没有见到有人在里面游泳,我只听说有老师每天在塘堤上跑步晨练,让我也有效仿的欲望,可是我哪里能起得这么早,所以没有得到锻炼,还始终未看到塘面熹微初露时的景象,这多少也是一种遗憾。

可是一个文学少年从来不缺少幻想,总是要用想象弥补现实的不足。有些想象自认为是非常美好的,至今不忍放弃，主要就是我总希望在塘中心建立一座人工小岛，在上面栽花莳柳，甚至可以布置假山、园圃，再点缀几间农舍，农舍门前系几只木舟，那么就可以把我们学校设在这岛上，这样我们每天上学就不用步行，而是划着船前往，多富有诗情画意啊。我们的船穿花拂柳，来到学校门前，坐在教室，看着窗外碧波荡漾，聆听从花木丛中传来的清脆铃声、悠扬歌声。

可是幻想终归是幻想，回到现实，回到眼前的仍然只是一片白水，除了滚滚波涛，似乎只有岸边的一些依依垂柳，偶尔还会看到几只水鸟从岸边的芦苇丛中飞出，似乎可以入诗入画。我仍然固执地认为我们家乡没有好好开发这片水域，没有把它打造成可以"诗意地栖居"的风水宝地。所以即使在上了大学以后，看过许多城里的湖泊，我仍然抱有幻想：如果有一天，县城扩展到我们这里，把它变成水上公园，打造成一片优美的湿地，那新的县城岂不更是一座风景如画的城市！但县城几时才能扩展到我们这里呢？我也希望大官塘能发挥更大的作用，比如，它能养一些莲藕，放养更多的鱼虾，那样就能更多地嘉惠民众，或许这仍然是我受"江南可采莲"和"渔舟唱晚"之类诗文的熏陶产生的浪漫想法吧。

大官塘啊，不仅留下我童年、少年的足迹，也曾寄托着我多少梦想与希望，我总觉得它应该成为我们那一带真正的"大观"。正如众星拱月一般,它的周围原本就有几口小池塘分布,那么从实际考量:这些池塘都有水道与大官塘相连,它们在某种程度上是荣枯与共的,建设好了这口大塘,将会吸引更多的水汇入其中,这在某种程度上也可以调节家乡的水系,为家乡的农业做出更大的贡献。我想我的梦想实现的一天并不遥远。

马鞍山散记

最近与老作家吴泰昌先生有过一些交往，见面时每每谈到他的家乡马鞍山。他实际上是安徽当涂县人，而当涂属马鞍山市管辖，所以他确实是马鞍山人。他说马鞍山市图书馆将专辟一吴泰昌文学馆，以展示他的文学活动及其成就，这是值得庆贺的一件事。

我曾两次去过马鞍山，但都是三十多年前的事了。转眼就过了这么长时间，真让人不敢相信。现在的马鞍山比之当年变化巨大，但在我心目中还是三十年前的马鞍山。那是一个让我感到舒适和温馨的城市。

我考上大学的当年秋天，班级组织秋游，选择的地点就是马鞍山，因为大学所在地芜湖距马鞍山甚近，可以当天来回。我们去的时候是乘轮船，顺便游了天门山，即李白"天门中断楚江开"的天门。在江上望见东西梁山夹江而峙，确实有点像门阈的感觉。我们登上了某座山梁，好像还探看过一个烈士墓地。但给我印象最深的还是步行于和县江滨小村。那村落仿佛就在江滩上，江水贴村流过，很让人担心江水稍涨一些便会把它淹没。但小村街巷齐整，屋舍俨然，似毫无被淹的迹象。村后还有小树林、菜畦，对街而坐的居民手摇芭蕉扇在谈天，也是一派安逸和乐景象，真令人羡慕。我想起杜甫写江村的诗句："清江一曲抱村流，长夏江村事事幽"，只是不知现在这个村落是否还存在。我多么想旧地重游一次！

我们那次去马鞍山的目的当然是到采石矶游览。采石是突出在长江北岸边的一座山——翠螺山伸到长江中的部分，故称为"矶"。这里系扼守长江的要塞，故古来发生战事甚多，而这里又有纪念李白的著名景点——太白楼，还有李白的一座衣冠冢——李白墓地在距此不远的当涂青山，这些足以引动我们"到此一游"。但我们到达马鞍山市后，并没有直奔采石矶，而是先来采石镇徜徉、逗留了一番，其原因现已想不起来。只记得这倒是个干净、漂亮的镇子，没有什么破落之象，也不喧嚣、嘈杂，让人感到很舒服，殊为难得。我还记得山边有一个红漆小亭，我在亭子里坐了又坐，大约是等待班级做出什么安排；但不知为什么，总没有结果。恰在这时，我发现附近有一座教堂。我还从没进过教堂，一时好奇，就进去参观了一会儿，但怕时间长了，脱离了集体，随后就退出教堂，随同学们上了采石矶。

一路上游人甚众，有好几队也是学生，主要是中小学生，都打着旗，由老师率领。正是秋高气爽时节，枫叶渐红，菊花正黄，景色宜人。我们顺着旅游路线游了几个景点，也登了太白楼，瞻仰了李白侧卧的雕像，这些都没什么特别的。给我印象深的，是探看了一下燃犀井，我第一次知道了温峤燃犀烛怪的故事，觉得很神奇，从此记住了这个人物，在以后读到的史书中还不忘寻觅他的身影。另外则是翻山越岭才到达三元洞，满山林木苍翠，飞鸟翔鸣（我想听一声猿鸣，当然是没有）；而三元洞并不像想象的那么大，只在山脚江边有一个小阁，推窗可见江流浩浩，我们几个人坐在那里背诵李白的诗句，我记得有"白浪高于瓦官阁"一句，全是应景之举罢了。

我们从采石矶顶上下来，还在一个缓坡上集合就餐，即兴表演节目，我竟然还口占二绝句，想当时正是少年浪漫无羁，大约也是为博取刚走到一起的同学的好感。接着，我们就乘火车返回了学校。

大约是这次游览给我留下很好的印象（这也是我第一次游览名胜），念念不忘，所以时隔两年后，我再次前往马鞍山。行前很可能就存有写点什么的念头。这次我在马鞍山盘桓了两三天。我不记得落脚何处，也许是我高中同学就读的高校（商专），并由我同学陪同再上了一次采石矶。还是那高高的山梁，突出的岩石，表面凹下去一块鞋掌形状，人称是明朝朱元璋的大将常遇春攻打采石，健步登上山岭时踩出的脚印。这当然是后人附会。脚迹边上拦上了铁链，防止人去踩踏可能造成失足惨剧。我记得我还是"勇敢地"跨过去，把脚放进去比试了一下，当然我的脚比那脚印小得太多。在矶顶，我们照例遇见了许多来游玩的小学生和外国游客。我把这些情景都写进了后来的文章《采石寄兴》中，文字中渗进了一些思古之幽情，也谈到了对马鞍山市的一些观感。

但重游马鞍山，现在比较清晰地留在我印象中的还是去访问我的一位诗友，即师兄石玉坤。他比我高了三个年级，当年我初入校时他正面临毕业，我曾经捧着习作去他宿舍请教过他和另外一位诗人师兄。此时石师兄在马鞍山十七冶中学任教。他接待了我，大家免不了要谈谈写作。他还带我去他的办公室，我记得那里堆满了他从报刊上复印的许多诗文，可见他很用心地向别人学习。果然，这么多年，他一直坚持写作，而且是写诗，颇不容易，也发表了许多作品，已成为本省的知名作家，出版过诗集《从清溪抽出丝绸》，从书名上就可以感受到诗集内涵，可惜我没有读到。

不记得是当天还是翌日晚上，石师兄带我一起去拜访了当地的文学杂志《采石》的诗歌编辑钱锦方先生。钱先生我当然知其名，也读过他的诗和他编的杂志，很可能还投过稿。我们在他家坐了坐，随意聊了聊诗坛情况与马鞍山的文艺动态，主要是石兄讲得多，我说得少。我的大学师兄当中，颇有几位经钱的手发表作品的，可是我一直未能如愿，这是一个不大不小的遗憾。我与我的这位石师兄此后也一直没有联系，直到前年，因为手机装了微信，我们才加了好友，重新拾起中断的友谊，而这时我的这位师兄已经做了由《采石》变更而来的《作家天地》的诗歌编辑，自然，我在上面发表诗歌的愿望也得以实现。

三十多年前的那个晚上，我们在钱先生家坐了约两个小时，出门的时候，正逢下雨，缕缕雨丝从空中飘下，给人带来一阵深秋的寒意，秋风吹着落叶飘在空旷无人而灯光昏黄的长街上，仿佛是我那时的心境，有几分茫然，没有着落，但并不觉得凄凉……毕竟那一年我才二十岁，还有漫长的路摆在我的前面。

这是到目前为止，马鞍山留给我的"最后"的印象。可惜这么多年，我未能再次重返马鞍山。据说，这座城因太白留迹，经常举行国际诗歌笔会，已经成为一个"诗歌之城"，这对于我这样一个没有多少成绩，然而也一直在写诗的诗歌爱好者，多少也是一种诱惑，不，是一种向往：何时可以故地重游？

芜湖在记忆中

每当我想起芜湖,还是三十年前记忆中的芜湖。虽然七八年前,我也曾有过一次芜湖之行,并在那住过两夜,看到它有了许多变化,特别是离我曾读书的校园不远地方已修建了一条仿古建筑的休闲街,市廛热闹,一派灯红酒绿。

那时候,这座小城市是安静的。虽然在夏天,一条主要的街道——中山路也颇热闹,甚至有卖冰棍的妇人在一些商店门口拍着箱子叫卖,但只要离了中山路,许多巷道都不会这么嘈杂,行人的脚步也不会很匆忙。芜湖最妙的地方就在于城中有一大一小却相连的湖——镜湖,那广渺而恬静的湖水仿佛可以吸尽一切尘嚣。

我真的不记得芜湖都有哪些街道了,除了中山路、吉和街。而吉和街离我读书的校园比较远,我只去过有限的几次,到坐落在那里的机电学院访友。因为不算在城中心,感觉那条街要古旧灰暗得多。

我和我的同学大多活动在中山路和镜湖周边一带。中山路在中间地段有一家新华书店，我在来学校报到的第二天就到这里买过书，其中一本是《红玛瑙集》。后来当然常去买书，在这里，我还曾邂逅诗人曾卓。离书店不远好像还有一家电影院，当然也在里面看过电影。

镜湖边也有两家电影院，好像一家叫光明。电影院前还有一块小方场，有人在那里占一块地方做小生意，其中有一位老人守着他的小人书摊，靠当场出租小人书收取一两角钱，我就曾坐在小板凳上看过两次。周边有些小巷通往镜湖，巷道里有许多小吃摊。有一次我得了一笔稿费，一时豪兴大发，带着几位同学走到这里，高喊："你们尽管吃，吃遍这一条街，由我付账。"背靠或面向镜湖也有商场，我去逛过也买过东西。那时没有多少钱，看到店里有那么多好东西，特别是电器、自行车什么的，那么漂亮，很是叫人眼馋。

从我们学校往中山路去的路口，有一座文化宫。当年这里常放电影、录像；而入口还有一个小小的书亭，当然也是我反复逗留的地方。而中山路上，成衣店比较多；实在没有洗换衣服了，我自然也会选一件。新华书店对面后来好像也修建了一个休闲广场；从那里再往前，斜插过去，似乎还有一家书店，我在那里买过一册《中国现代散文选》，记得这家书店还是开架售书。另外我不记得在附近哪条街上,还有一家炒瓜子的小店,现炒现卖,那时芜湖的"傻子瓜子"声名正盛。

镜湖边两个景点不能忽略。一是东边的"迎宾阁",实际上是一座很小的濒湖公园,主体是栋古色古香的小楼,可以在那里喝茶喝咖啡。我们学校有许多写诗的同学喜欢来这里,环境幽雅,买杯茶可以坐一天,还可以在这里读书作文。文思枯竭时,可以到湖边散散步,这里植满杨柳,几乎每天都是柳丝轻扬,正是激发人诗兴的景致。公园入口有尊"少女与鹿"的白色雕塑,我曾以此为题写过一首诗发表,算是对这个美好地方的回报。而湖西有座"烟雨墩",像是一道伸入湖中的长堤,大约是葫芦状,上面绿树葱茏,几乎看不到建筑,我曾步入其中,却遭遇铁栅栏拦截。据悉,这里有一座藏书楼,却并不对外开放。但它却颇有名,大约跟革命先辈王稼祥曾经在此学习或工作过有关。

镜湖上靠近南侧有一道九曲桥,是不是九折,似乎不曾在意;桥上有栏杆,当月圆之夜,月照波心,高天和水里各有一枚圆镜,却也容易让人顿起愁绪,意气正盛的少年如我,也会在桥上徘徊不已,真的是有把栏杆拍遍的意思啊。后来湖上又建起高高的拱桥,骑车是上不去的,只能步行。黄昏时分,来此散步的甚众。

芜湖市里最大的盛事是每年一度的菊展。九十月间,沿着偌大的镜湖，到处摆满了菊花，一盆一盆地码成各种形状；届时，倾城出动，到处是衣香鬓影。那金黄的菊花迎风绽放，满城都似乎散发着光芒。主场地还会搭有彩门，开展的那一天，人潮滚滚，欢声动地，真的成为一盛大的节日。

在城南，我曾穿行于古老的街巷，到某处带有木阁楼木门板的古老店铺里，或买东西，或随意问问价钱；还在清弋江边见到一座玲珑的宝塔，引起我的许多思古之情。清弋江水十分清澈，上面还有摆渡的小船，花一两毛钱就可以乘坐一次。这一切真的是古风犹存啊。

我偶尔也去城郊走走。神山公园是当时新辟的景点，一时也是游人甚众。它在城的东北郊，我曾与我的一位高中女同学一起去游览。春天，落英缤纷，借花席地闲谈，几忘身在何处。而公园也大得很，有山有水。游人从我们身边经过，络绎不绝。而到了第四学年，我再次与同宿舍的同学去玩，情景已与第一次去时所见大异，大概已建设完成。这一次我们坐船到了湖中的小岛，在岛上漫步，还去探望梅园，满园的梅花已经开放，正暗香浮动。此时大约是初冬。游玩之后，大家也不乘车返校，只踩着火车的铁轨一直向前，走进灯火辉煌的城区。第二年，毕业在即，我还与这位同学再次来到这一带远足，却没有进神山，只在附近农村转了转，看那里盖起了许多小楼，有的未翻新改造的旧房还在那里，见一户人家门上贴着已稍褪色的春联，写的是"十指不沾地，鄰鄰居大厦"这么一句话，有驴唇不对马嘴之感，让人不禁哑然失笑。

隔江与芜湖相对的是个叫"二坝"的渡口。当年没有长江大桥，火车不能跨江，我们坐火车来芜湖，只得在此下车，等待渡船。有时一等就是半天。夏日酷热，冬日祈寒，那滋味都不是好受的。因为是个大的集散地，倒是为各种做生意的人提供了机会。人群熙来攘往，热热闹闹，恐怕一天二十四小时都是如此。

芜湖是个港口城市，扼守长江下游要地，为南京的门户，自古就比较繁华，古称鸠兹。据说就是因鸠鸟繁多而得名。素称米市，也就是稻米贸易的重镇。又说是长江沿线四大"火炉"之一。不过，我读书的时候也没有感觉夏天有多热，大约是因彼时我们正放假在家。我还记得，六七月份，我倒是每晚都要用冷水冲一冲澡才能入睡，而坐船的时候，总会看到有人在长江里游泳，让我好生羡慕。我多么想也在长江里游一次啊！让那一只只江鸥追随我翱翔。

我们学校背依赭山。赭山上有什么风景，我竟然记不清了，只记得此山要攀登起来还很高，山上有洞，好像还有动物园，站在赭山，可以将这座玲珑的江城尽收眼前，只见到处郁郁葱葱，绿树掩映，江城如一颗绿叶镶裹着的明珠，却不知如今这颗明珠是否还像当年那样翠绿……

曾到绩溪

我生在安徽，且在芜湖读过书，但我对本省的江南地区一点不熟悉，尽管对那里很是向往（在我心里，那是处处青山绿水，从来充满诗意的地方）。印象中只到过池州、石台以及南陵，再就是去过绩溪和屯溪。

绩溪是我读大学时随一位比我低一年级的同学胡君去的，是在1987年4月。胡君要在清明节那天回乡祭祖——他说他家乡特别重视这一风俗，问我是否愿意一同去"采风"，这一邀请唤醒我心中的向往，便欣然前往。

我们从芜湖乘火车南行，大约三四个小时的车程。在车上我打了个盹，醒来却突然发现，车上人们讲的话我几乎都听不懂了，盖因中途有当地的乘客上了车。这对于我是一种从未有过的体验，真的到了他乡。

接近黄昏，我们到了绩溪县城，一望就知，是一个比较小的"城"。没有什么高楼大厦，在接近城郊的地方，我们到了胡君的一位亲戚家稍事休息，并借自行车，准备骑行到胡君家。在这位亲戚家里,我见到一位妇女正在室内一面墙的墙根石碓里捣米粉,据胡君亲戚介绍,得知是其邻居。她从我的话音听出我是桐城人,我很诧异。她说,她也可算是我同乡,因为她父亲是从桐城迁徙来此的。我问桐城人在此地多么?她答曰,还有几户。我的心里顿时有了一种历史与沧桑感。同时,觉得绩溪跟我也很"近"。

为赶时间,我和胡君骑车一路疾行。出了县城,全是山地,一匹又一匹大山纷至沓来。好在山路都很平整,行来并不太费劲。我仿佛登上了高原,天空比往常近了许多,一望无际的都是尖峭嶙峋的山岩形成的波澜,在夕晖中,岩石闪射着苍灰而斑斓的色彩。山路左旋右转,时而有或宽或窄的河流赶来陪伴,转折处,流水轰鸣,滩声甚激。山径上绿树葱郁,而河湾里更是翠篁成林,掩映其间的是一律白墙黑瓦的村庄,村庄上还袅绕着淡淡的炊烟,此情此景,端的是明丽如画。天色逐渐暗了下来,我们上坡下坡,有时贴着峭壁急驰,有时推车穿过村落。在路上,时而遇见孤零零的一两户人家,在竹海边的山坳上亮着灯光,令我感慨万千。我在想象,如果我生长在这样的人家会是什么样的情景,有什么样的感受。头上,有七八个星星在天,身畔,是冷冷的风声和溪水的叮当;我们眼前还是莽莽无尽的山野……此情此景，真的是我平生所未见。

正当以为山径漫长得没完没了之时，胡君说了声到了。我看见，前方略微低一点的地方果然有一片灯火，接着，灯光越来越多，越来越亮。我们下了坎，跨过溪流，进入村落，以为很快就会到胡君家，没想到，这村巷也很漫长，而且很窄，两侧是高高的砖石砌的墙壁，走在下面，我不禁想起朱自清先生文章里的一句话："人如在井底了"。接着，又看到许多敞着的门，每家门口都有人坐在竹椅上吃饭，胡君跟他们亲切地打招呼，又穿过几座门楣，跨过一片灯火，终于抵达胡家。

胡君把我介绍给他的父母，两位蔼然长者，言辞虽然不多，却用亲切的目光和热情的招待表达了对我的欢迎。那一晚，我们吃的是红豆稀饭。饭后，跟胡君的父母闲谈；因为"语言不通"，我还不时需要胡君"翻译"，才能听懂一些。饭桌边就有一架曲折的楼梯通向阁楼，我们晚上就歇在阁楼上。那里有床铺、木桌，墙上的窗户果如我从一篇文章中得知的那样小。而深夜风声大作，松涛阵阵，仿佛山野在以这种夸张的方式欢迎我的到来。

第二天醒来，坐到胡君家的厅堂里，我就感受到一种大山的气息。走到厨房外的小庭院里一看，一座青山就屹立在墙头，仿佛正探头看我这个陌生人呢。早饭后，四下里响起鞭炮，村巷里也有了脚步声和呼唤，人们已经去往山上扫墓祭祖了。胡家也忙碌起来，蒸好的馒头包子一类食品（我记得他们把这叫作"子孙果"）捡进了笼屉、箩筐，还挂了锡箔，拿好了烟酒等物，一家人就挑着担子往山上去。田塍上也都看见成群结队的人在走动。有的孩子手里还拿着纸幡。我们走过田头，绕过池塘，登上一层一层的梯田。田陌上，小麦长得绿油油的，间有一片片金黄的油菜花，溪流不择地而出，蜿蜒而清澈，丛丛山花烂漫地开在岩隙，轻轻摇曳，草丛点缀着五色彩纸，真的是好一幅醒目的"山乡清明图"。我们走到一片山坳，即是胡家的祖先坟茔。胡家人在墓碑前摆开各种祭品，六七个人行礼如仪，包括胡君姐姐怀中的幼儿。胡君燃放了鞭炮，把扫墓的工作交代给家人，便领着我四处走动，领略山野风光。不时遇见劳作的农人，都停下来跟胡君打招呼，可以看得出，胡君平素就深得乡亲们的尊重。

　　下午，胡君再次陪同我来到村外，我不记得怎么一拐，就看见了一片开阔的场地，类似小学校的操场，上面还有一副篮球架，可周边并无校舍。胡君告诉我，这就是村里的篮球场，农闲时节，村里的小伙子们还在这里打过比赛哩！我不由在心中暗暗称奇，觉得这里的乡村比我家那边好多了，还组织文体活动，我们那儿四里八乡，村庄里也不会见到一座篮球架（除了学校）。我们绕过一片片竹林，涉过一条小溪却看见一个废弃的水磨房，房子里门窗洞开，落满蛛网，一看就知好久没有人来了，一副大石磨还摆在那里，而引水推磨的石槽当然也是干涸的。这也是我第一次见到水磨房，多少年后，我读法国作家都德的《磨坊书简》，就不自觉要把书中写到的旧磨坊想象成我在胡君家乡见到的水磨房。我们回到竹林边闲话，谈山乡风俗、徽州文化，古代的名人以及当今各界闪耀的明星，都与绩溪这个只有一二十万人的小县有关。

晚上，新月初上，星光点点，村外水田里处处浮光耀金，虫鸣声声，花香阵阵，让人感到神清气爽。胡君带我走访了几户人家，大多是他的堂兄。兄弟们见面，自是十分亲热。我只记得他的一位堂兄是木匠，但他可不是普通的木匠，他会雕花，在木器上雕刻出各种美丽的图案，使我体会到著名的徽州三雕根植于民间的深厚基础。在这位堂兄家里，我看到一座"花床"上有一套"老鼠娶亲"的浮雕，那小老鼠们个个形象鲜活，抬轿吹笛，样样惟妙惟肖，令人赞叹。

接下来的一天，我们本欲骑车去数十里外的"上庄"，目的当然是想看看胡适故居。我们的自行车已在村前的山道上行驶了一两公里，却适逢天上下起雨来，虽然不大，但要骑几十里山路，显然会淋得精湿，只好作罢。这是此行唯一的遗憾。返回时，我特意看了看前面的一道很高的山岗,两边峭石耸立,仿佛形成一道拱门,一瞬间让我感觉到山门那边是另一个世界,而我却踌躇于门前而难入,不觉惆怅起来,心想,还是期诸他日吧。

在绩溪山乡的最后一晚,我对这里的一切不仅不感到陌生,而已经十分亲切。

池州一往

我算得上是个足不出户的人——这主要是相对旅行来说,三十年前是如此,三十年后好像仍然如此,所以有限地去过的地方,便成为难得的回忆。池州是其一。我到过一次池州,那是三十年前的事了。

池州又名贵池(古代又叫池阳),多少年前曾经划归我的家乡安庆地区管辖,所以,它在我心目中总是"近"的。但我去那里,是被我当年的女友邀请着去的。她在另外一所大学里读书,大约是觉得读得实在太烦闷了,正春光大好,何不趁山花山鸟缤纷烂漫的时节,出外踏青乎?杜甫不是说"山鸟山花吾友于"嘛?于是乎,她从合肥到了芜湖,又带着我到了池州。

池州有她的弟弟家可供歇脚。三十年过去,她弟弟究竟是在一个什么单位,竟记得不甚确切,大约是跟公路管理有关的。我们就乘船抵达,上岸到了池州街上,找到了那机关里面两间逼仄的宿舍。院门外就是大街,宽敞,却没有什么行人,也见不到什么高楼大厦。池州那时还只是一座安静地卧处于长江之滨的小城而已。

我们也没有多逛街。那几天天气不太好,女友的身体也不太好,只得龟缩在那两间小宿舍里。偶尔读读不知是带去的抑或在当地书店买的王蒙的《深的湖》。中间有天晚上到女友的一位亲戚家吃饭,那也是街巷里某一处逼仄、拥挤的民居,但主人很客气,备了满桌的丰盛的酒菜,味道也蛮好,使我领略了池州人的热情待客。可惜不及一年,主人那高大、英俊的儿子却在一次车祸中丧生,人生之无常,往往令人措手不及。

大约是第四天头上,我又陪女友去卫校探访她的同学。我们走到了郊外,正是雨后新晴,天清地爽,一派阳光灿烂。正是在这里,我见到了池州边上逶迤隐约的青山,也见到了山上两座遥遥相对的白塔,一幅江南的田园山水画便徐徐展现在我眼前。这个情景便长时间萦绕在我梦里,出现于我的笔下。我还记得一同前往的女友弟弟告诉我们,其中的一座塔曾被战争中的炮弹打塌过,这又使我增添了一些沧桑的遐想。

这天下午,我们又乘兴去游了一趟齐山。女友弟弟说,这是池州唯一可看的风景区。我不记得我们是怎样到达齐山的,只记得到了那里,一条大路通向山野,公园里空寂无人,只有树木在静静地生长。转过一个路口,似乎见到了一座门楼，而边上却有一个石料场，几个工人在那里雕刻着狮子，大约正是为兴建公园而准备的。门楼下的石阶上，栽植着高大的棕榈树。我对这种树情有独钟，因为过去在家乡从未见过，我一直以为这种树只生长在热带、亚热带。

齐山确实是美的，美就美在它的石头。仿佛是不知从哪里奔流到此的一道青浪突然凝止，浪头是各种形态的石崖峭壁，浪花便是各种形态的石头。到了这里，我的心里只涌出《诗经》中形容泰山的一句诗：泰山岩岩——齐山也"岩岩"啊，因为除此之外，我无法形容那或裸露在山崖，或半掩于泥土，或凌空欲坠，或欲遁身草木的大大小小石头、石板。女友弟弟大约对齐山颇为熟悉，他让我们辨认一块块石头叫什么名字，或像什么动物。我仔细看去，狮、虎、豹、猫、兔、龙……都是有的。而山崖上，却到处布满了摩崖石刻，简直有点滥了；这么多名人题诗、题字，让这座乍一看貌不惊人的石山浸满了浓郁的文化气息，却又令人兴起往事如烟之感。我们瞻仰了包公题的那两个硕大、遒劲、厚重的字"齐山"，也登到山顶那座有名的翠微亭，亭子似乎有些旧了，但让我依稀看见岳飞披一袭战袍从烟尘中，踏一路苍翠而来，并听到他的战马踏溪越石碰响的一串串悦耳的马蹄声……但整个齐山安静得不可思议，我们大约只遇见过一两个游人。这样也好，这里的主人便真正是石头，它们似各种身姿、各种表情，向天地，向我们诉说世事沧桑——现在，齐山大约再也难觅这样的安静,应该早被各种水泥建筑和各地来的游人覆盖、拥塞得满满的吧？我不知该为它庆幸抑或惋惜。

到此，是我们在池州的主要目的，但女友兴致未尽，便提议再去池州以南的石台县一游。我第一次听说池州辖下还有这么一个县，便有一种"深山访古寺"的感觉，遂跟她前往。汽车在山野间的田埂上穿行，沿途所见都是质朴自然的村落。而快到目的地时，一条大河在车窗外追赶上来，带着一望无际的桃花，为我平生所未见。顿时想起杜牧在池州写下的诗句："借问酒家何处有，牧童遥指杏花村。"不意在此体会到诗中所写的这种牵人心肠的意境，虽然所见非杏花,但我多么希望自己是这句诗中的某个人。

在石台，我们只是去看了一个溶洞，据说非常有名。洞口狭窄，而进去后却极为宽敞，所谓"别有洞天"，真是一点不假。洞里已经开发，按各种熔岩的形态赋予名称，也是很形象的。我记得有一处设计是阴间地府，有各种吓人的造型，加上处处都闪烁着红的、蓝的、绿的灯光，确实有几分恐怖阴森的气氛。后来,我在鲁迅先生的散文《无常》里读到他小时候在"城隍庙或东岳庙"中"曾瞻仰过一回这阴司间"，又说"相传樊江东岳庙的'阴司间'构造"很特别，即"门口是一块活板，人一进门，踏着活板的这一端，塑在那一端的他（无常）便扑过来，铁锁正套在你脖子上。后来吓死了一个人……"我就联想到在石台所见的这个溶洞。我不明白，人们为什么喜欢塑造这些吓人的东西。洞里是阴森、寒冷的地府，洞外却是灿若云霞的桃花，这样的对比是强烈的，或许洞的经营者正是想通过这种对比，激发人感悟人生的无常，从而更热爱现实生活也未可知。

　　走一走总是好的，总能让人长些知识。这也是我在几十年后还想把这次旅行记录下来的原因。

安庆印象

对于安庆这样一座离我家最近的比较大的城市,我又知道些什么呢?想来十分惭愧。虽然我有时对外还自称是"安庆人"哩,但我实际上只去过(主要是路过)七八次。我甚至记不得她都有哪些街道。

安庆是长江中下游的一座重要城市,扼守着长江水道的咽喉部位,是下游重要城市芜湖、南京的门户,素来兵家必争。我在小学时读到的一册讲太平天国的连环画《安庆保卫战》,似乎就让我明白了这个道理,难怪太平天国与曾国藩的部队在此对峙那么久,也难怪太平天国的青年将领陈玉成几次领兵到我家乡桐城,他就是想从侧面解救安庆之围(可惜没有成功)。

我几岁就开始听老人讲安庆。尤其是夏夜,乡亲们都在空旷的场地上纳凉,总会谈到安庆城里的见闻。其实那时去过安庆的乡亲极少,虽然安庆离我家不过一百多华里(直线距离听说只有五十多华里)。20世纪三四十年代,我的祖父、外祖父都去过安庆，他们都是去做点小生意。我听母亲说，外祖父最初去安庆来回都挑着担子，回到家，一双布鞋已被汗水浸透；我还听说，祖父在解放军过江那年，把准备贩卖的一船大米，当军粮送给了解放军。我的父母也去过，父亲是去那里开会，母亲是去报考学校（考上了，但三年困难时期后，农村劳动力骤减，因此当地控制人口"外流"而不给转户口关系）。母亲是与本村我的一位堂叔一起步行去的，大约要走一整天，路上吃的是自带的干粮。

我从小就在想象这座江滨城市的模样。这是一座真正的城市啊，非一个县城所能比。但直到十八岁那年考上大学之前，一直没有机会去那里看一眼。拿到大学录取通知书，我和家人就在商量是走陆路还是水路，也就是绕道合肥还是安庆前往芜湖。最后我们选定的是安庆，这跟我小时候心中的那份向往应该不无关系。

坐汽车到了安庆，搬下行李，我和父亲便赶到港口打听去芜湖的轮船。必须等到晚上才有一张船票。我们就歇坐在路边。我望见远处半垛城墙似的堤坝，知道那里就应该是长江，这条中华民族的母亲河从上游横贯四五千公里而来，我仿佛听到了她那雄伟有力的心律，闻到她宽广仁慈的气息，急欲一见其容颜。我跟父亲打了声招呼就一路疾行，匆匆登上了堤岸。果然，一道浩浩江流展现在眼前，宽广得像是一片汪洋，似乎只能隐约望见对岸的一些树影。朝思暮想的长江，我终于见到了你！我的心不由发出轻轻的呐喊。我惊诧于江水的浑黄，这似乎跟想象中的不一样，但我也能理解，因为她风尘仆仆走了那么多路才来到我的家乡，辛苦了，长江！

那一次，我们并没有真正进入城区，就直接坐船走了。因此安庆是如何的一派风光，我一无所知。后来，上学、放假回家，也路过安庆几次，也只去过几个地方。我记得有一次回来，拎着一只大旅行袋，里面装满了书，沉重得不得了。抵达安庆时已是深夜，天开始掉雨点，情形颇有点狼狈。已经忘了那一夜是如何度过的。似乎还有一次，到安庆时尚早，曾与几个同学在江边的一家饭馆里吃过饭。我坐在窗口观察街上的年轻女子，听个个都打着乡音，觉得亲切；还在心里将她们与芜湖的女子相比较，觉得安庆姑娘更秀丽、更自然，有一种天然去雕饰的美，明显是因为古城文化的熏陶、润泽，我心里是喜欢的。

那时候就知道安庆的振风塔闻名遐迩，可惜很长时间没有机会登临。每次从芜湖回来，从江轮上望见振风塔，就知道到家了。但登塔可能是 1986 年 8 月，我和前女友从安庆往芜湖返校，中间不知为何，在安庆停留了一两天，想必就是那次才第一次登塔，当时的情形是一点也不记得了。但那天我们一起坐公共汽车去菱湖公园游玩的情景至今还历历在目。我似乎是从她口中才知有这么个公园的，我们赶到那里，烈日犹曛，满天蝉噪，整个公园似乎到处都是垂杨柳，给人以绿叶黏天的感觉；园子里湖泊肯定是有的，上面生长着荷叶、荷箭，绽放着荷花。我们在一座亭子里坐下，而公园几乎没有一个游人，如果不是蝉噪，应该是安逸的，但好像因为树木多，也不怎么通风，让人不耐久坐，我们待了不长时间也就离开了。这似乎是我在安庆到过的唯一一座公园。多少年后，我还喜欢在郁达夫的小说里寻觅它的影子。达夫先生在20世纪20年代曾来安庆的一所大学（应该是安徽法政专门学校）执教，闲暇时喜欢走动，菱湖是他常到的地方，他的几篇"自叙传"味道很浓的小说都写到了这一点。我所见到的菱湖公园似乎跟达夫笔下的变化还不是很大哩。

每次经过安庆，讨厌的是轮船一票难寻，哪怕是没有铺位的散席，所以有时要逗留好几个小时才能谋取一张船票。有一次甚至找到了在港务处工作的一位同乡，那也等了很长时间。我记得我就手执一册《唐文选》，坐在他办公的地方等待消息，至于有几篇文章在那种心境下能读得进去，是很值得怀疑的。但是，有什么办法呢？

大学毕业，我在家乡小镇上教书。当年冬天就去了一趟安庆，走的不是安合公路而是小镇东边的一条土路，乘坐的是当时那条路上唯一一趟公共汽车，经过了许多村庄和有名的菜子湖。这比走安合路给我的新鲜感更多，路途也近一些。这次去主要是买书，买《新英汉词典》，为考研复习必备的工具书。到了安庆，我直奔新华书店，应该是在吴越街，我看到"吴越"二字，感到心都猛跳了几下，因为辛亥革命前为暗杀出洋考察的五大臣而英勇献身的烈士吴樾，正是我们桐城人。这一次除了《新英汉词典》，还买了一册诗集《夸齐莫多、蒙塔莱、翁加莱蒂诗选》，这三位意大利诗人的诗都为我所爱，所以带到北京，珍藏至今。我从记在扉页上的购书日期，知道这一天是"1988年12月15日"。好像从这一天，我对安庆市才有了一点切实的感受，觉得她似乎古风犹存，现代化色彩的新建筑还不是很多。

到了翌年十月抑或十一月，我报考研究生，需要到市教委报名，自然又来到安庆。报名的经过一点印象也没有了，接着是转年一月我和考研的同事一起来安庆考试，考场在某中学，住的地方是状元府宾馆。之所以选择这个宾馆，似乎也是为了讨个彩头。我们一共三人住一间，夜里我百感交集，辗转难眠，只得披衣起来在院中徘徊，接着又复躺下，但是仍然睡不着，眼睁睁看着窗幔由黑变亮，这多少也影响了临场的发挥。到了第三天晚上，接近天亮，听到宾馆外小巷子里长一声、短一声叫卖茶叶的声音，想到陆游的诗句"深巷明朝卖杏花"，更是睡意全无，这声音至今深深地印刻在记忆里。这一次考试果然失利，虽成绩过线，但未排上第一名，学校老师来信说要作为定向生录取，必须先找到定向接收单位，且由该单位出钱供我读书,这对于有些人来说不算什么事,但是对于我怎么可能？只得作罢。

第二年，我重整旗鼓，再上考场，但什么时候去报名的，又住在什么地方，记忆里一片空白，也许还是住在状元府宾馆，在同一考场考的也未可知。但正是在报名的时候我有幸遇见了当地诗人李凯霆先生，我们一见如故。因为我早年就在著名的《萌芽》杂志上读到他很有名的一组诗《大地之舟》。这次考试结果出来后，一开始录取也不太顺利，原因跟上次差不多，老师说可能还要找定向单位。绝望再一次向我袭来，我只能抱着试试看的念头找到考研时结识的李凯霆先生，请他为我设法。他热情地将我延至他家，并把我的情况向他的父亲作了说明，老人已从市文化局局长的位置上退休，却对我极为关切，为我想了很多办法，还向有可能的单位写了推荐信，并亲切地招待我吃了午饭。饭后，凯霆又带我去见我的学长、诗人天鸿先生，其时他在《安庆日报》工作，天鸿也说可以跟某某日报联系看看。（据说当年诗人海子每次回安庆，都要去天鸿家闲谈，我也算去过这唯一的一次。）后来人大在录取时作了调整，不需要我找定向单位了，我总算如愿以偿。

但是凯霆先生，特别是他的尊人，对一位在求学上遇到困难的乡下知识分子倾情倾力相助的古道热肠，令我非常感动，也一直感怀！我至今还记得他老人家那亲切和蔼的模样和谈话！但是多少年间，我跟凯霆先生也没有怎么联系，后来我在《随笔》《花城》等一些重要刊物上连续读到署名"苍耳"的系列文章，特别是涉及安庆人文历史的，有思想、有深度，极见功力，读来酣畅淋漓，且极为震撼，当时就有直觉告诉我，这些一定是出自凯霆先生的手笔，一查百度，果然，不禁大为钦服、极其高兴，心想：有斯人必有斯文也！通过他的作品，我似乎也能够比较近地触及安庆的历史底蕴。

在两次考研中间，我应该还来过一次安庆，是为买《当代大学生诗选》。我的同事从安庆回来说看到这本书收有我的诗作，所以我又去了一次，至于还买了其他什么书，照例是忘记了。因此可以说，每次去安庆，来去匆匆，也没有好好欣赏市容市貌，所以我至今也谈不上对这座城市能略知一二。只记得每次考研，餐餐都下馆子，食物的风味跟我家乡桐城的并无二致。每餐都吃得很好，但"大战"三天下来，我发现自己还是瘦了，且感觉浑身没有什么力气，回来后经过十天半月才恢复过来。可见，考研也确实是件耗费体力的活儿哩！

三年后，我研究生毕业，有一趟湖北之行。结束后，在一个漆黑的夜晚从沙市乘轮船顺流东下,翌日抵达安庆上岸。这次,我再访迎江寺,登了振风塔;沿着阶梯,一层层向上,到了上面几层,一次次从塔里转到塔外,站立着眺望江上风景,颇有凌空飞举的欲望。一轮红日已经西斜,浩渺无尽的江面浮现在天际,风平浪静而浮光跃金,让我体会到天地万物的壮阔与永恒,也有一种"长江接天帆到迟"的惆怅,更觉有幸——虽然岁月倥偬却有机会登临高塔把这一切风光尽看在眼里。

安庆之于我终究是有些陌生的,然而又是亲切的,因为她毕竟也是我的家乡,何况我在这里还有一些非常的、美好的际遇,我一直把我心中最亲近、最温馨的一块地方留给了她。

三十岁的海

生于内陆，从小爱幻想，甚至还喜欢写点诗的人，素来对大海怀有一种不可遏止的向往，也算是在情理之中吧。

海一直在我的梦里，在我的想象中。我一直在等待机缘到海边去一览海的风貌。但早些年基本上都在求学阶段，哪里有这个可能呢？一直到三十岁才终于成行。

那一年我的职业生涯才真正开始，好像一切都终于尘埃落定，"三十而立"，虽说事业上并无建树，但似乎也有一点立的基础了，所以心情还不错。恰逢某单位有暑期到北戴河休养一周的福利，我便随之欣然前往。

我们先乘火车到达北戴河车站，然后改乘大巴赶往海边的疗养基地。一路上，我的内心因充满向往而颇有些激动，还真有点像过去因包办婚姻而从未见过新娘的新郎在赶赴自己的婚礼一样。车在山间起伏的公路上盘绕，我的心情好像也如此。我一直引领而望，始终凝视着车窗外的前方。终于，我遥遥地望见远处的一抹树丛间露出了一块蓝，就像一片干净的天停栖在那里，也像一块蓝布晾晒在树梢。"那就是大海！"车厢里有人说。我也猜测是大海。车厢里并没有欢呼声，我的心里却有一束浪花在激越地跳跃。

那块蓝布铺展得越来越大，但仍然像是张挂在天边。车子拐了个弯，蓝布也看不见了，车子驶进了一座大村庄式的疗养基地，在一栋建筑前停了下来，我们到了住宿地了。这时我仍然看不见海在哪里，但我感受到已经很近很近了，海就在不远处自由地奔涌，它的身躯在蓝天下舒展得很阔很远，但是它的头脸，它的千手千臂，很快就会出现在跟前。

果然，放下行李，我们步出大院，不过一箭之地，就走到了海边。我站在浅滩上，抬眼一望，大海就携着千万束浪花奔来眼底。这就是我渴望了整整三十年的大海啊！我深深地呼吸了一口，确实吸到了一些淡淡的咸腥味，仿佛是在让我确认，这果然是大海。就像婴孩在确认他的睽违已久的母亲，我又放眼远眺，望见的都是蓝色的海水，波涛层层叠叠，时时刻刻都在起伏不定，那么随意却又仿佛不动声色。这到底与我所见的池塘或湖泊不同！而且，我发现海是凸出的，它即使是平躺的，也当是一个鼓腹的巨人；它浩瀚的海水甚至像是从天而下，因此那一束束海浪也就像从它身上飞下来的鸟儿,一落地便展翅翱翔,飞向四面八方。这看似单调的海水真的要叫我百看不厌,颇为着迷了。

夜晚,我们在基地的餐厅里集体用餐,所食当然少不了海鲜。尤其是那一盘盘紫红色的海蟹,真的让人大快朵颐。用完膳,基地还有一个简单的欢迎仪式,此后,我们便回房休息。我多么想到海边走走,可是我被劝止了,理由很简单,新来乍到,不熟悉环境。但一切静下来时,我却更强烈地感觉到了大海的存在,因为室外的波涛声轰然四起,从窗户、从门隙,从屋顶,从墙壁,从各个角落倾泻入我们的寝室,大海似在宣告,它才是这里的主人,而我们是擅入者;但它并没有进一步要赶走我们的举动,我们也就在它的喧嚣声中一夜安眠。

当一觉醒来,涛声又似乎安恬多了,仿佛大海已经接受了我们。吃过早饭,我和友人直奔海边。海滩上已经有了游人,许多人已经下海游泳。我们也赶快回去换好泳装,一步一步下到海里。那一道道浪波向我拥来,又像伸出千万只小手想来触碰我、抓我、挠我。大海摇摇不止,这真是从未有过的体验。我伏下身去,千万只小手却都缩回去了,无论我侧游,仰泳,大海时刻都在推我、拥我,仿佛我躺进的是摇篮。我潜入水中,睁开眼,海水却似乎透明,能看到很深很远,甚至看见游到眼前的小鱼。在大海的怀抱里，我一点都不感到陌生，而且游得比较轻松，这当然也因为海水比淡水更有浮力。我真的是喜欢上了大海！不过要真正认识大海，还要尝尝它的滋味，我轻轻地含了一口海水，呀，海水果真是那么咸、那么苦，无以形容，只能说是苦咸、苦涩的。我当然知道这是含有盐分的缘故，不过，我还是困惑不解，为什么这么多的海水，而且是这看似纯净、透明的海水，竟然这么咸，咸得扎人？这盐是从哪里来的？

如果是现在，我一定会更多地联想到人生。人生不也跟这海水一样，即便得意，看似沧海横流，奔腾不息，而且浪花恣肆，甚至纯净透明，然而你细尝一下，却是苦咸不已，不敢下咽。可是，在三十岁时，我还没有经历多少挫折，还不知人生况味，我只有向往，只有诗一般的想象，我哪里能知道苦涩是海水的真味，也是人生的底色或者说是最基本的滋味！其实，要不了多久，我就领略到了这一滋味；就在这次海滨之旅归来后一年多，人生的风暴就骤然来袭了。就像海上的台风已在远海酝酿，而海边的人却浑然不知。这就是人生！当然，这已是后话，而那天在海中击浪，我却全身心充满了喜悦，充满了豪情。我甚至远远地游到了防鲨网边，才返回。

中午，我们吃过午饭，又来到海滩上漫步，并用带来的相机互相拍照。大海显然不是低低平躺在脚下，而是像堵墙似的凸起在稍远处；但它的浪花却像一群孩子，一群小动物，追逐在我脚边，无论我走到哪里，它们就跟到哪里。再望远处，整个大海又像一本摊开的书籍，它的书页在不停地翻动，每一页都波光粼粼。这样的情景，多么令人心驰神往，让人想象刚诞生的海，人类足迹到来之前的海，也想起人类在海上演出的一幕幕悲壮的活剧。大海，真是一个神奇的所在，多少人创造的历史，在大海面前都是短短一瞬，多少帝王功业巍巍，在大海面前都不过是一粟微微；大海亿万斯年平静地翻卷，把多少惊天动地的故事化为云烟，收藏于每一叠浪花之间。即便想到这些，我仍没有一丝感伤，我甚至站在浪花就要触碰到我的地方，双手背在身后，摆出了一个很"气派"的造型；阳光洒在我的脸上，海风吹动我的头发，我的目光坚定而自信地看向远方，而大海更是展现一片广阔的蔚蓝；天空高远，空中还飘起了朵朵白云。这一切都叫我陶醉，而摄下的这张照片也将我人生盛年的开端——三十岁这一美好的瞬间定格，后来好长时间我都把它摆在案头。

那天晚上，我们仍然出来到海边漫步，幽暗的大海仿佛一匹巨兽卧在那里，到处传来它那咻咻的声息。而远处似乎还有点点渔火，天空上则是颗颗亮星。游人三五，在海边不同的地方出没，有的甚至在亭子里聚餐、喝酒、喧哗、跳舞、歌唱。这是很自然的事，大海是一个让人放松的地方。我和同伴穿行在夜色中,眼前的一切是那么朦胧、暗淡,大海也似在沉睡,然而,它如果在沉睡,会梦见什么,它的梦也就是那些水族在它怀抱里的种种活动吧?它明天醒来会怎样呢?是不是又一把掀去蒙在脸上的神秘面纱,满面光彩地向我们走来呢?一定会的,大海,这个巨人,总是那么神采奕奕,总是在天空下闲庭信步。

第三天上午,我们同集体一起活动,主要就是坐了一只游轮在海上转了一圈。当海岸退去,四面一片汪洋时,我们确实不辨东西而有"纵一苇之所如,凌万顷之茫然"之感。我想起了从文学作品中读到的有关大海的故事。《花狗崖》里所写到的那个少年,他第一次出海就遇到了几日几夜的弥天大雾,在海上失去方向,身边的亲人为了把最后一点淡水留下,一个个纵身大海……人类与自然的博弈令人心酸,也令人神往!我想起巴乌斯托夫斯基在他的《金蔷薇》里提到他在一个渔村看到海边墓冢上立着一块石碑(我多么希望这是一支断桨)上面写着这样一行悲壮的文字:"献给死于海和将要死于海的人!"我也想起海明威的《老人与海》中的主人公桑提亚哥……一种自豪的力量在我身上升腾:大海是雄强、伟大的,然而人类的精神更雄强、更伟大,因为人类终究要像一名驭手,纵横在这匹暴烈的马匹的背上。

从海上游览回来,我们还逛了海边集市。我记得从住地还需要走很长一段路才能到集市上。我看到了一些村落，这使我有置身渔村之感。事实上，这里也确实是个渔村，许多人家门前的树上和支起的架上，都晾晒有渔网。如果是生在这里，做一个渔民，在海上讨生活，将会怎样呢？我无从想象。而集市上人倒是挺多，几乎摩肩接踵，都是游客。一排排、一堆堆货物，不用说都是海鲜和海产品，尤其是珊瑚、贝壳、海螺之类的，可供游人买去作个纪念；我第一次看到了海马，原来竟是这么小，我还以为它是海里的大兽呢！

翌日凌晨，我们便乘车离开了北戴河，前往秦皇岛市区与山海关游览。途中经过一片宽阔的滩涂时，一轮红日从云烟中现身，就像是一只悬浮的灯笼；而海滩更吸引我的视线，只见弥望的都是淤泥，上面飘摇着断梗蓬草灌木，几只水鸟在那里飞栖觅食。那时的秦皇岛市还没有现在这么繁华，所以没有给我留下多么深的印象，记得的只有曲折的小巷与人家，而穿过城市，我们就到了一片布置得井井有条的游览景区，据说这里就是两千多年前秦始皇临石观海的地方，大海仍在山岗下面，烟波浩渺，秦始皇何在？还有那个喜欢挥鞭和横槊赋诗的魏武帝何在？魏武倒是留下了几句诗让人感念不已："日月之行，若出其中；星汉灿烂，若出其里"，原来魏武帝胸中也有一片海。

在这个游览景区，我还参观了孟姜女庙，这多少有点让我感到意外。小时候，我就从母亲那里听说过孟姜女哭倒长城的故事，没想到，在这里"遇到"了她，我顿时感觉时间很慢，二千年前的事也不过像发生在昨日。在庙里，我还看到那副名联："海水朝朝朝朝朝朝朝落，浮云长长长长长长长消"，只觉意味深长。

既然有孟姜女的故事，长城定然不远。果然，我们便到了长城的起点、天下第一关——山海关。我知道山海关是联通东北与华北的锁钥要隘，当年日本侵略军的铁蹄正是从这里踏进华北、中原，蹂躏我大好河山的。我在关下的街道上久久伫立，竭力想象当时那令人痛彻心扉的一幕，为一个衰弱的民族任人宰割的悲剧而凄怆不已。历史还会重演吗？多虑的我心头压上了这样一个沉重的问号。我忽然觉得自己是多么地需要坚毅与刚强。

从山海关回来，我们又在北戴河自由活动了一天。这一天，我仍然是在海边散步，海里游泳。奇怪的是，我已经对大海不陌生了，同时觉得自己也有了一点不一样。我说不出不一样在哪里，只觉得自己身上有了一些重量，走路的步子与划水的动作也有力与稳重多了。我一次次游向远处，我甚至想横游沧海，拥抱沧海！

这就是第一次见到的大海！那一年，我三十岁，大海似乎也只有三十岁。我对未来的岁月充满了向往，对于我，那也是一片未知的海域；但是，我要义无反顾向那片海域游去,虽然历经风浪,但初衷不改。一直到今天,北戴河的海水仍然在我身上澎湃,海浪重重叠叠,如展翅飞翔。

大海永远是三十岁!三十岁的大海充满活力,充满希望,却又动荡不安!或许这就是生活,这就是人生。

大灰厂

我知道大灰厂不过是近三年的事。起因是我喜欢逛旧书肆，而我所住的石景山从前专门有个旧书集散地，集中连片地摆开几十家摊位，那规模是很大的。但不幸的是总因这样那样的缘故被迫迁徙，甚至被驱散。结果是，我在街上偶然遇见过去相识的卖旧书人，告诉我，他们大多迁到了大灰厂。

大灰厂？这是个什么地方？我上"百度"大致搜索了一下它的方位，才知它在京城的西南一隅，离我所在的西五环边上还有几十里地。那大约已是门头沟的山区农村了吧。而从这个名字看，说不定是个废弃的水泥厂，因为我隐约记得水泥曾叫"洋灰"。那么，那里一定很冷清，没有多少人去的吧？

我一直想去看一看。可是因为不知道怎么走，加上忙碌，所以一直没有付诸行动。这时候我又遇见一位曾经给我干过搬家之类的体力活的同乡，我问他现在的住处，他也告诉我是在大灰厂。这使我感觉,这个大灰厂大约是进城务工的农民工集中聚居之地,可能是个即将拆迁的城中村,房租便宜,正如前两年还存在于我们家附近的衙门口村吧。

但是,再次激发我产生去大灰厂走走的念头的,是从前认识的一位卖旧书和古玩的老人。他每个星期的前四天晚上,都来我窗外的半月园摆个小摊,在地上铺一张油布,摆放少许破旧的图书、杂志和铜钱、银镯、灯盏乃至箭弩之类勉强可称得"古董"的旧物,然后打亮一只小电石灯,像只猴子一样守在边上,大约从黄昏等到晚上八九点钟,就把地摊儿收了,装上类似拖拉机的三轮车,开回去。我常常带孩子来玩,每每要到他的摊前流连一番,拿起书刊问问价,偶尔也买一本带回家。我记得买的有《焚书》《红色果实》以及六十年前出的《人民文学》等,价钱都很便宜。有几本旧刊《新观察》要价稍贵我就没买,却还倚着他的小车,当场翻阅了一下,甚至通读了几篇名人之作。其中有一篇姚雪垠的《惠泉吃茶记》,我在后来与姚雪垠之子海天先生见面聊天时,还准确地说出发表这篇文章的刊物及日期,显得自己对姚老著作很"熟悉"。翻书时,我也跟书摊的主人闲聊几句,一问才知,这个个子矮小而腰身有些佝偻,脸色黧黑且深刻着皱纹的老人竟然差不多是我的同龄人。而显然,他经历的人世风霜比我还要多。而当他说到他的住处是大灰厂时，我更是暗自吃惊，他每天下午四点左右就开着他的电动三轮车，赶了几十里的路，就为了摆这么个冷摊，卖几件旧书旧物？而我看，光顾他的实在是不多，有时竟长时间无人问津，如此下去，何以维生？但他似乎不考虑这个，每周四五天照来不误（其余两天到良乡附近的夜市）。我不禁感慨系之。我甚至有跟着他去他的住处看一看的冲动。

但毫无疑问，我仍然只是这么想想而已。其后不久，便是疫情的暴发，公园里虽然没有禁止人去游玩，但明显的已游人寥寥。这个卖旧书物的中年汉子从此不见了踪影。一晃一年十个月过去，即便公园已恢复了往日的热闹，他仍杳如黄鹤，无从寻觅。我倒真有点怀念疫情之前的日子了，那时至少还有这么一个冷摊可供人徜徉浏览一下。我也开始后悔，有几本书刊，我与他因没有谈好价钱而未曾买下，其实还是可以看看的。不过就是几块十几块钱之争，何必计较，现在想买也不可能了！不知道他是否安然无恙，是否还住在大灰厂？还有从前结识了许多旧书肆的卖家，是否都还在大灰厂住呢？

而我终于决定要去大灰厂看看了。其直接原因，是我在单位附近的一个停车场，竟然看见有一路公共汽车的终点站就是大灰厂。虽然站点是多了点，但只要有耐心，到底还是方便，多颠簸一会儿就是了。于是我事先在手机上搜索这路公共汽车所经之地，便骑共享单车出发了。我辗转南行，又转向西急驰，准备骑累了再改乘公共汽车。这都是我没有走过的地方，我只隐约记得，这条路指向著名的园博园。我骑了很长一段路，路上已见不到行人，也很少有车辆，而不久就到了一座有多条道路交叉重叠的特大型立交桥边，大约是交通枢纽，早先看得见的公共汽车站牌，早已消失在迷宫一样的桥梁与引桥中。我感觉迷惑起来，遂向路边的一位环卫工人打问，他告诉我，要从空中穿越到对面去。我依言骑上了立交桥的顶端，纵横交错、四通八达的车道在我脚下流淌着车流，我第一次如此感受到城市立交桥的雄伟气势与视野的高远、开阔。继续向西南方向驶去，下了立交桥，便到了地铁园博园站。这时，因为刚才在立交桥上的一番"历险"多少有些让我紧张，遂决定改乘公共汽车。

坐上公共汽车西行，所经之处，更像是城乡接合部。时而是连绵的楼宇，时而是空旷的绿野，还不时地看见整片的树林。而再往前，却又是住宅密集的社区。愈往前，我感觉愈密集，以致公共汽车没走多远就得停靠车站，那些房屋都不高，大约以四合院为基础，攒集在一起，似乎数里、数十里都是如此，形成一条条街巷。这真让我吃惊，我本以为是荒郊野岭却有这么多人在此居住、生息、繁衍。街上人来人往，还有许多工人在路边做工，有的建筑在拆，有的在建，有那么多的店铺在同过往的客人做着生意，可见这一带正是"热土"。

汽车到达大灰厂村，道路显得逼仄起来，路面也更加不平。我本欲下车逛逛，但我知道终点并不在这里，遂决定继续随车前行。又经过李家坟站，车子猛一拐弯朝坡下急驶，转而向右，终于在一个小方场上停下，两边仍是些建筑。这里才是大灰厂站。然而我既看不到什么厂矿，也见不着大的机关，我到哪里去找卖旧书的人家？我向路边歇息的一位开私家出租车的汉子打问，他摇摇头，只说往前去南宫，那里的夜市上会有卖旧书的；我又进超市买水，顺便问问有无卖旧书的人居住在附近，回答是没有。我沿着街道往前走，差不多逢人就问，都说不知，我方知这次来大灰厂真是大海捞针了。但我并不沮丧，因为我即使找不到卖旧书的人们，看看这"闻名已久"的大灰厂是什么样也是好的呀！我便继续询问当地人，没想到，功夫不负有心人，还真的问到了一点卖旧书人的影踪。在一家修车铺门前，一位年轻人告诉我，到前面加油站去问一问，它的对面好像有人做卖书的生意。我依言继续往前，走了十多分钟到了指定的地点，拐到对面，正好遇见几个臂戴红袖章的志愿者，他们也都摇头。我看见前面有个敞开的院落，便走进去叩门，说明原因，有老人出来，让我去问"隔壁"。"隔壁"？"隔壁"是在哪里？不正是刚才所见那些臂戴红袖章的老人吗？我再一次走近他们，他们已起身，准备拿着马扎回家；其中一个老太太却对我说："隔壁"是在这儿。她指向前头用一扇白铁门封着的屋子，并把我引到门前，把手从一个小门洞里伸进去，打开门，说进去吧。我怀着疑惑朝里望，门口有间屋舍垂着竹帘，有一条狗闻声出来大声地吠着，我便趑趄起来。这时，有一位老人出门来喝住了狗，我赶忙说我是来买旧书的，他说是这里，进来吧。然后一边带我往院落里走，一边高声喊了几声，却无人应。他告诉我，都出去收书去了。我们站在院落里聊起天来。这是一座农家似的小院，植有几棵翠柳，而对面的几间屋子正是这位老人租给卖旧书的。其中一间就作为市场，每天早晨六点至七点半，会有七八个卖旧书的把淘来的旧书散置在地，等来淘书的客户挑选。而这情景，我曾在去过的旧书肆上见过多次的。这些老客户有许多我也应该"面熟"，他们开车或骑着摩托来赶这书的早市，淘选回去放到网上出售；不论旧书肆辗转到哪里，他们都能跟踪前来。由此形成一条产业链，许多人以此谋生，未尝不是一件好事。

  至此，我终于把卖旧书人的下落弄清楚了，而且亲眼来看了看他们的住处，虽然没有遇见他们中的一个，也算是"到了黄河方死心"。至于我会不会起个大早，也跑到这里来感受一下他们这"早市"，我不敢肯定，因为毕竟是太远了，只有等待好的机会了。

我终于到了大灰厂。美国诗人庞德有一句写罗马的诗，"初到罗马来寻觅罗马的游人，你会发现罗马找不到能够称为罗马的东西"。我到大灰厂虽然也没见到想象中的"大灰厂"，甚至也没找见我要找的人，但我觉得并不是没有收获。

南宫夜市

我第一次听到"南宫夜市"这一称谓，是在往大灰厂访书的途中。我好不容易坐上去大灰厂的公共汽车，颠颠簸簸，走了几十里路，来到一个叫"大灰厂"的地方，却连一个卖书人的影子都没找见。我不甘心，便逢人都打听。问到路边一位开私家车跑活的中年汉子，他凝神思索了一会，告诉我：只在南宫夜市上见过，其他就不知道了。

听到夜市这个词，我的头脑里顿时出现街巷两边摆着货摊，而顾客熙熙攘攘、摩肩接踵的景象，因为我在外省的城市里曾经逛过这种夜市。而在北京，我似乎只到过王府井等旅游"打卡地"的步行街，到了夜里，也是人潮涌荡，热闹非凡，除此之外，还真不知有夜市一说。因此，我有了逛一逛的念头。但我一是不知道离此有多远，二来想起此行的目的是到大灰厂"访书"，所以我把这个念头暂时按捺在心里，仍在大灰厂一带寻访可能曾经见过的卖旧书的人们。

还真是功夫不负有心人，我几经周折，问到了几个卖旧书的落脚地。我进入他们的院子，可是不巧，他们都外出收书去了，没看到一个人影，更没有见到一张熟悉的脸庞。我一方面感到欣慰，一方面仍然觉得有些失落。但此时已到夕阳西下时分，我到处眺望，除了远处起伏的山岭，就是附近成片的屋宇和随地势起伏的街巷。我拿不定主意，是继续前往夜市探索一番呢，还是回家？大约是归心战胜了诱惑，我辗转到了来时下车的公共汽车站，但是似乎只见到来的车而未见返的车。我沿着逼仄的巷道往前走了很长一截，到了一个高踞在坡岭上的十字路口——这一带多么像乡间小镇，可左等右等未等到返程车。我遂决定干脆去夜市看看，就乘上一辆公共汽车又来到刚才到达的大灰厂站，然后走到街道对面，等到一辆去"南宫"方向的公共汽车，跳上去，去寻访那"神秘"的夜市。

汽车开出不远，就驶出市镇，进入一片郊野，无尽的田园，布满了青纱帐一样的绿色植被，时或也见到一些厂矿、公司的建筑。而这路途还挺长。我多少有些担心，这么晚了，还去一个陌生的地方，是不是有点"冒险"呢？不久，汽车又进入了一片市区，还是一样的布局，楼宇、街市，只是建筑没有市中心的楼层高。我从车窗向外望街边站牌上出现的地名，"王佐"二字跳入我的眼帘。我比较熟悉这两个字，在心里感叹："哦，王佐乡原来在这里。"

我似乎觉得这个地方有什么典故，可是亦无从搜索。我不知道这个名称得来的缘由。就这样瞎想着，公共汽车又往前开了两三站，终于到了我打听到的"南宫"这么个地方。阿弥陀佛，我在心里轻舒了一口气。

但下车并未看见夜市的样子，便继续向人打听。路边先后有两个拉着板车卖货的妇女指点我路径。我走到了一个"丁"字路口，从"丁"字头上的那"一横"往它的"一竖"方向拐去。走了百十米，有店家指示我一个入口，我快步上前，在一个院落门口停下，再经路人确定，此即夜市的地点，一个由周边的建筑围拢的院落，像一个操场，但现在却是空空荡荡的，也见不到几个人；一问方知夜市只在每周三、五、六才开，而今天正好是周日，故这一带这么冷冷清清。我有些沮丧，但既然来了，哪怕没有夜市，那也得在这里走走啊，表明来过。我在院落里走了半圈，感觉到它是那么空旷，地上只剩下一些碎砖之类的残留物，大约那是用来压货摊的。我只得在心里想象夜市的情景，猜测在这夜里摆摊卖书的可能是谁，然后也算是兴尽而返。

大约是总有点不甘心，后来几个月我一直惦记着这"南宫夜市"，也一直在想是谁或有几人在这夜市上卖书。转眼到了秋天，一日下午，我又兴致勃发，再次跳上不久前发现的从我住处附近经过、直接开往王佐的公共汽车。仍然是一路走走停停，过了一个多小时，才抵达。这次仿佛是从同上次相反的方向进入南宫区域的，但见到"熟悉"的街口，我当然很高兴。下车以后，仍需不断打听，感觉是从另外的一条路线"兜底"包抄过去，走了很长的路，拐了个大弯，路上碰到了也要去夜市的一对母子，才跟着他们一同前往，这才到了第一次曾经徘徊过的丁字路口，一切才又"熟悉"起来。我进到一家商店买了一瓶水，并再次确认夜市所在地之后，便径直前往，到了那个院落门口，直往里走去，果然上次所见空荡荡的院子，这次已有了许多人，看到大致成行的地摊，和在地摊前流连的一些顾客。我走进去，见到有卖古玩的，有卖陶瓷器具以及日用杂货的，也有卖衣物的，在一个稍稍凸出的地方，甚至有了遮棚。我打问有没有卖书的，经人一指，我直扑过去，简直是出乎意料又像是在意料之中,因而不能不惊喜的是，我看见了那个熟悉的身影，曾经长时间在与我住处仅一墙之隔的半月园公园摆一个小摊，疫情以来便销声匿迹的卖旧书人——老孙头，他简直像是个精灵般复活了，从地下钻出来又出现在南宫夜市，出现在我眼前！而且，整个"夜市"上，也只有他一家卖一些旧书和古旧杂物。我高兴地走到他身后，拍了下他的肩，他正手拿图书准备往地上放，扭头看见我嘴角也牵出一丝笑意，说：你，你不是那半月园的……我点点头，说我一直在寻找你哩！你怎么再也不去我们那里？他告诉我原因。我想起他过去就曾说过，他每周五、六、日在良乡附近一个夜市上，原来是在这里。

我围绕他的地摊转了转，还是跟以前一样，除了有一些从前用过现在已见不到的老物件，就是二三十本皱皱巴巴、比较破旧的书，摆在那里，灰头土脸，毫不惹眼，我简直不敢相信，他就一直靠摆这么个小摊维持生计，而且经过一场疫情，他精神依旧，甚至脸色更见红润了些。我真的感到高兴。我在他那堆以"文革"时期图书、资料为多的书丛里翻了翻，还是没有找到我想要的书，但跑了这么多路，总不能空手而返吧，于是我花了二十元钱买了两册连环画：《映雪代嫁》《赠绨袍》，带回来作为纪念。

我本以为我跟南宫夜市的接触就到此为止了，没想到，几个月后，转过年来，我跟一位喜欢搜罗图书的同事说起此事，他竟也感兴趣。我们先是开车去了大灰厂。然后又直接转往南宫。没想到，到了之后一问，方知夜市又换了地方，搬到旧址对过的街边小树林里。我们依言往前探寻，果见一条短街，一边是大排档，此时还没有客人，只是一只只白色的塑胶椅子摆在一张张圆桌边，等待客来就餐；另一边是片疏疏的树林，而空间较大的一处牵起了绳线，围出了一个小商品集散地。地摊挤挤挨挨，摆卖各种日用杂货，看上去倒也齐齐整整，但总使人疑心货物都出自"山寨"；还有一个小伙子圈起一块地摆上物品，招引人来玩投"圈"套物的游戏，旁边一个妇女正向人兜售小孩的玩具，大多是塑料产品。而稍往里去，我又见到了那位卖旧书的朋友老孙，他把他的带厢式的三轮车停在那里，正一件件地往外拿货物哩。跟上次见到时一样，我上前打招呼，这次连他也不感到惊讶了。我们又寒暄了几句，他忙他的，我翻我的，我与同事买了他几本书，看看天色变阴，仿佛要下雨的样子，只得撤退。返回的路上，果然有几颗雨点扑打在车子的前窗上，我不由担心起老孙的书摊来，这会子他刚刚摆好，说不定又要收起来了。正如他先前是在我家附近公园做这小生意，却因疫情搬到了南宫；而刚刚落定在一处院落里，夜市开张顺利，又要关闭，被赶到了这片小树林里。好在我每次见到他，他都是一副不急不躁、无喜无怒的平静样子，让我多少感到心安。我只希望这南宫夜市能长久存在下去，什么时候我再来，在他那儿能够淘到一本两本好书。

文化站

我任责编出版的小说《浮山》里有一段故事,讲的是主人公高考落榜后走投无路,经熟人介绍到一个小镇的文化站上工作,又因书法作品获奖而被妒贤嫉能的站长排挤了出去,失掉了工作。这让我想起我家乡的文化站及站里的工作人员。

我知道有文化站这么个机构,是整整四十年前我所在的区举办的一次文化座谈会上。就因为发表过几首小诗,竟被通知去开会,这已经让我感到惊异。在会上我见到了几个爱好写作的人,也感到欢喜。有关领导先就发展文艺讲了几句话,介绍了每个人的情况,然后让我们谈了各自的计划。其中就介绍到某人是乡文化站干事。我多少有些吃惊:怎么乡上还有文化站?我们乡怎么没有?是不是XX所在的乡是在山区,地广人稀,需要有专门的工作人员组织文化活动,丰富当地人的文化生活,从而以更大的热情投入生产?文化站上的工作人员算正式干部吗?站里会不会订购一些书刊？我就这么瞎想着。开会的时间只有一天，其间也只是拿着碗在区政府的大锅灶上吃了一顿不错的饭，然后就散了，我不记得是否和那个干事打招呼说希望有机会去拜访，反正分别后就再也没有见过面。偶尔想起来，还会有些惦记，仍然有去探望的念头，久而久之照旧是淡忘了。

后来，我读到本县的"文化志"，其中就有"区、乡文化站"的条目。原来早在1952年，县内就有好几个区、乡先后办起民办文化站，后来有撤有建，名称从一度用的"文化分馆"改称"文化站"。到我知道有这么个机构前后，即1980~1982年，我县龙眠、中义、吕亭、蔡店、高桥、新安等六乡先后办起了乡办公助文化站，每站一人，其中五人经考试合格转为国家工作人员。1983年大关、州普两乡根据国家下达指标，各办一个大集体性质的文化站，经费列入县地方财政。1984~1985年，全县又有37个乡办起了文化站，人员、经费、活动场所均由各乡自行解决。文化站的主要任务是组织群众开展看书学习和小型多样的文化宣传、娱乐活动。这倒符合我对它的印象。

我在家乡的时候还是一名学生，与文化站的接触还是有些蜻蜓点水式的。印象比较深的是范岗区的文化站，因为距离我家比较近，不过五华里而已。它就设在国道进入范岗镇的路口即汽车站隔壁，正好是在岗子的最高处。

其"领地"除了一两间供办公兼住宿用的屋子外，也就是汽车站的候车室和外面的橱窗了。因为我在那相当大的候车室里读到过几次壁报，其内容大约是各级党报的社论以及当地作者围绕"中心任务"创作的一些诗文，可惜我来去匆匆，也来不及仔细欣赏，只觉得壁报上的插图画得确实称得上专业。偶尔也看见那里挂着大红标语。橱窗里时常贴有照片，如果记忆无误的话，候车室里也举办过摄影展、书法展什么的。因此在我看来，这个站上的工作人员工作还是蛮积极的。到了我上高中抑或大学时，还真的走进这个站里，与其中的一名工作人员李文老师有了一些交往。从候车室隔壁的弄堂走进去，跨过一个天井式的小院，方进入他的工作间，那里因光线不好而显得有些幽静、阴暗。我去找他，大约是找他照相。他是一位很有名的摄影家，他的摄影作品《入画图》获得香港《摄影画报》佳作比赛金牌奖，轰动一时。我与他相识可能还因为我父亲的介绍。他给我拍的照片，不但用在了大学毕业证书上，还用于《当代大学生诗选》等书的作者简介里。他的获奖作品所表现的正是一位老农在摄影展上把头凑近一幅图画，反映的是新时期的农民也开始欣赏艺术、欣赏美，立意和拍摄的角度都令人称赞。我再来找他，则是应他之约给当年的《诗歌报》即将发表他的一幅摄影作品配诗，他拿出照片给我讲解了一番，我回去后按自己的感受写了一两首诗，但那时的笔力无疑是孱弱的，后来没有用上，也在情理之中。

但自此三十余年，我与李文老师联系颇多。他于我，可谓"亦师亦友"，这也可以说是我与文化站接触最大的收获。直到前不久，他还和我闲聊起在文化站的一些经历和感受。据他介绍，当年范岗文化站站长是胡一智，此人很有事业心，尤其注重培养基层的文艺爱好者，对李文本人更是注意培养并经常鼓励，所以李文也很敬重他。他们工作上配合默契。有一年到了年根，胡站长计划在春节前将文化站橱窗更换一组当地的美丽风光和新闻照片，并把任务交给了李文。李文二话不说立即行动起来，一阵忙碌，收工时已经到了除夕的黄昏，而天上又飘飘洒洒地下起了大雪，他的家还远在几十里外的山区，他一想与其这样跌跌撞撞地奔回家还不要到半夜，不如索性就在站里过年。这也算是一种难得的经历。后来，李文老师上调到了县委宣传部工作至退休，一直没有放下手中的相机。前两年，还在本市举办了个人摄影展，出版了摄影画集。在我眼里，他就是从文化站走出来的摄影名家。

我在读高中时，也参加过一次县文化局组织的文艺座谈会。在会上，我见到在区文化站工作的人员就好几位。其中一位老者，胖胖的身躯，颇有一些儒雅风度，据介绍，方知老者是我所在的那个区的文化站站长，而那个文化站就在我就读中学的山脚下。我跟他攀谈了几句,他邀请我去站上看看。我知道他是一位剧作家,有戏剧作品发表在《安徽文艺》上,又有作品《送行》参加省会演,由电台录音,并获得创作、演出奖。后来有一天他托人捎话让我去找他,我以为有什么重大任务要交给我,遂应命前往,但好像也没有谈什么大事,我们只简单地聊了聊。不过我对坐落在国道边的这座四合院颇有好感,都是红砖房,而院内还砌有花坛,办公室也可称窗明几净,对这样好的一个创作环境,我当时颇羡慕。后来听说他调到了县文化馆工作,但似乎并没有更好的作品问世。

　　大学毕业,我被分配到家乡一所高中任教。所在地是一个小镇,当地区政府也设在那里。我一待三年,与镇上的许多人尤其是公职人员基本相识,其中就有文化站的老崔。他是我一位同事在老家就认识的朋友,他们往来频繁,偶尔我的同事去看他,也会带上我。他俩常常一起打牌、钓鱼,日子过得有滋有味,很快乐,一副闲云野鹤模样。但这并不表明他们不干工作,我的同事除了教课,还一直在准备考研,后来考取海事学院,算是如愿以偿。可以推想,老崔在钓鱼、打牌之外,应该还是做了一些文化工作。就我所知,如管理镇上的文化个体户以及文物的保护收集等。他家住在小镇主街一侧,我记得那是庭院深幽,门前有水泥凉亭,上面爬满了藤蔓,一片葱茏翠绿,炎夏也凉意沁人。可惜我这人放不开，枉担了诗人的名分，如果稍稍潇洒、浪漫一些，与老崔多打些交道，大家常在一起斗酒、聚谈，当对地方人文故事知道得更多，而且在我即将离开那里时，也可以像李白那样，于酒酣耳热之际赋诗一首吟"留别"之类，该是多么有意思啊！

我父亲晚年可能对教书生涯已有些倦意，曾经跟我母亲开玩笑说："我不想再教下去了，你儿子不是认识文化馆、文化局的好多人吗，让他找找他们，让我转行到文化站去吧。"我听到这话，心想：虽然我未必能办到，但也算是个好主意，因为写写画画是父亲的特长，不管怎样，总比在小学教毕业班、当校长压力要小一些。可是他后来并没有再提这事，几年后便溘然长逝。我私下一直认为，父亲还真是适合到文化站去工作，可惜没有这个机缘。

第三辑

暑假的一天

二十多年过去了,但奇怪的是,那一天的情景还时常浮现到我的眼前,似乎就是让我不能忘却。

其实那一天也是平常的一天,并没有什么惊心动魄的大事发生,但在我的记忆里格外鲜明,似乎有什么总是牵动我的心。

那是我参加工作后的第一个暑假。我的工作单位是家乡某小镇上的一所中学。放暑假后,学生们像离巢的鸟儿一样飞走,只剩下校园这个寂寞的空巢。巢当然不完全是空的,总有几位教师和他们的家人住在校园里,但相对于平日众多麇集、熙攘的学子与众声喧哗,不免显得过于岑寂、沉静。

我留在校园里抓紧复习自己的大学课程。我的目的不言而喻,就是企冀再通过一次考试改变自己的命运。我总以为自己即便不是一只鸿鹄,也不应该是燕雀,怎么能局蹐于一方小小的天地呢,属于我的也可以是比较广阔的天空呀。

　　这是一个晴好甚至有些酷热的夏日。从半晌开始，天地间就布满明晃晃的阳光，亮得人睁不开眼。窗外的小操场上，学生走了没几天，便生出无数茂草与灌木。或许它们平时就在这里，只是学生走后更可以肆无忌惮地疯长，所以特别明显——阳光似乎照得它们的叶子都绿得发亮。

　　看书看到上午十点钟左右，我才去街上吃早点——买了几块我喜欢吃的糯米糍粑。我用纸捏着它，一边吃一边走回校园。学校处在小镇一侧一座高高的丘岗上，周围是池塘、壕沟，都蓄满了水，这使学校远远望去像是一座古堡或者说是山寨。我路过池塘时，又看见了那只浮在水面的蚱蜢舟，船舷上栖止着几只鸬鹚，一个精瘦、黝黑的汉子正手持竹篙站在船中间，死死地盯着他豢养的这几只鱼鹰，预备赶它们下水。已经有两只正在掀动翅膀，跃跃欲试。他们出现在这里已有数日，我曾见到一条鱼鹰把衔在嘴里的鱼丢在船舱里，那鱼在阳光的照射下闪烁着白亮亮的光芒。而走到池塘的拐角，我又看见一个熟悉的身影，他是我们学校食堂的负责人，已经在食堂工作二十年了，据说家底极为殷实，这些日子他正准备给自家盖新楼，地址就选在这池塘的拐角，说是先要将池塘的堤岸由泥土筑的改造成石砌的，再在上面铺上石板，然后在这上面建楼，镇上人都佩服他经营得法，擘画得精明、细致。我今天似乎也有了同感。

但此刻,我好像也无心欣赏这些风景,这里亦村亦镇、非村非镇,有点混乱。我要回我的斗室去读那枯燥无味的《文心雕龙》和《典论·论文》。没有法,这是必考的内容。我已经读了好几遍了,还生疏得很。

中午就在学校食堂简单地打了一点饭菜对付过去。平日有学生在,饭菜就不太好,为此还闹过小小的风波,我也曾因为在饭菜里吃出过一枚烟蒂而不胜愤怒,乃至端着饭碗找上校长的家门,但校长——一位蔼然长者——连忙笑嘻嘻地从他的菜盘里挟出一尾自己烹制的鲫鱼放到了我的碗头上,并好言劝慰,平息了我的怒火。现在,对于暑期的伙食我更不敢有什么奢求,谁叫我不回自己家去度假呢?

夏日昼长,人容易犯困,午休是少不了的。我连斗室的门都没有关,将手中的书一抛,便倚枕而眠。也不知道睡了多久,醒来了,又坐到案前的藤椅上,拿起那本厚厚的《文心雕龙译注》。

但没多久,我就听见走廊里响起一阵自行车的辚辚声,接着传来轻轻的喊声,啊!是父亲!我跳起来,把书扔在一边。果然,父亲来了,他把自行车停在我的宿舍门口,摘下头上的草帽,跨进门来,他的脸红彤彤的,额头上沁满大颗大颗的汗珠。我递过毛巾,问他怎么来了,他一边擦汗，一边说：一来看看你，二来把你的被子给钉上，马上要立秋了，要盖的，我一开学也很忙……啊，他冒着炎热、顶着骄阳，骑了三十几里地的车赶来为我钉被子，而我这个儿子还从来没有为他做过什么，我的心像被什么揪了一把，鼻子有些微微的发酸。

　　我给父亲倒了杯开水，他喝完后便将我的床铺清理干净，接着就将要钉的被絮铺开在床上，然后从带来的提包里取出妈妈在家里洗好的被面，蒙上，拿出针线，开始一针一针地缝起来，还笑着对我说：你看你的书去。我强迫自己坐在案头，心里却并不能平静。因为我知道，就是在家里，父亲也几乎没有钉过被子；现在却在这么大热的天，骑车走了这么多路赶来为我钉被子，这是何等慈爱的心！我又鼻子发酸，差点流出泪来。但我又觉得应当抑制自己，把注意力集中于书本，似乎这样才对得起父亲。可是，我又忍不住地回过头来看他，只见他的额头、脸上，脖子上都沁出了大颗大颗的汗珠，当汗水要滚落时，他用手掌轻轻地抹去，或拿起毛巾擦拭一下，又弯下腰，用一双骨节粗大的手捏着那枚细针,用力刺穿那浆洗过的被子，偶或还直起腰，眯缝着眼睛给针穿线……我的心里既像流过温暖的泉流，又像也有一根针在一下一下轻轻地扎着，我真的不忍再看，便把朦胧的目光投向那一行行古奥的文字……

钉完了被子，父亲坐在床边跟我闲谈，叮嘱我一些事情，什么衣服要常洗常换呐，被子也要拿出去晒晒呐，我一一答应着。这时我突然想起来没有什么可招待父亲，他来一趟不容易，脑子里便闪现早上上街时看到的一个西瓜摊，便对父亲说，我去买一个西瓜来，父亲望着我迟疑了一下，似乎想阻止，但还是点点头答应了。大约他是想让我也吃点水果吧。

我走到了街上。但这时，我忽然觉得街上气氛有点不大对头。一是人似乎变多起来，二是像有人在奔走，行色匆匆，而街两边的人却似乎或在引领而望，或在窃窃私语，仿佛有什么大事发生。然而我又感到奇怪，有什么大事呢？在这么个小镇。我便向街边熟悉的店家打听，有个小店老板摇头说不知道，有个开桌球场的女老板告诉我，听说×××的儿子回来了，是从京城里抬回来的，在火车上就快不行了……唉！这时在一边的一个街上的闲人说："今天上午已经死了！唉，正读大学哩，好好地却就死了……"他们的声音很低，但我一听就听出了前因后果……我的心顿时沉重起来，我在想象一个躺在担架上的青年大学生，他的身体和面目是什么样，而弥留之际的人总是很痛苦，很不舍、不甘吧；而他的家人呢？大约也是头上的青天塌下了一大块吧！

我的脚步顿时沉重起来。我继续往前走，走到一个下坡的地方，见到那里人好像更多，表情也更紧张、严肃。我停下脚步望着他们，疑惑他们在做什么，这时，人群中走出一个高大的汉子，我认出这就是那个大学生的父亲，因为从前就有人给我们这些新来的教师指点过，说他的儿子考入名牌大学，而他本人在街上也像是很有威信，常常是要管事并说一不二的。我们曾向他投去殷羡的目光，并感受过他的自信与喜悦甚至骄傲，而现在，这一切看来都被打碎了，我想他是何等的痛苦。但是，我在他脸上只看到了一丝凝重，并无其他的表情。只见他一边快步走着，一边吩咐亲友去买什么，大约是为办儿子后事购置一些必需品吧。整个街上也没有听到一声哭泣，但是，我觉得这比听到哭声更让人觉得难受，是无法平抑的创痛。可是我倒因此恢复了一些镇静，想如果他的家人真的能节哀顺变也是好的。我快步走到瓜摊前挑选西瓜，也真奇怪，挑了两个打开来看，不是生的就是已经窳败，最后勉强挑了一个看似成熟一些的带了回去。

那西瓜也确实并没有什么味道，父亲尝了一块就不愿再尝，而我和父亲相对而坐，一时也找不到话说。我没有跟父亲提起街上的见闻，因为总是不好的事情，会让人沉重，另外也怕父亲为我担心什么，我不也正千方百计想飞到外面那个广阔世界去吗？

我看着父亲望着我的慈蔼的目光与亲切的微笑，我的心却又像被针扎了一下,因为我的眼前浮现出另一个父亲的几无表情的面容、微微紧锁的眉头以及从中隐约透露的一丝凝重与悲恸,我便把头偏向一边,目光投向窗外疯长的草木,那明亮的日光忽然晃得我眼前一阵发黑……

一片过早凋零的叶子

自从有了手机微信，人们联系起来方便多了，朋友们、亲人们哪怕相隔千里，聊起天来也如晤面。我的几个微信圈，尤其是大学同学的微信圈特别热闹，简直让人有应接不暇之势；我看着大家你来我往地聊得热火，总会想到一个人，如果他还活着，我想他一定会成为其中的活跃分子，会和同学们在一块儿插科打诨，或将是妙趣横生。可惜他二十多年前就已经去世了，根本不知道世上还有手机这样的通信工具。

他去世之前我恰好与他有过接触。记得是 1992 年 2 月，我回乡过年，大约是农历正月初六，到县城与几位高中同学晤面，大家正站在广场上聊天，不意这时从县委大院里走出一个小伙子，身影十分熟悉，仔细一看，是我的大学同学江君。大学毕业后三年多未见，彼此当然十分高兴。我见江君穿着短呢大衣，颈上围着围巾，头上还戴着一顶无檐的呢帽，眼睛虽还是那么小，但正放出喜悦的光芒，尤其是微抿的嘴唇有很好看的弧线，挂着女性式的浅笑，可谓一翩翩少年。我问他毕业后在哪里工作，他答是在"合钢（合肥钢铁厂）子弟中学"。问他感觉怎样，答曰"还好"。说着，还邀我返京时路过合肥去他那里做客。

我和江君是大学同班同学，不住同一寝室，也不算过从甚密，但还是有些交往的，因为毕竟是同一个县里的老乡。但我记得，一开始有些同乡聚会并没有他，所以在我印象里，他好像不是我老乡，当有一天有人告诉我他也是桐城人时，我很诧异，便去问他，他告诉我，他确实是桐城人，但从小在淮北长大，也是在那里考上大学的。原来如此。也许正因为此，他常常独来独往，但他好像并不感到孤独，常见他一个人走在校园小径上，用欣赏、赞许的目光看周围风景尤其是操场上活动的人群，脚步并不停留，而是轻快地一直往前走。我感觉他是一个喜欢沉浸在自己的世界里自得其乐的人。

我很长时间不知他在想些什么，干些什么。到了大二、大三，我们略有些接触，大约是他偶尔来问我借点书刊。终于有一天，他告诉我，他也写诗，写了整整一笔记本了。我当然想知道他写的是什么，但他莞尔一笑，说不能给你看。后来，我到他的寝室里玩，看到他案头果有一本裘小龙翻译的叶芝的诗集《丽达与天鹅》，他说他很喜欢这本书。我也读过这本书，但我似乎只喜欢叶芝早期的那些很唯美的诗作，对叶芝后来的作品不是觉得晦涩难懂，就是难以找到共鸣，特别是觉得没什么激情，不像读聂鲁达那样"有劲"，他听后又莞尔。说叶芝是写得很好的。虽然他也没说出个一二来，但我从他嗜读叶芝的诗，对他多少有些刮目相看。这样偶尔凑在一起聊聊闲天，谈谈文学什么的，很快就到了毕业那一年，特别是实习回来后，大家都感到比较轻松，只等毕业分配了。在这一段时间里，江君略显活跃了些，脸上常带喜悦的神情。我略觉奇怪，还没来得及问，他就主动告诉我，他常常坐在校园的荷花池旁，一坐就是一两个钟头。我问他做什么呢？他说是看女生，那些开始长大、走向成熟的女生，一个个青春朝气，风姿绰约，让他百看不厌，十分忘情。我笑骂他好色，他也不作辩解，仍只莞尔一笑。这样就到了毕业离校，我们各奔东西。

在县城广场相见后没几天，我就离家返京。而当时铁路交通极为紧张，一票难求，我不可能当天就能坐上合肥至北京的火车，心想最好的落脚点当然是前几天遇到的江君那儿，便提着行李赶到了合钢。进了钢厂大门，我就略有些吃惊，因为这个大型企业没有符合我心目中的工厂应有的景象——楼宇高大、场地整洁，还点缀花草之类的，这里整个就是一个乱糟糟的工地，到处都堆着铁丝、钢管，以及其他材料、零件，到处是工人的身影，到处是丁零当嘡的撞击声，还有小火车在轨道上行驶的当嘡声，连一条路都不好找。我经过打问，好不容易找到设在厂区后院的子弟中学，又到了一座孤零零的小楼下边，请人把江君喊了出来。他面带笑容表示欢迎，就拎着我的行李上楼，踏上楼房外侧的铁梯，一步一颤，加上厂区传来的震动，我都觉这楼房在跟着一摇三晃。上了二楼，黑咕隆咚，一盏昏黄的电灯垂在头顶，隐约见到楼道两边堆满锅灶、杂物，穿过一个又一个木板门，见到一侧有扇更破旧的板门，江君停下来，推开，说这就是他的宿舍，空间很小，一床一桌，一个书架，其他似乎就别无长物。此时，我的心里与其说是失望，毋宁是惊讶，遂脱口而出："你就住在这么个地方呀！"他点点头，微笑，我心想，你还不如分回家乡哩，凭你父亲的关系（他父亲在县某机关任职）留在县城教书，境况比这也要好些，何必要在这里受罪呢？

是夜，我就住在他的斗室。他的床铺仿佛也只是用块木板临时搭就的，上面还挂着蚊帐。在食堂里吃过晚饭，接下来自是灯下闲谈。我问他还写诗否，他只言写得少了。我又索他抄有诗作的笔记本一阅，他这次是打开了，竟然是满满一本，大多只是纷涌思绪的记录，我说你当初为何不选出几首交给我刊登在诗社社刊上呢，他说他写诗只是写给自己看的，不欲作一个诗人。我谈了对他工作环境的看法，说你为什么不换个地方，他淡然一笑，说他喜欢这里的学生，喜欢教书。接着，他谈到他教书的故事，说一开始学生怎么"欺生"，不听话，后又如何接受他喜欢他的，其中就有诗歌的力量，他常给他们读诗、讲诗。我听了颇为吃惊，在我的印象中，他对一切都好像无所谓，起码是漫不经心，没想到他对于工作竟如此热心。他又说他曾因患肝炎，几至不起，如何又恢复了身体，站到了讲台上。我更吃一惊，忙问他现在身体怎样，他摆摆手：没事。谈起学生为什么对他如此尊敬，他告诉我，他骑着自行车，将他的每一个学生家都跑到了，都做过家访，自行车都被人偷了好几辆，当地的晚报还报道过他的事迹。在我的一再请求下，他才不好意思地拿出这张报纸，我大致读了读，注意到记者称赞他为钢厂子弟中学的优秀教师，是学校未来的希望。听了他的叙述，我肃然起敬，我愈加感到他在这样嘈杂、陋劣的环境下做出了如此成绩，跟我此前心目中的翩翩少年乃至公子哥形象是多么的不同，要真正了解一个人是多么不容易啊！

我又提到当年他忘情地在校园里看女孩子的往事，他朗声大笑，他说，他其实那时是爱上了一位同一年级的女同学。我问她是谁，他说出了一个名字，我点点头，说，她真的很美，许多人都喜欢她。他莞尔一笑，说："我觉得自己没有希望，就大胆地看她，让她感受到我的心意。""她感受到没有呢？你为什么不直接向她表白呢？"

他没有回答我的问题，只告诉我，毕业前夕，他去问她要一张照片，她真的给他了，他一直珍藏着……

第二天，他带我骑车在街上乱转，去找他的熟人，看能否给我弄来一张火车票。问题解决后，我去访问我的一位诗人师兄，并从他那儿带回一部他即将出版的诗集清样，江君见到了十分高兴，连说要将清样留下来读读再寄给我，我考虑到他手边几乎没有什么书籍，更没有诗集，就答应了他。当天晚上，他把我送上了火车。

回到北京约一个月后，我给他写了一封短信，一是对他的招待表示感谢，二是对他的工作表示敬意，信末也提到了那部诗集清样。很快，我收到了他的回信，大意是谢谢我对他的赞扬，其实自己做得还不够云云。至于诗集清样，他说，也许过两个月再寄，也许明天就寄。我知道他一贯就是如此洒脱不羁，读后不禁一笑。

大约又过了两个月，快到仲夏了，我有一次打电话给同在北京的同学老项，我讲到我路过合肥时，见过江学东君，他在他的岗位上做得非常好，虽然条件差点，但成绩得到媒体报道，很不容易！老项在电话那头略沉吟一会儿，用一种沉重的语调对我说，江君已去世了！我一听，大惊失色，简直不敢相信我的耳朵，忙问怎么回事。老项说，是肝脏出了问题。我想起江君曾告诉我他曾患病几至不起的话，不得不相信，顿觉六月炎天，电话亭外的阳光一下子黯淡下来。

从此,当然再无江君的消息。我偶尔想起,从到他那儿歇足,聊天,到听到他去世的消息,不过两三个月的时间,那样一个翩翩少年,怎么一下子说没了就没了呢,他去哪里了呢?他如果活着,又会做出怎样的成绩!他还没有谈过恋爱,他临死前,是否还怀着对心中那个女孩的深切的爱呢?他一定是深情地留恋这个人间!

如果把大学同学群体比作一棵大树的话,江君不幸是那最早凋零的一叶,而且凋落在生命的春天,这真是人间莫大的不幸。每当看到同学们在微信群里你一言我一语地逗乐,有如繁花遍地、春水滋漫,而独独少了江君,我不禁黯然神伤,同时也感到了苏东坡所说"但愿人长久,千里共婵娟"的意义。

中国人常常讳言死者,我也很少听到人谈到江君,我担心他早已被人忘记了,他的事迹,他的写诗的爱好,我因为和他有过接触,觉得有责任把它写出来,给知道他的人看看,故作文以记之。

物伤其类

近来连续读了一些纪念诗人艾青的文章，他是我喜欢的一位大诗人，于1996年5月5日逝世，转眼快三十年了，让人感叹时光如流水，带走了多少杰出的人物与珍贵的事物。

但是美好的记忆留下来了，并不会被带走。比如艾青，他的多少优美、壮阔、大气的诗歌至今仍脍炙人口，而我甚至还记得当初听到他逝世噩耗的情景和自己的心情。应该是1996年5月6日，其时我参加工作已近两年，这天正好我的一位师兄、诗友来看我，我们先是在国会大厦旧址旁边的商店里选购物品，接着到单位餐厅里吃晚饭，这时餐厅里的电视正播放新闻，其中一条就是报道著名诗人艾青的去世，并说他享年86岁。我的心头如一阵电波滚过，虽然没有太大震动，但也麻木了一下，我和师兄相互看了一眼，说道："艾青走了！"各自的眼光深处有一丝忧伤。

我的这位师兄早年在北京参加文艺活动时见过艾老。

我还想起我的另一位诗人师兄，远在安徽，他在学校读书时也有幸到《诗刊》社参加过一次活动，回来给我们讲他的一个重大收获就是见到了艾青，并说艾老还在他的笔记本儿上题写了一句话："你带回好多忠告，前途无量！"那不是泛泛而言，而是有的放矢，语重心长。我也渴望有机会见到他，我从小就读他的作品，一直认为他是中国现代文学史上伟大的诗人，我极想走到他身边向他表达一下敬意，甚至哪怕只是近距离看他一眼也好。然而现在是永远没有这个可能了，我心中自是怅然若失。

到底是因为从小喜欢读诗、写诗乃至发表诗，我对一些名诗人有一种本能的关切，自觉不自觉地关注其"近况"，所以对诗人辞世的消息非常敏感，对不同的诗人，感受亦不同。这如果说也是一种类似"物伤其类"的情感，恐怕有妄自比拟、攀附之嫌，但实际上也没有比"物伤其类"更好的词可以表达。

我还记得我听到海子辞世的消息时的情形。那是1989年春天，在此前一年我刚本科毕业，分配回乡在一所农村集镇上的中学任教（那里距海子老家大约不过三十华里），正有一种与世隔绝的被抛弃感，特别想重返在城市里读书时所感受到的浓郁文化氛围与热闹境地，所以一心考研，正在紧张地复习功课。三四月间的一日，我正在简陋的斗室里读着什么，不记得从广播的访谈类节目里还是从报纸上读到"北大诗人海子于山海关自杀"，当时我就感到十分震惊，怔忡半天，停下了手头的活计而陷在藤椅里，呆坐了好大一会儿才回过神。我知道海子这个名字，应该是从1986年《诗歌报》搞诗歌大展时，从该报发表的作品读到了海子、西川等人的诗，心下还是很佩服的，虽然也不一定有多少理解——我对年轻诗人的作品也不是太熟悉。后来应该也读过几首海子的诗歌，总的感觉就是空灵。现在，他却像一颗流星一样坠落，我除了引领而望，也做不了什么，同时，还有一种臆测，就是他的死是否与当前的时局有关。但后来注意打听或阅读人们的文章，才了解了一些有关海子的事情，我开始从形而上的角度试图理解海子之死，也试图揣摩诗人之死与诗的关系。

听到顾城之死，我还在人大读书，消息传来，可以感受到人大的学生和社会上知识分子一样：一片哗然，一片震惊，同时也让人唏嘘嗟叹不已。我记得在我们宿舍楼有一间电视房，晚上看电视时大家窃窃私语，议论纷纷。我也像被什么打击了一下，有一种憯然的疼痛和痛苦。宿舍里也分成两派：批判、斥责与同情、惋惜，两派势均力敌。作为一个诗歌写作者，我当然倾向于后者，但好几天都郁悒难解。正好，社会上的一位文化书商老X偶然来寝室借宿，他正准备为顾城之死编一本书，约我也写一篇。我正处于苦闷不已的状态，也不知怎么厘清自己看待顾城之死的问题，所以写不出文章，但我习惯性地拿起笔写了

一首题为"悼一位童话诗人"的诗,以遣悲怀。这首诗也被收入集中,还记得其中有这样的一些句子:

> 你从希基岛上的树叶丛里
>
> 张开眼返回世界
>
> 噩梦是暴风雨过去 雾已稀松
>
> 你在一颗毛茸茸的露水里
>
> 转动你的黑眼珠
>
> 看着这新生的早晨

这样开篇是表示我寄望于顾城的复活,重临这美丽的世界。接着是借助介绍他的作品,简要叙及诗人在他的艺术世界活动的一些情景,也算是回顾这位诗人的创作成就。但最后一部分回到残酷的现实:

> 你那小爱人　永远走在
>
> 通往远方一所房子的小径
>
> 斧斤留下她最后的背影
>
> 门前坪上青草在长高
>
> 墙角的一株樱桃
>
> 缀上柔嫩的花英

对他的生活,对他为什么要那么做有一定的心理上的揣摩,其中"斧斤"一句,我也觉得这样写过于残忍,写出后有些踌躇不安（我的一位诗友读到这首诗时，特意把这句念出了声），我也有点儿相信"诗谶"之说，想如西川所说的"避谶"，所以我在将这首诗收入自己的一本自印诗集时，将这一句改为："能用什么留下她最后的背影"，算是我的一种自我纾解吧。

新世纪以来，我也是迭遭"诗人之死"的打击与悲痛，当然，他们的离世大多属于自然规律，一点没有办法。

2002年4月10日我曾与其有过一面之缘的著名诗人曾卓在武汉病逝，时年八十。我当然不是第一时间得知这一消息，而是隔了几天在一家大报的副刊上读到怀念他的文章。那文章的题目好像是借用自曾卓的诗句："没有我不愿坐的火车"，概括了诗人对生活的热爱与向往。我记得文中还影印了他临终前一天留给亲人、友人乃至世人的遗言。笔画已歪歪扭扭："我爱你们，谢谢你们！""这一切都很好，这一切都很美""我没有被打败"。我的鼻子一酸，多么感人肺腑的句子，这才是真正的诗，这才是真正的诗人，他的一生经受了多少苦难、坎坷，可是他对人间的爱有加无减！

三年后的秋天，我的诗歌引路人，早在1980年参加《诗刊》举办的"青春诗会"而与张学梦、叶延滨、顾城、梁小斌一起成名的诗人陈所巨长期卧病，终告不治，时年五十八岁，可谓逝于英年。而其时，他笔头正健，有许多作品等待问世。他逝世前一个来月，我特地回故乡去看他，原先那个风度翩翩，神采奕奕的壮年才子却只能躺在医院病床上，盖在被单下一动不动。直到夫人附在他耳边轻声叫醒他，他的脚才在被子里抽动了一下，并轻声地说："谢谢！"并嘱咐儿子将他们编的刊物给我的稿费开给我，整个过程，他都不曾睁开眼来看我一眼，更不可能坐起来与我侃侃而谈了，我的心中无限悲恸，差一点儿掩面奔下楼梯，如果不是他家人在场的话；想想看，我从十五六岁就开始奔走在他门下，受过多次的耳提面命，而两人关系就这样宣告结束，何其痛哉！

女诗人李小雨的逝世亦颇令人伤怀，仿佛在半年多前，我还听她的同事风趣地讲到她在《诗刊》社工作时的逸闻轶事，没想到言犹在耳，人已永逝。

她也是我的恩师，早在1993年，我还在大学读书就给她投稿，没想到，她在当年第五期的"大学生诗歌"栏目以头条刊发了拙作两首，让我备受鼓舞。新世纪初某一年，我曾去《诗刊》社找我的同学，顺便拜访她，虽是初见，她对我并不陌生，十分亲切，还跟我说了几句玩笑话。据我在《诗刊》社工作的同学言，她还知晓我个人成长经历中的一些事。更难忘的是，我当年在小学时就读她的诗，大学时代对她写江南的一组作品十分迷恋，不知读过多少遍。而现在，这样一位刚退休不久，正当盛年的诗坛重要人物忽然离世，怎不叫人太难以接受这一残酷的事实。我几乎是不假思索地写了一篇悼文《雨水消逝了，星星在闪烁》（题目亦来自她的诗句），向这位对我有过帮助的诗人献上一瓣心香。

物伤其类恐怕是人的一种正常反应。我有时听到不相识的诗人辞世，都要惆怅半天，总想弄清何以如此；不仅对于中国诗人，就是远在天边的异域诗人，噩耗传来，也让人沉痛无比，有时甚至有一种类似焦虑的不能为怀。比如 1987 年获诺贝尔文学奖的"俄语诗人"布罗茨基 1996 年去世，年仅五十七岁，消息传来，全球诗人同悲，我也有好几日感到郁闷不已，最后还是写了一首较长的诗歌《挽布罗茨基》，方觉平复了一些。

所谓同病相怜、惺惺相惜，是多么自然的一件事，正是对这种物伤其类情感的体会，使我感觉到：诗人似乎真是一个特殊的种族，在这个种族里，所有的诗人都是亲人，都是兄弟姐妹，手足之情殷殷。每闻凋谢一叶，如缺失了自己生命的某一部分。我不知其他职业的人士是否如此。从这个角度来看，做一名诗人是幸福的，是值得的。

写到这里，我要向天下所有的诗人亲切致意！

我也曾赴"罗丹之约"

铁凝的散文《罗丹之约》我近期才读到；恰好差不多同时又重读了九叶派诗人杜运燮的诗《读罗丹的〈思想者〉》。这勾起我对25年前那次《法国罗丹艺术大展》的回忆，因为我也曾赴"罗丹之约"。

那是1993年的早春，正是春节后不久，一个消息不胫而走，正如铁凝文中说的："差不多所有的中国人都知道罗丹作品要来中国了。"即便有几分夸张，但这个消息在京城里倒确实是家喻户晓，妇孺皆知。这是一件激动人心的大事，似乎人人都怀着向往与喜悦的心情期盼着，这样的热情可以说是空前绝后，打个不恰当的比喻，那简直有点像传说中的神仙或外星人要降临人间引起的轰动。我想这原因不外乎两点：一是罗丹的名头足够大足够响，有一定文化修养的中国人都知道他；二是这是罗丹雕塑代表作《思想者》第一次出国展览。在北京展览期间，其盛况用"万人空巷"来形容是一点也不为过。

其时我正在人民大学读书。展览的消息传遍校园，人人似乎都很激动，身边的同学互相邀约，去一睹罗丹作品的风采。展览时间还比较长，于是校园里经常听到"你去看了罗丹艺术展了吗？""值得一看"之类的对话。我也一样决定要去好好观赏一次，一探"天人"之姿。但我这个人比较懒散，一直拖到结束前的一星期才"践约"。

这是3月中旬的一天，天气还有点薄寒，但阳光很好。我从人民大学乘车去美术馆。我已不记得是自己一人去的，还是约了一个同学；如果约了同学，那应该是诗人江岚（这事也没有向他求证，怕他也想不起来）。到了以后，排队买票，持学生证应该是半票。这应是我第一次进入美术馆，迎面院子正中的主楼是古典式塔形重檐结构，铺的是黄色琉璃瓦，不知为什么，我觉得缺乏一种阔大之气。当时并没有多想就进去了，果然看到了主楼门前一座高高的长方体水泥台上矗立着那尊举世闻名的雕塑——《思想者》。一个筋骨强健、肌肉结实的男子不知从何而来，坐在一块石墩上，右肘撑在左膝上，而弯着的手背支撑着他的下颌，头颅略伸向前，似乎正眼看脚前地面，确实是一副标准的沉思的模样。他遇到了什么烦心事？他遭遇了什么样的磨难？他有什么过不去的坎？他的脸瘦削了，他的眼凹陷而布满阴影，确实是痛苦的表情，让看到的人不由把心揪紧。他的强健的体格又让人感到，他所遇到的难题不过是暂时的，他一定会战胜一切艰难险阻。或许他痛苦愁闷的不是为他自己，而是为他的同胞，他的同类——所有人类亦未可知。总之，每一个观赏者来到他面前，都不由肃然起敬，而把同情、敬仰的目光投向他，不由地试图用目光探寻他的心灵世界，试图把他的愁苦与沉重接一部分过来放到自己的身上；同样历尽沧桑的人，葆有一颗诗人的心，甚至还会感觉：他就是我，他就是沉思的我在沉思全人类的既往和苦难。这样一件作品真的可以置于全世界雕塑艺术之巅，被所有喜爱艺术的人膜拜！

看了这件《思想者》，我内心确实激动不已。想想这可是从法国运来的原作啊！上面还应留有罗丹的手泽、余温。我这样一个从乡间走来的孩子可谓有福了。因此，我觉得来看罗丹艺术大展，哪怕只看这一件也是值得的！

我当然还要看下去。我进了展厅，只见展品摆得到处都是，似乎显得杂乱，加上看展的人很多，可以说是摩肩接踵，展厅更显得拥塞、狭小，也许主办方没有想到会有这么多人来看罗丹？这是当年展览给我留下的第一印象，或许有点不太确切了。同样因为时间已久，我也记不清自己参观的顺序。好像就是随着人流往前移动，移到哪儿看哪儿。记得在一墙边上看到了《地狱之门》，真的像是一个门，不，门框，门框顶上、周边，都有人物雕塑，"思想者"原本是门上部栏楣上的一尊坐像，只是要小得多；那么说，"他"所沉思的应是生死大事，是死后将如何的问题了。据说，这件作品的灵感来自但丁的《神曲》。可惜我没有宗教信仰，毫无天堂、地狱概念，也从不想死后往何处去的问题，所以这《地狱之门》并没有带来任何震撼，只庆幸"思想者"被放大，独立成篇。倒是很欣赏《青铜时代》那几乎与真人一模一样的形体以及他那如大梦初醒、若有所憬悟与沉思的姿态，似乎也能理解其名得来的缘由：象征着人类开始从蒙昧走向文明。在那件著名的人物塑像《巴尔扎克》前，我大约没有什么特别的感受，所以也就没有多少印象，因为关于这座塑像人们说得太多了。我倒是对展厅中陈列的各种手（仅是手）的造型颇为注意，那些手有着丰富的表情，有的沉静如处子，有的如燃烧的火焰，有的手向前伸出，突然在前面变成了奔马，多么富有想象力！不愧是罗丹。我尤其在几座男女青年抱吻的塑像前停下脚步，我觉得人体的曲线是那么优美，动作是那么优雅自然，情感是那么纯真、深邃，我真的很喜欢他们表现出来的生命气息。说真的，我是抱着汲取艺术灵感、寻求诗意元素来看这个展览的，在雕塑《吻》前，我的心灵之泉被释放出来了，回来后，我写了一首《罗丹雕塑〈吻〉》，发表在校报上。

在参观的尾声，我才去观看了那一组群雕《加莱义民》。因为我记得这件作品不是摆在展厅里，而是在展厅外某个入口处一条小径边上，或许一旁还有几竿翠竹或其他植物掩映（印象已模糊）。六个人物，差不多高，但表情各异，衣衫褴褛，一副束手无策而极为悲愤、沉痛的模样。我对其讲述的史实一无所知，看了一旁介绍，才知表现的是英法百年战争（1337~1453）中，英军攻陷法国加莱，加莱人在被长期围困后弹尽粮绝，被迫投降的故事。要是在中国，是绝不会有人以此为题材做什么艺术作品的，"投降"是一件多么可耻的事，欲掩盖之而恐不及，怎么会大肆宣扬呢？殊不知，表达这种"忍辱包羞"，突出的正是"失国"的惨痛……

看完这些，我就离开展厅，退到一道露天走廊上，在石砌上略坐了坐，任清风吹来，把凉亭上的树叶的碎影摇落在身上，回望展厅入口，仍是人群进进出出，络绎不绝。我记得还买了一册专门刊登展览消息和罗丹作品的《美术》杂志，并看到展区地上散落了一些纸页。

铁凝在《罗丹之约》一文中还写到她在参观展览时正好遇见了从山西来看展览的李锐、蒋韵夫妇，这使她感到同行之间的心有灵犀，不约而同接受艺术之光的沐浴。我那时还是个学生，在偌大的京城里不认识几个人，现在我知道许多作家、艺术家都来向伟大的艺术致以虔诚的敬意，使我也有了同在一条艺术之河里汲取源泉的感觉，说不定我也曾与他们邂逅，在这伟大的艺术面前并肩而立哩，我由此感到光荣。尤其是我曾数度去拜访，在一起倾谈过的杜运燮老人，他也来美术馆看过"罗丹艺术大展"，并作了一首《读罗丹的〈思想者〉》，更让我有一种心灵相通的感觉，正如他在诗的开头说的：

慢慢地，我也看见
三个世界
都有无声的交响乐

是的，艺术都是相通的，它的光辉弥漫这个世界、所有的心灵——而所有的心灵在艺术面前都是彼此相通、互相应和而共鸣的……

天下真小

我没有事的时候，也做些庄子说的"无益之事"以打发时光，比如近来偶尔也翻翻旧杂志，尤其是发表有自己作品的杂志，当初收到样刊时，都只是一翻而过就收起来了。过了这些年，再拿起来翻翻，既觉得新鲜又觉恍若隔世。

最近竟然找出几本20世纪八九十年代的样刊。一翻，还真有些"发现"。

1985年第7期《散文》月刊，我有一篇习作忝列"大学生之页"，没想到本期这个栏目的第一篇是兴安的《再见，美丽的鸟岛》，写的是青海鸟岛自然保护区。"兴安"，我看到这个名字，心里发出小小的惊呼：我认识的啊！一看署名前的"蒙古族"三个字，更是确定无疑。90年代我在某出版社工作时，曾给《北京文学》投稿，后来还去该杂志社玩过，还与诗人、师兄钱叶用一道前往。正是在那，先认识了诗歌编辑晓晴，后认识了时任副主编的兴安。

他们后来在出版上都与我有过合作。印象中兴安是高高的个子，热情爽朗，精明强干，也看不出他是少数民族。我记得他有次从外地回京，我还受叶用兄之托，前去接站。他也在《北京文学》上发过我的组诗，还推荐我的一篇"自序"刊于《中华周末报》。再后来，就没有再见到他了，听说调到《文艺报》还是别的什么单位，如果我当初知道我们在同一期刊物上发过东西，也可以拿这微不足道的事做一个话题，也会增添几分亲切感的吧。可惜那时候手头也没有这期刊物。

在同一期刊物上发表东西，当然不值得大惊小怪，因为天下报刊多矣，每天都是浩如烟海，数不胜数。但过了一些年头，再翻阅起来，一看熟悉的朋友中竟曾经一起发过东西，多少会感觉这也是缘分。我觉得，这缘分当不下于在一起开过一次会，或在茶肆里喝过一次茶吧。

也是这样闲翻，几年前，就在1993年第5期的《诗刊》上翻到杜运燮先生的《椰树·椰汁·椰花》。我从学校毕业以后，正好是与杜老在一个大单位工作，那时他早已退休，但我们还住一个大院，我从单位电话本上看到他的名字后，便给他打电话，约好时间去拜访这位著名的"九叶派"诗人，前后有七次之多，我曾写有文字记叙。但那时也不喜欢翻阅样刊，没有发现自己有幸与他的杰作刊登在同一期，如果发现了，拿着这期刊物作为"见面礼"，或许更可以拉近距离。杜老在世时,我虽接触多次,其实了解并不够深入,应该更多地接触,甚至可以帮他写一个"口述自传",篇幅无论长短,都是极有价值的,惜哉!

我倒是也曾给一位作家做过口述自传,断断续续上他家谈过十来次,后来还整理出了一个初稿,但未交付出版。这位作家就是苏叔阳先生,曾因创作话剧《丹心谱》而有相当的知名度。我去他那里做口述自传,是受我单位一老总的委托,但其时这位老总已下海到了一文化公司,所以苏老以为我是由这家公司派来的,并没有太在意这事。去年我翻阅旧杂志,竟然在同一期《十月》上载有我的诗和他的小说《落花逝水》。如果我早一点发现这个,拿上这本杂志,是否也像唐代士子在应进士试前拿自己的作品给文坛大佬们看——名之曰"行卷",可以略增一点身价亦未可知。

或许正是有这么一点"私心"存焉,有一次全国作代会召开的时候,我的同窗好友洪兄来参会,我去看他,在他住的宾馆里,我遇见了几位作家。与其中一位上海的女作家见面时,我提到我们同时在某一期《青年文学》杂志上发表作品,实在也是为了增加一点好感,洪兄当时还笑道,还记得这个?确实,这是微不足道的,我平时也不会记在心上,只是恰好前几天翻阅旧作发现的。

也是偶翻旧作样刊,我在同一期《北京文学》上竟然看到后来认识的散文家徐迅的《父亲不说话》和我的两首诗。我大约是 2010 年前后在诗人简宁那里第一次见到徐迅,他写散文正写得风生水起,可惜我遥距文坛,孤陋寡闻,所知甚少,与他同一期杂志发过作品,竟毫无印象。后来我们熟了,当然读他的作品多了。同样,我给女诗人宋晓杰出过一本书,但我们之前彼此都不知道对方的名字,其实手头的《星星》诗刊 2003 年第 9 期上就有她的组诗《夜行列车》和我的《狐》(外一首)。我与重庆诗人唐诗有多次合作,我也是后来才知道我们的作品曾经在某一期的《银河系》碰面。

邵燕祥,多么如雷贯耳的名字,大诗人、杂文家,在文坛一直受人尊敬,二十世纪末,我曾随新华社著名才子、杂文家陈四益先生去拜望他,呈上一束诗稿向他请益,他曾以一封信的形式谈了他的一些"读后感",勉励有加。那时我不知道,我的作品亦曾多次附于骥尾一样附于刊登他大作的杂志之末,也可谓有幸;这些杂志有《作品》《北京文学》《诗刊》等。可惜见面时我一点也想不起来,不然,或许也能增加一点去拜见前辈大家的底气。

还有更"夸张"的是,2019 年 5 月底,我去绍兴参加"第十届东南亚华文诗人大会",其间结识了新加坡著名诗人郭永秀先生。我们坐在车上同一排位置出行,有过许多交谈,还承蒙他赠我好几本诗集。回来后,我偶然翻阅 1987 年第一期《鸭绿江》杂志，意外地发现上面同时发表有我们的诗作，如果早一点知道，不仅增加一个共同话题，而且会更感到"天涯若比邻"吧？

类似这样的情况还有一些。有的后来遇见了，只同过一两次宴席，甚至只在电梯里短短地交谈了几句，并没有太深的交往，也就不必赘述。

我写这么一篇文字，有什么意思吗？我要说没有什么意思。如果真要说出什么意思来，那就是，山不转水转，同在一片蓝天下，如果有共同的爱好和追求的，说不定还真的转着转着就见面了，就结识了。而其实，在见面、结识之前，我们的文字可能早就在另一条小路上碰见了，这或许就是人们所说的"缘分"吧！

我翻着一本本旧样刊，一个个熟悉的，有过"交往"或"交集"的友人的名字不断出现在我面前，让我这个习惯宅在家里的人也不由感慨：天下真小！

天下还将越来越小！

林光先生二三事

北京朝阳区的名刊《芳草地》杂志接连发表了两篇怀念林光先生的文章,让不太了解这位著名翻译家的读者知道他的生平与业绩,我读来直觉传神写照,令人感念。我在得知先生逝世的消息后,原本写过一篇怀念他的文章,也是回顾他的人生履历,更涉及我们之间交往的一些片段,尚待整理发表,倒是又想起我所了解到的他的另外一些经历。

因为他的身份比较特殊——在国民党退守台湾之际,他却从宝岛来到大陆一心求学,所以长期未获组织上的信任,乃至被打入另类遭受歧视,直到不惑之年仍孑然一身。可以想见,他虽然无悔于他的选择,但也是有很强的思乡之情的。当大陆实行改革开放政策,知识分子处境开始改善,他也动了返乡探亲之念。1979年,也就是他50岁的时候,在几位朋友的帮助下,他向组织提出申请并获得了批准,毅然独身前往香港,等待机会与台湾亲人会面。后来，他在一篇怀念他的上级领导陈羽纶先生的文章说道：

在香港，我寄住一位印尼华侨家，其时他的家庭发生了纠纷。我是外人，感到很为难，又没法搬往别处，就将我的困难和苦恼，写信告诉朱谱萱先生。朱先生接信后就把我的困难转告陈羽纶先生和另一位领导，希望他们给我可能的帮助。没过几天，我忽然收到陈羽纶先生的朋友罗宗明先生寄来的一封信，附着一张二百港元的支票，说是陈羽纶先生嘱托他办的。

此后，罗宗明先生经常跟他联系，尽可能予以照拂，还带他去各处游览，登山俯瞰全港，品尝当地美食。到了这年十二月末，又给他送来一件毛衣，临别，还让夫人给他包饺子饯行。

林光先生在港逗留大约半年之久，他一直没有等到亲人前来相会，当时台湾尚未解严，两岸交往困难重重。林光先生盘缠用尽，只得靠打工挣钱为生。前后找了几份工作，都觉得所获无多，转而去一家电镀厂做工。电镀工种为有毒行业，会对身体有损害，所以工资略高些，每月报酬不但足够度日，还有节余。

我听他讲到这段刻骨铭心的经历也颇惊异。我没想到，他欲与亲人见上一面竟如此艰难，简直有点像浪迹漂泊于香港的意味了,备尝艰辛与人情冷暖。但我尤其没想到,他在港期间还与金庸先生有过一点联系。那是我在林先生过世后,上孔夫子旧书网搜寻他早年的译著时,偶然发现网上还在拍卖金庸写给他的一封信。这封信的大意是讲,他(金庸)收到了林先生的一封信,知悉林先生对他主持的《明报》上的几篇文章提出了批评(或是指出了某处错误——我记不清了),他认为林批评得很对,很感谢,并表示林先生如果还在香港待一段时间,希望有机会见上一面云云。此信当然是用旧时书信的书写格式写的,约两百字。可惜我当时文献意识不强,没有用笔记录下来,而今再在网上搜索已杳无踪迹,不禁深以为憾。但这内容却是深印我心,我对林先生那种在近似流浪的状态下仍不忘读书阅报、用心学习的精神,极为敬佩,对他在文字和学术上的一贯的"较真"精神更是钦敬不已。

林先生在困难的环境下自学西班牙语,后来成为一名翻译家,其中所经历的艰辛可谓难以罄述,他也由此养成在文字上的精益求精作风。他一生独译和与人合译的书籍有多种,早年还自学过俄语,也出版过译著。但他译得最好、最有名的是诗人聂鲁达的回忆录。中文版在上海出过两个版本,我给他写过一篇书评;后来,该书在台湾出了繁体字版,印得极其漂亮。在此书出版前,林先生做了部分修改,尤其是将中文版当初删节的一小段文字补齐了。

他跟我说过，这一段文字是讲聂鲁达在访问中国时与中国的领导人们会见，其中在一个场合，人比较多，而有人送了宋庆龄先生一只小盒（里面装的是珠宝），而转眼小盒子不见了，宋庆龄先生用锐利的眼光在周遭搜索，最后落在聂的身上，聂感觉颇有些不快。为了照顾读者对宋的感情，林光将这段文字从简体字本中删去是审慎的，也可以理解的，但我觉得其实也没什么，这恰恰反映出宋庆龄先生的机警与凌厉的一面，有助于我们全面地感受她的风采。繁体字出版以后，林生生问我要几本，我大概要了三本，自己留了一本。其余都送给了朋友。

林先生出版这部繁体字本聂氏回忆录，他也跟我谈起过其"缘起"。我记得他说是台湾远景出版公司的老板沈登恩先生主动联系到他的（似乎是沈先写信到林的工作单位商务印务馆，然后来京见面商谈）。沈问林先生有什么要求，林先生说没什么要求，就是要出得漂亮；可以不要稿酬，全部换作样书也可以。沈说样书要多少都可以满足，但稿酬一定要付。后来大约就是这么办的。其时，沈登恩先生在大陆图书界已颇有声名，我也跟林先生谈到他。但不久，沈先生即因病而英年早逝，我和林先生都深表惋惜。又隔了一两年，林先生报了去台湾的旅游团，得以重返台湾。此行一是回到新竹，匆匆瞻拜了一下父母的墓茔，一是在台北拜访了一次远景出版社，会见了沈老板的遗孀

（叶丽倩女士），并买了十几二十册《聂鲁达回忆录》。叶女士与她先生一样，坚持不收书费。但林先生回到北京后仍觉得不安，便托我打听，是否有便人去台湾或台湾是否有人来，好把书款捎给叶女士。我还真找到了台湾来我这儿出书的一位同样姓林的朋友把这事落实了，为此我还跟叶女士通过一次电话。当这位姓林的朋友再一次来京，林先生还特意请他和我吃了一次烤鸭。今日回忆这事，不仅是感受林先生的古道热肠，也是见证两岸图书交流的一段小小的佳话吧。

林先生的这部译著在台湾还获得了一次"读书人奖"，林先生将奖杯抑或证书照了照片送了一张给我，我收藏在一本什么书里，可惜写作此文时已找不出。这个奖是2003年前后颁的。

到了2010年前后，北京新经典文化准备再版聂鲁达的这部回忆录，林先生再一次对译著作了修改。"新经典"让他选择要版税还是一次性稿费，他还曾经问我他选择哪种好，我讲了讲自己的看法，他表示首肯。对于这本回忆录，他一直不太喜欢大陆别的译者将书名译作："我承认，我历尽沧桑"，跟我说过多次："什么叫我承认……，仿佛是向什么人低头认罪似的。"这是我唯一与林先生的看法有分歧的地方，我还是认为"我承认，我历尽沧桑"，这个书名好，"我承认"有"不得不认为""我不想承认，但还是得承认"之意,有一种看似谦逊,实则自豪(以自己经历丰富而自豪)的感情在里面,很见风神,曲折多姿;但是我无法说服这位耄耋老人。最后,新经典出版的书名是"我坦承,我历经沧桑",我觉得这是一种双方商讨辩难最后取得的折中的结果,但是这个名字似乎更糟糕,甚至不如"白首话沧桑",然则,奈何?老先生就是这样一位执着的、对文字一贯精雕细琢的译者。

现在,先生"长已矣",然而我对他的回忆却好像刚刚开始。

同名者

我没有想到我有这么多的同名者。

过去,我在家乡安徽的时候,几乎从没遇见过同名者,甚至在媒体上也极少见到。更没有发现,有谁用我这个名字发表诗文的。这让我多少有种"独得之秘"似的窃喜,对自己的名字也似乎更加"欣赏"了。

其实,我的名字是极普通的名字,是极普通的两个字,何况我们这个李姓,是全国数一数二的大姓,取名字的重复率是极高的。而一开始未发现,不过是因为那时资讯还不够发达,使得我多少有一种侥幸。这种侥幸来北京后尤其是到了新世纪逐渐被打破,我终于发现我的名字重复率是太高了,而且就在我供职的单位,竟有好几个部门有人与我同名。

最初,我好像听说本单位某大报有个女编辑跟我同名同姓,一字不差,我还略略感到惊讶。我的名字一看就是"雄性"的,怎么也有女士会取?但转念一想,我的名字里不带花不带草，也不见女字旁，女士为什么就不能用呢？这样在心理上也就渐渐接受了。我不记得我是在得到了这位同名女性的联系方式后，给她打过一个电话，抑或因为什么而偶然接到她打来的电话，说起我俩同名，她似乎也未见有格外的惊讶，只是说有机会见见面。但后来我们一直没有见到过，因为我们单位实在有点大，且并不都在一处办公。现在仿佛已没有这位女士的消息，我怀疑她是调离了。

我并未享受多久这份"唯一"用名权，我们单位的某个部门又有一位与我同名者入职。这是一位年轻帅气的小伙儿，中等身材，浓眉大眼、五官端正，戴着一副金丝边眼镜，更显得文雅、睿智。他在本单位的研究机构工作，理论文章出色当行，很受领导和同事的认可。我们很快就认识了，因为在同一幢大楼办公，经常会在电梯里遇见。他为人谦逊，总是称我为老师，一开始他的神情仿佛学生盗用了老师的什么东西，总有一种淡淡的歉意。这是他厚道的地方，名字乃天下之公器，谁都可以取，何况在不知情的情况下，取名"撞衫"是再正常不过，不必有雷同的别扭。日久，我们接触便显得很自然了。有时，快递小哥把他的快递送给了我，我第一时间拿到楼上交给了他。有时，大家和众同事都乘一部电梯，别人也提及我们同名，他仍是那么谦虚，说："我近来又从李老师那儿掠美了。"

我知道，因为我在本单位的内部刊物上发表了一系列诗歌作品，其他部门的同事偶有当成他的，甚至当面问到他。其间，我每在单位的理论刊物见到他的文章，看到那熟悉的署名，也有刹那间的恍惚，随即又感到有几分亲近。

正当我与这位同名者正产生兄弟般的亲切感时，单位里又"爆"出一个消息：某某部门也有一位女同名者降临。这真是"天下掉下个李妹妹"，不禁让人对这位女士有几分猜想。但很快，我们便和众同事一起，在办公大楼的电梯里碰面了。这是一个漂亮的川妹子，身材也是不高不矮、不胖不瘦，肤色白皙，双目灵动，一看也是一个机灵聪慧的女子，很容易博得众人的喜欢。她见到我这个同名者，蒙她看得起"职场"前辈，竟是那么亲切和尊敬，甚至有几分像小妹妹见到本家兄长一般欢喜。我多么希望是她的兄长或是同乡，可哪有那样的荣幸啊！她的家乡在四川泸州，出名酒的地方，从此见她，我眼前总有一泓清粼粼的甘洌的泉水穿过翠绿的山谷、密林，轻盈盈、亮闪闪奔涌到大地上的感觉，真可谓赏心悦目。

多好，有这样的两名同名者。我们不但没有彼此的嫌弃、忌讳、嫉恨，甚至连隔阂、淡漠都没有，我们有的只是亲如兄弟姊妹，亲如一家。因为我们都是普通的树、普通的花，我们拥有同一名称，各自在阳光下生长，绽放，得到自己应得的那一份雨露，也吐露自己应有的芳香。我不但不以有人与我同名而懊恼，而是更觉"吾道不孤"。

其实，在生活中遇见他们之前，我有几次已经在历史的烟云和文学典籍里与我的同名者打过照面，或隐约望见过他们的背影。《水浒传》第十二回写杨志因卖刀杀了泼皮牛二被打入死牢，充军北京大名府，却投在了梁中书门下，得到重用。为让众人都能接受，梁中书特意安排了一场比武。那天一早一干官员、武将齐集东郭门教场。其中"正将台上立着两个都监：一个唤做李天王李成，一个唤做闻大刀闻达。二人皆有万夫不当之勇，统领着许多军马，一齐都来朝着梁中书呼三声喏"。这里的李成可能还是一个虚构的人物，他由作者施耐庵赋予其名。但我在历史学家邓广铭所著《岳飞传》中也读到岳飞与叛将军李成的大战，可惜我手头已找不见这本《岳飞传》，不能摘录有关文字，但可以肯定这里的李成是实有其人，他应该就是《三朝北盟会编》中提到的那个叛将：

建炎二年八月二十九日辛巳，李成劫掠宿州。先是，朝廷命李成充京东河北路大捉杀使。成领兵而南也，秋毫无犯于民。将及宿州，乃怀反侧，有攘取宿州之意。分军为二，一侵泗州，别将主之；一侵宿州，成自主之，皆约八月晦日。至是东行，成入宿州，乃曰："备奉圣旨，屯驻于宿州。"故人皆不疑，市井买卖如旧。军入未及半日，即有登城者。俄顷，弓矢乱发，纵来肆剽掠，尽取强壮为军，并驱虏其老幼。

这样的行径已与寇盗无异，为人所不齿。该书还记载，这个李成曾受朝廷招安，但不久"复反"，终于沦为"贼"。《会编》引《岳侯传》：时贼首李成自呼李天王，并马进、商元等，共提兵二十万，占据淮西、淮南数州屯驻，往来劫掠。大约《水浒传》中的李天王就是从这里来的。

历史上还有一个"实有其人"的李成，似乎也不太叫人喜欢。他虽是一介农夫，却与中国文化史上的一个大事件联系在一起，那就是由他"发现"了甲骨文。据说这个李成是河南安阳小屯村的一名剃头匠，因身上生疮而又无钱医治，只能去河边捡拾人称"龙骨"的东西，研成粉末涂敷疮口，没想到还真有"奇效"。于是他大量搜集"龙骨"，卖给药店。此事终于被痴迷于金石研究的国子监祭酒王懿荣得知，此后，甲骨及其上面的文字才为世人所知晓……当然，这个李成毁坏了许多甲骨实出于无知，也不能深怪。

真正赢得世人崇仰，让我也引为"自豪"的同名者，当然是五代时的著名画家李成。史料记载：

李成，字咸熙，其先唐之宗室，五季艰难之际，流寓于四方，避地北海，遂为营丘人。父、祖以儒学吏事闻于时，家世中衰，至成犹能以儒道自业。善属文，气调不凡，而磊落有大志。因才命不偶，遂放意于诗酒之间。又寓兴于画，精妙初非求售，唯以自娱于其间耳。故所画山林薮泽，平远险易，萦带曲折，飞流危栈，断桥绝涧，水石风雨、晦明、烟云、雪雾之状，一皆吐其胸中而写之笔下。如孟郊之鸣于诗，张颠之狂于草，无适而非此也，笔力因是大进。于时凡称山水者，必以成为古今第一，至不名而曰李营丘焉。然虽画家素喜讥评，号为善褒贬者，无不敛衽推之……

这真是难得，我也观赏过他的几幅画，虽然我是门外汉，无从置评，但印象是深刻的，他无疑是中国山水画史上一名善于创新的巨擘。对这样一位对中国艺术有贡献者，确实应当崇仰和纪念。其实，除了他的艺术成就，他为人也有风骨，不慕虚荣，不以"一技之长"趋炎附势，对于当今流俗辈一技方成即以之捞金的做法，不啻一剂清醒剂。多年前读报，我读到一短文《骨头》，寥寥两三百字，列举了中外艺术家、科学家不受名利羁绊的故事，开头即："北宋大画家李成，性旷荡，好吟诗，有豪门知其妙手高超，修书来召。李成回了一函：'吾儒者，粗知去就，性爱山水，弄笔自适耳，岂能奔走豪士之门，与工技同处哉。'"这真足以令多少今人汗颜。

有这样的同名者，多么叫人心气豪壮！

遇见名人

我写了一些记述我所见到的名人的文章，虽然都没有什么深交，有的只见过一面，但这并不妨碍在我心中留下较深印象，原因就是之前就多少有些了解的。

在京城里生活，接触名人、遇着名人的机会自然比较多，可惜我深居简出，这样的机会也就很少。那些政界、影视界名人不必说了，就说作家吧，即便自己几十年来一直在写作，因为没有勇气去登大雅之堂，跟文坛和坛上那么多的名人也就距离遥遥。所见到的不过是生活中随意碰见的，这对于我反而有了一种意义，因为这似乎算是我生活中的一部分。

我之所以未能免俗而有勇气把只见过一次的名人都记下来，是因为受到了加西亚·马尔克斯的鼓励。马尔克斯年轻时在法国当记者，有一天在巴黎圣米歇尔大街上散步，忽然认出他所崇仰的大作家海明威——他虽然有些"未老先衰"，"但是在一个个旧书摊前和巴黎索沃纳大学青年学生的人流中却显得那么朝气蓬勃",一时感到莫名的欣喜,如遇男神,遂向他打招呼:嗨,大师!大师知道是在喊他,也做了友好的回应。就这么一次简单的相见,就让马尔克斯洋洋洒洒写了一篇文章。确实,这是一次美好的邂逅,想想看,这也可以说是两颗巨星走到一起,光华璀璨,可谓千载一时。

我和我遇见的名人,当然还不能与此类比,首先是我就至今籍籍无名。但那些名人毕竟也算秀出众人,我也早就读其文、知其名,碰见了,便如见故人,心中多少有一份敬意的,自然也颇愉悦,觉得这一天比寻常的一日要多一点光色,多一点意义,甚至值得将来回忆,所以我不惮其烦地把它记述下来。

可惜的是许多名人,我真的只不过是与之打个照面,最多也不过一握手而已,对于他们的成就也不是太了解;就是与之谈过话的,也不记得谈的是什么了,自然无法单独为他写一篇文字,只好放在一起作一次综述,也可以说是"以志不忘"吧。

近来读《清园文存》,从所附学术年表里看到有一行文字:1988年5月在芜湖主持中国文艺理论学会第五届年会。这使我想起我也曾参加过这次盛会。当然我是在老师的催促下去旁听的,我的身边还坐着我尊敬的在学术上有造诣的潘老师。好像那天是开幕式,主席台上坐着几位名学者，其中就有王元化先生。那时我似乎并没有读过几篇清园著作，但其名声之著我是知道的。我不记得那天是否听到先生讲话，更不知道他是否讲学术界在讨论中要提倡容忍不同意见——这也是记载在先生的年谱里的，我倒是特别想真切地看一看这位清园大师。似乎模糊地看见一位清癯的老人十分端正地坐在一排先生当中，而这时我身边的潘老师不知听到了什么，忽而会心地大笑，忽而热烈地鼓掌，在我看来这不像是完全同意，倒仿佛有点喝倒彩的意味，我知道潘老师素有一点反潮流的精神，这倒合乎我当时的心态，便也跟着鼓起掌来。但这并不意味着减少我对于清园老人的尊敬；我实在没有想到仅一两年后，我会报考文艺理论研究生，而且考上以后，读的第一本专业方面的书就是王元化先生的《文学沉思录》，更没有想到，一读就入了迷，尤其是其中的《韩非论稿》《龚自珍思想笔谈》，如饮醇醪，至今仍推荐给人阅读，从此每遇其片言只语也都不轻易放过。如果我有预知的能力，那次会上，我大约会靠近些看看先生，甚至散会时赶到先生身边问候一声、跟他说一两句话也不一定哩。

　　正是在这次芜湖的会议上，不，应说是会下，我遇见了参加会议的著名诗人曾卓，并去他住的宾馆拜访，请他题了词，告别时，在校门口的山坡上遇到了几位头发花白的老先生在散步。曾卓向我一一作了介绍。我只记得其中有著名美学家高尔泰，好像他正与夫人携手并立或者说是相互搀扶而行，身体、面容并不像我想象的那么俊朗。我知道他命途坎坷、历尽沧桑，我只没想到不到花甲的他已经发苍苍身颤颤，不禁让人感叹岁月之磨人！我同样没想到我很快就要拜读他的名著《美是自由的象征》，以后还会读到《寻找家园》，体会漂泊海外的他寻找精神归宿的空漠与苦涩。

20 世纪 90 年代的北京，给我一个好的印象是那时的图书业还算比较兴盛，每走过几条街巷总会看到一些书摊，不时还会有书市举办，甚至连一般公园都会有类似的活动。我记不得具体是哪天在什么公园里，也正举办图书销售会，我正好路过便跑去凑热闹，想淘几本书。随潮汐般的人群荡来荡去，忽然转到一间独立的平房前，撞见十来个读者正虔诚地捧着书到一顶凉伞下找作者签名。再一看，签名桌前坐着两位女士我都"认识"。一位是著名的演员兼作家黄宗英，一位是刚刚爆红的作家毕淑敏。黄宗英发在《人民文学》上的《小木屋》我在上中学时就读过了，很钦佩，当然认为她是"当之无愧"的作家；但其时她与冯亦代的晚年婚姻正炒得沸沸扬扬，她的高调，她对冯的亲热，都彰彰在人耳目。我那时年轻，甚至可说是"少不更事"，加上对赵丹提出"管得太多文艺没希望"有共鸣，有好感，便不怎么喜欢黄的这种做派，而对毕淑敏的作品也觉得并没有多少文学性竟然爆得大名，一时酸葡萄效应发作，这样向这两位名人投去的目光便多少有些"锐利"，说白了，就是算得是一种别样的目光，想想当年是多么的年少轻狂啊。幸亏两位作家埋头签字，没有看到我的目光，不然这么多年，我会有更多的自责吧！

确实，成长是需要时间的，古人有言：少年哪知世事艰。任何一点成就的取得都颇不容易。但年少时却看不到这点。我想这不独我如此，就是一些名人也不例外吧。这使我想起我曾见过著名作家梁晓声一面。从前我读过他的作品和自传性文章，就记得他曾讲他当年也是年轻气盛，一次住在某电影厂修改剧本，晚上总被隔壁几个当红的明星吵闹得没奈何，一忍可矣，再忍难矣，不禁怒从心头起，破门而入，手掴那声名赫赫的明星之颊，所以梁给我的感觉总是凛然不可侵犯。然而我见到的他却是一个平静得不得了，喜怒不形于色的恂恂之士，当他听我的同事向他介绍我是"诗人"后，他没有用任何异样和轻视的眼光看我，就当我真的是个诗人，非常诚恳地跟我谈起他对诗的看法（记得他谈得还颇有见地），重要的是他那一双眼睛那么澄澈平静地望着我，仿佛可以把一泓清泉带到人的内心，也像一方明镜照彻人的肺腑，不带任何偏激色彩。这要经过怎样的修炼与思想上的洗涤，才能炼就这样清澈的眼睛，让人不自觉地也跟着诚恳和坦荡起来。

我不记得哪一年还曾见到作家蒋子龙先生一面。那是因为我所在单位组织职工去天津游玩，作家张宝瑞要我跟他一起行动。到了天津，他便联系蒋子龙，并赶到某指定餐馆会面。宴会也刚开始，我一眼认出席间还有吴泰昌先生，另外一客人经介绍知是文汇出版社的萧关鸿。我向蒋先生表达崇仰，说从小就读他的小说。我不知道是他自己还是别人接口道，《乔厂长上任记》。我说，不，是《机电局长的一天》，是不是因为有些意外？大家一时缄默。宝瑞打破沉默，说我写作诗歌，我不能确切地记得蒋子龙先生这时就写诗发表了什么意见，只记得其间，吴先生掏出一根香烟准备抽，又向我示意，我没看见，蒋先生便把手放到我后脑勺上抚摸了一下，提醒我吴先生正问我抽不抽烟呢。我哪敢放肆，遂连说不抽。饭后，我们站在餐厅所挂蒋子龙先生亲笔书写的一幅字"风正一帆悬"下合影留念，但留在我心里永远不会褪去的是蒋先生恍若"邻家大叔"的亲切平易，以及他摸我后脑勺给予我的亲切感。

我与他们仅此一面。恍如萍水相逢，再难相见。人世往往如此。但有此一见，拿佛家的观点看，便是有缘。

像是一道云影映入心灵的波心,而且不会消失。有缘也罢,无缘也罢,与名人相遇,到底还是一件让人高兴的事,起码可以借此认识到自己所处的世界还不是那么平庸,甚至能感受到那些名人身上所带来的能量与光彩。

对一位写诗朋友的歉意

我对一位写诗的朋友一直心存歉意,这么多年如鲠在喉。

那还是在江南小城读书的时候,1988年春我正面临毕业。先是在离学校不远的一所职业中学里实习当老师,早出晚归。有一天傍晚回校,刚到宿舍就听说有人找我,打眼一看,一个不太高而偏瘦的、看上去比我略长几岁的青年,正坐在我的床铺边等我,听说我回来了,他站起来迎接。他自述自己姓甚名谁——现在我已想不起他的姓名,隐约记得是姓王——找我是慕名而来,向我讨教诗艺的。我有些诧异。我曾在这所大学的诗社任过一两年负责人,但其时已经"卸任",交棒给下一届同学了,没想到还会有人来找。我再一次感觉到诗歌的力量。恰好这天有家杂志刊登了我的诗作,寄来样刊,我顺手就递给这位朋友看,这似乎更增加了我在他心目中的分量,他的叙述语调更加欢快起来,可惜语速太快加上方言的缘故,我听得不是太明白。而正好到了晚餐时间，同学们都纷纷往食堂去，我跟这位朋友说：走，我们先去吃饭吧，吃了再聊。他高兴地跟我去了食堂，走在路上还侧过头望向我，浑身都似乎透着喜悦，仿佛自己单兵独斗了多年，现在终于找到了"组织"。

吃完饭，我们简单地聊了聊。他诉说他对诗歌的执着追求，年近四十仍孑然一身。然后又说了些别的，还是因为口音，我不完全能听得懂。最后，他郑重地留下他的地址，邀请我有空去他那里玩，便告辞了。他不能多耽搁，不然就没有车回他那比较偏远的郊区工厂了。

此后我有一段写论文之类的比较忙碌的日子，后来却清闲下来。临近毕业，课程结束，无事可干，遂有一种侘傺无聊之感，想起了这位写诗的朋友，便向本市的同学打听他所在工厂的位置。有人说那里远得很，简直是荒郊野岭，倒是有一班公共汽车通往那里。到底要不要去看看他呢？他还许诺要好好招待我哩！可能还是好奇促使我最终下了决心：去！

好不容易找到通往远郊的公共汽车，坐上车，几转几弯，便驶离了城区，开上了通往田野和村落的简易公路，然后便是在漫长的土路上一直颠簸。大约是在五月，天气有点热了，虽是半下午，土路很干燥，我们的汽车驶过就烟尘斗乱。我在车上左颠右摇，都感觉到有些头晕，好在年轻，此外没有大的反应。终于到了朋友工厂所在的地点，下得车来，望见不远的路侧有一座院落，我朝着一排房屋走去。经过打问，确认就是朋友所说的厂子，心里踏实了一些，便顺着人家指的方向，叩开一间大屋子，里面传来轰隆隆的巨响并偶尔夹杂着敲打的叮咣声，我心知是个车间。我叩开门，问朋友在不在，被问的人立马就大声喊他。他从一座车床旁边走过来，脸上露出了欢喜的笑容，拉着我在空旷处站定，向我介绍起工厂和在现场的几位师傅来。那几位师傅都微笑着向我点点头，我感到欣慰：我这位写诗的朋友人缘是好的，并不属于不食人间烟火的那一类。他凑近我的耳朵对我说：你不要急，我们这儿下班晚，晚上大家在一起吃个饭。我不记得，他是让我就在车间里待着，还是把我带回他的宿舍里等，反正是等了比较长的时间，我都有些不耐烦了，他终于喊我去吃饭——也不记得是在工厂餐厅，还是在外面小酒馆里——但菜肴丰盛，也很可口——尤其是对于我这个吃惯了学校食堂的穷学生来说，每一道菜都是美味，足以大快朵颐。何况还喝了一点啤酒。他的三四位工友或师傅也很热情，让我在这江南小城的荒郊野外好好地打了一次牙祭。饭罢是去他的宿舍用茶。那是工厂之外的另一个小院，其中有一座两层的小楼，在二楼楼梯口给他分一间逼仄的单间，里面只有一床一桌一书橱，其余也就没有什么多余空间。

我们坐定后,他给我泡了一杯浓茶。他再次向我叙述他的人生履历。这次我似乎听得清楚些了。他竟然是上海人,下放到这座城的郊区农村,当了几年农民,招工进了这家工厂,做工人也有十多年了。前些年工厂效益还好,近几年不行了,勉强撑着没垮掉。他从小就热爱诗歌,尤其喜欢郭小川的诗歌——20世纪七八十年代,许多人一跟我说诗,就开始背诵郭小川的诗,如"三伏天下雨哟,雷对雷;朱仙镇交战哟,锤对锤;今儿晚上哟,咱们杯对杯"——于是他业余一心写诗,连婚姻家庭都不考虑,也没想找关系调回上海。我请他把作品拿来我拜读一下,他说他发表不多,只有几首。于是他站起来拿钥匙打开他的玻璃书橱——其实我早发现,书橱的玻璃门边竖立着一册打开的杂志,朝外的一面用大半页的篇幅登载了一首诗,正是他的作品。他取出杂志,把它放到我的手里,原来正是本市文联的一本没有正式刊号的刊物。我把他的这首诗读了两遍,觉得写得比较直白,还是七八十年代之交,中国一些非"朦胧派"诗人写的那种风格比较传统的诗作。说真话,读到这样毫无新意的作品,我的心往下沉,我把目光望向这位瘦弱、黝黑甚至显得有些落寞的诗人朋友,我为他的未来担忧,我多么想对他说:你的身上没有成为大诗人甚至比较优秀诗人的潜质,你不要把自己耽误在这上面,在诗的歧途上越误越远,尤其是荒废了生活。我当然不敢这么直白地对他说，只委婉地提醒他新诗发展很快，传统的直抒胸臆的调调不行了，要多看现代派的诗歌，吸取新潮一点的写法，要关注诗界的新动向；末了我还是说出我的建议：暂停诗笔，先把生活经营好，比如成家立业……这样的劝告他听得多了，他望着我的眼光由兴奋变得迟疑，脸色逐渐黯然，口里嗫嚅着说不出话来，我仿佛也失了兴致，稍坐几分钟，便向他告辞，他一边说欢迎我下次再来，一边把我送出了门。

或许到此为止，我的歉意或遗憾还要浅一些，不应该的是，我后来还真的再去打搅了他一次。大约是隔了近两个月后的七月炎天，我在校园里感到了寂寞，便鼓动我同宿舍的一位学书法的同学一起去找他。仍然是在傍晚，我们坐车穿过长长的灰尘飞扬的土路抵达他那里。他这次虽不失礼貌，却明显失去了热情。他把我俩带到他的斗室，显得为难地说还要加班，也许要很晚才回。我有些尴尬，也有些进退两难，但并没有提出离开。等到晚上七八点时他回来了，带来了一盘卤鸭和几瓶啤酒，我们就在他的房间里，一边喝酒，一边聊天。我再次劝他把生活打理好，然后再谈诗，他只得支吾以对。饭后稍作停顿，我们便离开了，他站在二楼的栏杆边，身体朝外倾侧，目送我们下楼，这一次我明显感到不受欢迎。

很久以后我才意识到，我不应该一再向一个人热烈的诗歌激情泼冷水。作为一位热爱和崇敬文学、迷恋诗歌的青年，能够保持一颗诗心是多么难得。我的这位朋友是一名流落在异乡的游子，或许有诗陪伴他，他才能活下去，而且活得比较有滋味，有奔头。因为诗本身就是一道风景，一道延伸向远方、延伸向未来的风景，如果失掉它，对他来说人生还有什么意思呢？如果一开始不接触它，不感觉到它还好，一旦有过诗的滋润，再要把它从生活中，从心灵中拔去，那无疑是一件残酷而痛苦的事，严重一点说，那会让一个人失去生的勇气。无论他在诗歌的造诣方面多少，哪怕天分不足，也不应该无情地把它从他的生命中拿掉。世界上有多少不顾一切走向诗歌的人，为了对诗歌的爱从不在意个人得失，理应赢得我们的尊敬，因为他们是灵魂的探索者。难道放弃了诗歌我们就真的不痛苦了吗，我看不见得。

可惜意识到这一点已经很晚，我总是以"现实主义"态度劝人弃诗而投入生活，在某种意义上或无大错，但我起码不应忽视诗歌的力量！起码诗歌不是深渊！那么，如果我当初同我的这位写诗的朋友会面时，多些对诗歌生活的赞美，多些对诗歌发展前景的展望，多些对诗美的体验分享，多些技法的探讨乃至一起品评当代诗坛，是多么好啊，可惜因我的"世故"，彼此的交往只得黯然收场。

三十多年过去了,我终于写出了心中的这一郁结。我只想问一声:朋友,你还好吗?还一直在坚持一颗诗心不变吗?愿诗歌一如既往给你的心灵带来快乐!

一首诗的本事

十岁多点开始习诗,现在想来,几乎与诗相伴一辈子,幸耶?不幸耶?谁能说得清。但有一点几乎可以肯定,我拥有了一个相对丰富的情感的世界;那就像春天里的植物,在它的叶尖或花瓣上,总是缀有晶莹的露珠,辉映着这个绚丽多彩的人间。

我带着诗跨入青春的大门,也同时跨入大学的校门。那一刻,真有"天之骄子"的感觉,就像羽翼初丰的鸟儿,振翅高飞,向着一个无比辽阔而深远的蓝天。在那里接触缤纷奇谲的云彩,也远观到一些变幻奇异的云絮与风雨,甚至能听到一些隐隐的雷声。

在开始走向成熟的年龄,我遇见了她,我的一位师姐,一位十分漂亮、完全可以称得上"校花"的女孩,彼此开始了一段纯洁的友谊或者说情感。她很有艺术气质,因为她就是艺术系学音乐的学生。但我们相遇的时候,她正处在人生的低谷,所以她多少显得有些落寞、黯淡,在大学校园那众芳妩媚的花丛，她偏处一隅，隐没不彰。

　　我是在相对显得幽暗的艺术系女生宿舍里第一次看见她。有一天，竟有一位在北京高校间游学、串门的诗人来到我校，"慕名"来访我这个诗社"社长"。在交谈间，他问到我本校都有哪些杰出的师生，我给他列举了三五个，其中一个是艺术系与我同一届的女生，因打扬琴而获得了国家文化部颁发的大奖，他遂两眼放光，要求我带他去拜访。我便带他绕过操场，走到对面的女生宿舍，问到这位女生所住的寝室。叩开门来，只见昏暗的灯光下，寝室里只有两位女生，一位大概在随意地拨弄着吉他之类的乐器，另一位却是缩在更暗的床上似乎在看书。她们告诉我，要找的那个女生上自习去了。我们颇有些失望，怏怏地转身离去，忽然又同时回头叩门，说："找你们谈谈也一样。"于是，我们便跨进寝室，做起自我介绍，而刚才那个弹拨吉他的女孩却起身离去，避开了，只剩下她，刚才在床上读书的那个，放下书，接待了我们。

　　话题是从艺术专业开始的。女孩告诉我们，她是学器乐的，专攻古筝。然后介绍了本系的各个专业，以及那个获奖的同学的情况，同时谈到她自己，姓名、籍贯，从小学琴的经过。从谈话开始，我就感到这位女生的成熟，落落大方，而且长得十分漂亮，有一种成熟的温婉和善良，不像一些漂亮女生总是本能地对异性保持着一种警惕或矜持，拒人于千里之外。接下来，是来我校串门的朋友与她交流得更多，因为他们谈到了中国音乐的发展情况，我是一无所知，完全插不上话。我记得她着重给我们介绍了谭盾，使我第一次知道了这位留学美国，扬名中外的音乐大家。我们谈到喜欢读的书籍，我只谈到我对智利大诗人聂鲁达的景仰，而他们谈起西方哲学，我又几乎无语。我记得她说过不喜欢叔本华，我的同伴问为什么，是不是他贬低了妇女，她点点头，说"是的"。至此，我对眼前的这位艺术系同学生出了一种敬意，我没想到，她还读了这么多书。

　　送走了来访的诗人，我与这位师姐开始了交往。她姓张，比我大三岁，在安徽南部一座美丽的城市长大，是个城市姑娘，而我是个乡下小子，自觉配不上她，所以我不存在与她谈恋爱的想法，但无疑也喜欢她，便偶尔去找她。那时候，我对民族乐器都不太知道，根本没听过谁弹过古筝、打扬琴，甚至连扬琴的演奏叫"打"，也是从她那儿第一次听说。她带我到艺术系所在的山上去看她的同学怎么操练乐器，结识了好几个各有专长的女生，还带我去她的琴房练习古筝。那是一间很小的斗室，除了案上放有古筝一架，我想不出还有什么，倒是在墙上贴着一幅印刷的油画，画的是几朵巨大的芙蓉。她告诉我，这是木芙蓉。她当着我的面练了几次古筝，每次都戴上玉指甲，再把琴弦下面的柱子摆弄好，然后便叮叮当当地弹拨起来，拨出了溪流淙淙般的乐音，优美动听。

正是在这斗室里，她跟我谈到她的情感经历。她说，她曾与艺术系的一位老师相爱，但他学的不是音乐而是油画。他从小就在这方面展现了天才，中学读书时代就有画作在少年宫获奖、展出，小时候生活艰苦，曾在废墟上捡过煤渣，终于通过努力从北方小城考入我们学校，取得了优异成绩，所以虽是平民子弟也得以留校任教。留校几年间，他在油画艺术上有了长足进步，开始崭露头角，成为本省知名艺术才俊。但他年近而立仍孑然一身，就是因为他忘我地投身艺术。他对大自然的美、乡村的美有着狂热的崇拜，他在皖南山乡写生时，发现一位村姑有着天然的纯洁的美，仿佛桃花源中人般脱俗，他在心里喜欢上了她，所以在离开写生基地时，突然跑到这位姑娘家，向其父母屈膝跪下，说要娶她，把她带回城市，把那家人吓了一大跳，当然不敢答应。或许正因为此，他在追求我这位张姓师姐时，师姐便问他：她是他的第几个？这位老师说：第八个。师姐恼羞成怒，他却转过头，说："因为第八个是铜像！"

他们如痴如醉地相爱在一起，免不了花前月下缠绵私语，没日没夜地你侬我侬无法分开。师姐一边回味着他们的爱恋，一边向我展示这位年轻艺术家给她写的情书，一封封书信浸透着刻骨铭心的爱意，即便两个人厮守在一起犹觉不够，更遑论暂时的分别。信中回忆说，我的这位师姐随同学去游马鞍山的采石矶，作为老师的他先登上矶顶，忽然听说落在后头的她出了事（其实是讹传，是另一同学摔伤了），他从矶顶连滚带爬、慌不择路地撵下山，跌跌撞撞来到山脚，看见她安然无恙，双眼热泪滚下。他说，刚才那一刻他感到天昏地暗……师姐一边说，一边展示他的信给我看，我看到每一封信好像都没有署名，只用简笔画了一个菩萨似的双手合十的头像，我为他的艺术才情所吸引。

然而，仿佛真的是天妒英才，这样美好的爱情却被一场意外化为乌有。有一天，师姐下课后如常去这位青年教师住处，发现桌上留下一个纸条，写着"向着召唤奔去"，心里有些诧异却也因他浪漫激越的特性没有特别在意，因为他刚买了辆新自行车，一定是满怀激情地出去写生了。当天未归心有挂虑，次日仍未归，心里的不安急剧滋长，到第三天开始感觉难以承受的焦虑，仿佛连空气都稀薄得不够呼吸，后来接到通知说他在出门当天在郊外遭遇车祸，因为怕她一下子受不了这个噩耗就说他正在医院抢救。师姐在急切不安的等待中只有一个意念——"只要他活着，哪怕失去手脚也愿意照顾陪伴他"，但过了一天得到的却是最坏的消息，他去世了，她顿时有一种天塌地陷的感觉，那样一对须臾不愿分离的恋人，他的一次不告而别竟成了天人永隔，她整个人都被击溃了……说到这里，师姐以凄然的一笑结束了她的回忆，只喃喃地说了一声：他的一幅油画已选定赴美参展，加了框，即将装上飞机……

听到这里，我简直有些目瞪口呆，半天没有回过神来。我没有想到，在这个校园里还有这样一场惊心动魄的爱情，然而结局却如此令人伤恸。我难以想象师姐在失去恋人的那一段时间，内心有着怎样难以言喻的苦难伤痛。

从此，仿佛为了安慰她，我去她那里有些勤了。我不愿意她像过去那样，独自一人躲在昏暗的寝室看书，便经常拉她去上自习。她是那么漂亮，甚至可以说风姿绰约，所到之处都十分引人注目。有时，我与她一起步入晚自习的图书馆，欻的一下，那个大厅里那么多人，几乎同时都把目光投向我们，让我感到震惊，又有几分惶恐。我实在没有想到，她魅力这么大！我虽然也有几分得意，却不敢有非分之想，甚至连她的手也不敢拉。倒是我的同学，后来成为著名文艺评论家的洪兄，他其时正与艺术系另一女生谈恋爱，他们在上自习的间隙向我们飞来一只纸飞机，上面画着一头大象，大象的鼻子上挂着一个牌子，上面写着"你们好"，我在猜测是不是鼓励我向他们学习。

我偶尔也上她的琴房去，陪她练习古筝。有一天，我要求她为我完整地弹几个曲子，她欣然答应，抚弄琴弦，弹了一曲《平沙落雁》，接着又弹《渔舟唱晚》，在抑扬顿挫的悦耳琴声中，我心潮起伏，思绪联翩，看着她在那张木芙蓉油画下微微地摆动她的头颅，一个诗的意象升起在我的眼前，一首《致古筝的少女》便呼之欲出：

  一束阳光缓缓穿过林木
  南方的棕榈一时竟如此青青
  木叶摇响我弹性的脚步
  走向山顶，一个神秘谷地
  用心去谛听 灵魂

  一帧温柔的剪影一朵暖云
  在心间罩下一片蓝的恬静
  拨亮面前静默的二十一弦
  湖水开始沿你指缝奔涌
  二叶白帆放下碧水
  世界在你我面前沉静下去
  ……

在诗中我歌颂她的纯洁、真诚，以及"历劫"后对艺术的追求，最后说：

  一朵巨大的木芙蓉

升过你微昂的头顶

我的心头遂滚过一轮红日

世界　世界

你将对我永放光明……

我感激她给我带来了音乐的知识与感受，也表达了我对她的崇拜与倾心。

这之后，我们还有几次来往，但都没有突破纯洁的同学友情。最后是临毕业时，她送了我一张艺术系学生的毕业演出票，让我欣赏到优秀毕业生的精彩的才艺表演。但遗憾的是，其中并没有她的节目。或许经历了一次人世沧桑，她已归于淡泊、宁静，与世无争。而毕业以后，更是没有了她的任何信息，以至于今，我怀疑她已生活在异国他乡。我希望她能在她所愿意待的地方生活得快乐、幸福。

怀凤鸣

想一想，真是人命危浅。一段时间不见，或没有听到他的消息，再传来的就是他的噩耗，让人不敢相信，他已不在人世。

我说的是凤鸣，诗人祝凤鸣，我的一位师兄，在现在的诗歌界，尤其是安徽，几乎无人不晓。

其实我并没有见过他几次。我们只同过一年学，在安徽师范大学，我入学那年，他却已是临近毕业的大四学生。在新生眼里，毕业班的同学简直跟老师差不多，成熟、稳重、深沉，让人敬畏。

我已不记得我们是在什么情况下见的第一面。他在地理系，我在中文系，本没有机缘结识，但我们学校有一个很有名的学生诗社——江南诗社，在同学们中间十分有影响，有那么多的同学都热爱写诗，几乎已形成本校的一个传统，这就为我们相识搭建了平台。我想很可能是诗社改选新一届理事会的时候，也有他参加而且还发了言，我才将其人与其名对上号。在这之前,我简直不认为他是个诗人而是"散文家"。他发在校报上的几篇散文,尤其是那篇获得本校征文一等奖的《远山如浪》写得多么好啊,很有诗的意境。写的是一位山村姑娘因为身体原因而没能到大学读书,但她没有放弃人生理想,在家坚持写作,而且经常与考上大学的堂兄及其同窗好友书信往还,而这一天,她的小说终于在刊物上发表而且获奖,还应邀赴省城参加颁奖大会。这么一篇美好的故事,通过作者用诗的语言娓娓叙出,让读者如同掬捧到一泓清澈的山泉,感觉是那么清澄沁心,久久沉浸在淡而隽永的回味之中。现在重读这篇佳作,我仍佩服他是营造意境的高手,觉得他确实具有诗人的潜质。其实,那时他已开始在校报上发表诗歌,只是在本校20世纪80年代初几位已在全国诗坛崭露头角的校园诗人当中,显得不太显眼而已。

我偶尔在校园的甬道上碰见他。他跟其他同学一样,经常是挎着一只黄帆布书包,手拿一只饭缸,还提着一只暖水壶。只是他个子高挑,走在哪里,都有点鹤立鸡群的样子。我甚至认为,这样的才子,一定是不少女孩梦中的白马王子。我很仰慕他的潇洒,偶尔遇见,我们也会有些交谈,可惜的是,我们虽来自同一地区,但他语速极快,我往往听得不太明白。而到了他临近毕业,我问他的去向,他告诉我是留校报工作,我非常为他庆幸。我记得我还将我的一篇散文习作送去给他看，几天后在一座教学楼前，再见到他，我问他有何见教，他坦诚地指出了此文的不足，虽然这篇文章在当年七月就刊发在一个有名的杂志上，但我并不认为他说得不对。

可是后来我就没有再见到他，不知为什么，他并没有留校编校报。我偶尔跟校报的凤老师谈到他，凤老师是很喜欢他的，也为他没能留校惋惜，还告诉我他的去向，是在黄山附近的一所中学任教。我在头脑里想象这样一位很有艺术气质的青年如何度过他寂寞的乡居生活，在那里，他一定在潜心读书、写作以寻找突破吧。果然，他后来在文章中回忆起这段生活："在寂寥的河滩，在黄昏的光线下，我日复一日阅读赵毅衡先生翻译的两卷本《美国现代诗选》；随后，又钻研郑敏先生翻译的《美国当代诗选》。"这为他在后来诗坛的崛立做了准备；所谓"厚积薄发"，而这爆发也要寻找到一个突破口，这突破口往往又是不期而至，那就是意大利诗人的启迪。他说："时间到了1988年夏天，在故乡县城的'小小书店'，我意外买到钱鸿嘉先生翻译的《夸西莫多、蒙塔莱、翁加雷蒂诗选》……这本意大利'隐逸派'诗选，风格朴实，诗句朦胧，意调感伤，一瞬间将我的心紧紧抓牢。"从此，一系列咏唱和感怀故土的诗歌从他的笔下汩汩涌出，形成了自己的叙事抒情格调，赢得了许多人的喜爱，他成功地从一隔走向全国，参加了《诗刊》举办的"青春诗会"，开始在诗坛上渐渐有了名声。

其时我也从大学毕业，同样分配至故乡一座小镇上的中学去教书，同样不甘心"沉沦"于乡间，但我选择的道路不是诗歌或写作，而是考研，以为这是我仅有的一种"可能"或者说捷径。所以那几年，我离开了诗坛，或者说是脱节式的远离吧，很可能这种脱节就是永久性的，虽然后来跟诗歌界有所联系，但仍一直在边缘游走，虽然我的心里一直有诗存在，诗是我心底最温馨的一块园地。包括凤鸣提到的这本意大利三诗人诗选，我差不多同时在安庆市的一家书店里看到便毫不犹豫地买下，回来一再展读，也很喜欢，但却没有凤鸣那种醍醐灌顶般的感悟。

三年读研毕业不久，我得知凤鸣已调至《诗歌报》工作。这时我重新写诗，也发表作品，当然渴望得到支持。我给他写了一封信，投去了一组写拉丁美洲诗人的诗歌，他给我回了一封信，我记得他说"你已发表很多作品了吧"，我感觉暌隔这么多年，他并没有把我忘记。后来，他选了我一首写聂鲁达的诗发表，只是我并没有收到样刊，而是从同样来京读研的另一位师兄诗友那儿偶然发现，我在心里还是很感激。

再次见到他，已是 2008 年，大约是汶川地震不久，母校召开"江南"诗社成立二十五周年纪念大会，我们都应邀参加。他还是那样潇洒不羁，颇有艺术家风度，还是语速极快，让人的思维很难跟上。我们一握手，二十余年的久违便消失。可是我在这次会上犯了一个失误，就是在轮到我讲话时，历数从本校走出的诗人，不知为什么我竟然忘记把他列上，而他在青年诗人当中也是很有影响的呀！会后再碰见他，感觉他的脸上已明显没有笑意，而在宴会上，我有意坐在他那一桌，他却有意地避开。我为我的疏失感到抱歉，但我也没有跟他解释，因为这似乎也不是解释能使其"释然"的。

后来，我就只在一些视频上见到他了。我见他留了长发，艺术范儿更浓了，参加和组织活动比较多，甚至到了我的故里开过一次什么会；他还拍了一些纪录片，包括对几位台湾省诗人的访谈，做得都非常好，非常有品位，对中国新诗的发展是有益的。他也在视频中谈读书、谈诗歌创作，秉持着一贯对美的追求，都是值得赞佩。可是，正当他做得风生水起，虎虎有生气的时候，却传来他得病的消息，我忽然感到我心里有一块地方塌陷下去了。怎么这么不幸啊，正当他才华大展之际却被病魔遏制住了，这如何是好？这又将把他的一对孪生儿子和年轻的爱人置于何地？当初，我们得知他得了一对孪生儿子时，是多么羡慕啊。我遂在与凤老师的微信联系当中对他表示关切，并问他儿子情况，得知都已大学毕业参加工作，才稍稍感到安慰。凤老师在2019年下半年从江门去广州探视他,我托凤老师代问他好,祝他早日康复。我以为他的病情还会稳定下来,没想到,几个月后,他还是溘然长逝,给安徽诗坛留下永久的一块空白,真可谓天地无情!

江边的一次访问

这么多年,我都一直没有忘记在江边遇到的一位老人,准确地说,是住在江上乌篷船里的一对老人。

那是我在江城读大三那年的冬天,大约是11月下旬,寒流即将来临。我镇日在大学校园里读书,忽然感到一种莫名的烦躁和无聊。我想出去走走,最好是去郊外,但具体去哪里,我并没有想好。蓦地,我想起多次从江上航行,在码头附近看见江边停泊的一艘艘巨大的轮船中间,总是栖息着一只只黑色的小乌篷船,当时心中就生出好奇:怎么还有这样的乌篷船,它们的主人都是谁?他们在这里做什么?他们过着怎样的生活……我不自觉地联想起读过的叶圣陶先生的小说《多收了三五斗》,记得写到水上人家的生活情景,还有周作人的《乌篷船》,也写出了乘坐这类交通工具的风味,他们——我看到的这些江边小船的主人,是不是也跟作家们笔下描写的差不多呢?

我乘车到了江边。城市的建筑到了这里已显得稀疏了。不远处，是江堤和水泥组成的码头，离这不远，是一片稀稀落落的树林，穿过树林，就望见一只只巨大的货轮和邮轮，它们集结在这里，让人想象它们如果同时启航，一定会在江面形成"百舸争流"的景象，那应当是很壮观的吧。而在高大的轮船下面，竟然还有一只只乌篷船碇泊，它们显得是那么灰暗破旧，像几只黑色的鸟缩着翅膀簇拥在一起。我走上江堤，看见江水已经浅下去了，露出了大片大片的黑色淤泥；而不远处，就有一只乌篷船停泊在滩涂的尽头，一个矮小的身影正站在离船不远的淤泥上，弯着腰把怀抱里的稻草一点一点撒到滩涂上，我明白这个老人的意思是想用稻草铺出一条道路，以便于下船的人走到岸上。

我便迎着老人走去。这是一个不错的冬日，即使在空阔的大江上，也感觉不到有多大的风力；而太阳已经升上来了，把江边的城市，江上的轮船，把江水都照得发亮，一片灿烂，一切都非常醒目。眼前的穿着黑色棉衣的老人也越来越清晰。我小心地走过一片淤泥，走到老人刚铺的稻草上，这时老人也已经注意到我，但他并没有阻止我，而只是看了我一眼，又弯下腰去撒他的稻草，我走到他面前，亲热地跟他打了声招呼："老人家，您好！"

"好！"他回应了一声，便停下来，用略带疑惑的目光看着我。我便告诉他，我是这个城里的大学生，就是来随便看看的。"哦，看吧——"老人仍没有拒绝我，我心里踏实多了。我连忙掏出香烟，抽出一支递过去，老人接过来，转身走了几小步，跨上了他的船。这是一只典型的乌篷船，中间是隆起的船舱，舱里铺着木板，而前舱凹下去的地方，放着一堆堆渔网和其他渔具，另外还有两只板凳，老人在一只板凳上坐下，我坐在另一只上，划燃火柴抽烟。

"就您一个人住在船上吗？""不，还有老伴，老伴的妹子今天也过来了，给她过生日。"我连忙扭头朝船舱另一头看，穿过拱形的乌篷，果然看见有两位老年妇女在尾舱忙碌，还传来微微响动，不久，又传来说话声。我觉得应该跟她们打声招呼，说了声："我去看看！"便脱了鞋，爬上中间的篷舱，一直爬到了那头，跟两位老妇人打了声招呼，又介绍了一下自己和来访的目的。她们笑着说："你看吧，请坐。"我看见尾舱里有一只锅灶，边上堆着木柴，又见到贴着船篷挂着一些剖开风干的鱼，觉得这个水上人家生活也还是比较富足的，不像我想象的那么困苦；我还注意到光净的船板上摞着好几条棉被，他们晚间的御寒也无可担心，我不好意思多打搅她们，说了声："你们两位忙着，我再到那边跟他老人家说几句。"便又回到老渔夫身边坐下。

"您在江上就以打鱼为生吗？""是的。""用鱼网打鱼吗？""也用滚钩。""什么是滚钩？""喏，就是这个。"老人家一边说着，一边揭开一个木桶，提溜出一大包用尼龙绳穿着的鱼钩，数量大约近百，每一个钩子都很大，像截断后磨尖的戒指，钩子上都穿上了十分粗大的蚯蚓，有的蚯蚓还在微微地蠕动，看起来有点让人害怕。我想起俄罗斯小说家阿斯塔菲耶夫的小说《鱼王》，觉得那些在叶尼塞河上捕鱼的俄罗斯人所用的"排钩"可能就类似于此吧。

一缕白烟从老人的嘴角逸出，老渔夫望着江面沉思，我看着他黝黑的、深刻着皱纹的脸庞和那一双有着黑色裂纹的大手，在想象他如何划着小船在风波中出没，如何下钩，如何收钩取鱼，如何归来，上岸出售他那些收获。我问他在江上谋生辛苦吗，他回答说早已习惯。又问他每年打的鱼多不多，他也只道，马马虎虎，但接着不无忧虑地说，越来越少了。他还简单地介绍了一下，他最初是单独的渔户，后来江上组织了渔业大队。问他那样如何，他仍然只说还过得去，仿佛他跟见惯了江上的风风雨雨一样，见惯了人间的甜酸苦辣，早把一切看得很淡然了。

"你多大岁数开始打鱼的？""我就生在船上，从小以船为家……"老人再次把目光投向江面，眼中起了云雾，开始回忆起童年。他告诉我，他兄弟四五个，一家七八口都靠一条破船在江上讨生活，常常饥一顿饱一餐；特别是母亲很早就去世了,父亲领着一群小光棍风里来雨里往,艰难度日;头顶星星出渔,帆挂着月亮收舱。到大冬天每人也只有一条破单裤,赤着脚板;晚上全家顶一床棉絮,你拽我扯,一个冬天也就这么过来了……"不觉得苦吗?"我不禁再一次问道。"也没啥觉得苦。有时只想好好地吃一顿饭,穿一两件棉衣就好啦。"老人咧开厚嘴唇笑了笑。

"你和大妈怎么认识的呢?"我的意思是他家日子这么艰难,怎么还娶得上媳妇呢。他听出话音,说:"她跟我家一样,也在江上讨生活,可巧的是她只有一个老娘,带她们三姐妹,驾一只小舢板;两家人有时就碰在一起,需要互相帮忙……"我也想象得出,有人给他俩做媒说合,于是他的老伴就从一只小船移到另一只上,新的或者说一样的生活便又开始了。

"日本鬼子来过吗?"我对抗日战争历史一直有兴趣,见到上了年纪的老人都忍不住会这样问。老人说:"来过。这个城里,这一带地方都被日本人占了。他们规定我们不准出渔,又不给粮食,想把我们活活饿死!我们只能绕远一些,去偷偷地打点鱼……"老人接着告诉我,抗战时,日寇在江城囤积了许多煤炭,要雇人用船运到别处,许诺每运一次给点粮食,其时江北根据地的新四军也得知这一消息,就派人悄悄通知他,让他偷运一些过去打造枪械,说好每运一船给一块光洋。老人就冒着危险运去了很多，但终于被日寇侦知，就把他逮捕了，关进牢房，后来还吊到宪兵队大院的一棵大树上，用棍棒狠狠地敲打，直打到奄奄一息；他父亲和岳母赶快凑钱找人千方百计搭救，才算捡回一条小命，到现在小手指还是弯曲的。老人伸出他的手给我看，我见确实有几根手指不能伸直，我不禁惊讶：这样一个平凡的、瘦小的老人身上竟有一段如此不平凡的经历！

我不知再说什么，便准备告辞了，但我一时竟舍不得离开这个老人。我又转身望望他身后的篷舱，那光洁的木板，那风干的鱼，那叠放整齐的被垛以及其他一些日用品，我想把这一切都深深地记在心里。老人仿佛看出我的心思，便让我在篷舱里再坐一会，我便坐过去，和老人的老伴拉起话来，她正同她的妹妹用方言谈着家常。我问她们对日本鬼子还有印象吗？两位老人都说：有！接着女主人跟她的妹妹说："你还记得吗？那一次日本飞机来轰炸，四下里到处都是火光……"她讲到一艘中国的轮船正在江面航行，日本飞机用炸弹把它击中，人的肢体四处横飞，连树上都挂着人的残肢，"那真叫惨呐！太惨了！"老人感叹道。她接着叙述一幅惊心动魄的画面：她的母亲为了捞起一些漂在江面的货物，也想救起几个溺水的人，便用水把被子浸湿了披到头上，就赤足驾着一条船，向江心划去，头顶上机关枪扫射，炮弹在周围掀起层层波浪，她自己也撑着一只小划子，追赶母亲而去，一边喊着妈妈呀妈妈……那一次她母亲救了几个人，但还有溺水的人扒着船舷求救，而且是几个兵士，眼看小船就要覆没，她母亲只得说："老总，不行啊，再带你们几个，船就要沉了啊！"那些兵士只好松开手，沉没于水……

这是多么惨烈的一幅画面！我没有想到，我这样随意性的走访，就能揭开这段历史血淋淋的撕裂人心肺的一页，我随意遇到的几位老人，就告诉我他们曾生活在怎样一个昏天黑地、禽兽纵横的鬼蜮世界！如果我不是亲耳听到，我真不敢想象，许许多多普通中国人所经历的苦难如此深重！

我的心被一只不知从何而来的大手紧紧地攫住，并不自觉地震颤！

这天晚上，我在学校的宿舍里辗转难眠，我的眼前时时浮现白天在江边见到的这对老人，耳边也时时响起他们的声音。我再一次想象着他们在日寇铁蹄下九死一生的情景，我的心仍时时都有一种刺痛。稍稍平缓后，我又想到两位饱经风霜的老人都坚韧地活了下来，多么值得庆幸；如今，暗无天日的日子过去了，儿孙都已上岸到城里发展，他们仍然舍不得离开这条生他们养他们的大江！他们的所求是那么有限，整个家就是一只小小的乌篷船！于是，我翻身下床，借着走廊里的灯光，在笔记本上记下了这一次

访问,并写了一段感想:

  大地上有着许多的劳动者,他们就像是各种最贴近泥土的植物,从不问给予他们多少水分、阳光,就这么生存下来了,给他们多少就接受多少,从不奢求过多,面对多少苦难也不退却!他们就是这个民族最坚韧的部分。

第四辑

读唐诗记

我常想,作为一个诗人(姑且可以这么说吧),或就作为一个中国人,的确可以为中国诗歌曾经在唐代呈现出如此繁盛的局面而倍感自豪。那个年代,诗人层出不穷,恰如群星挂满璀璨的夜天,好的诗篇如泉水,遍地涌现,其势之盛似乎家传户诵——老妪能解,稚童能吟,切切实实在中国诗歌史上写下最有光华的一页。

唐诗的魅力无与伦比,其影响之深远一直及于今天。在今天,唐诗仍是我们不可或缺的、最好的文学读物,是最值得借鉴的作品,一想起这些,怎不令人惊叹。

唐诗的魅力在于她的成熟,在于她持续的新鲜,也在于她的丰润;她就像一个十五六岁的少女长成十八九岁的大姑娘,再长成为一个风姿绰约的少妇,她的每一举手投足,每一颦一笑,都放射着优美的光辉。使我们在千载之下看来,也时时为之怦然心动,为之沉醉而不忍舍弃。

唐代以后,不读唐诗的诗人、文学家可以说绝不会有一人。我们甚至可以不读楚辞汉赋、宋词,不读元曲,不读明清小说,但不读唐诗,要想写出美丽的文字简直是不可能。唐诗的魅力就是这么大!

我也算是一个写作者,也曾发表数百篇诗文。但追忆起我文学涵养的奠基石,追溯我所形成的审美意识核心,便是这唐诗,这穿过千年的岁月仍光彩熠熠的不朽的唐诗。

但是,很遗憾的是我接触唐诗却比较晚。在我的童年,亦即小学毕业以前,我虽然也听说过唐诗这个词,但那时候"文革"刚结束不久,穷乡僻壤的农村连一两本真正的文学书籍也难以觅及,小学语文课本上也不载一首古代诗歌。我不记得我是从什么途径得知像"春眠不觉晓,处处闻啼鸟"和"鹅、鹅、鹅,曲项向天歌"这样近似于儿歌式的唐诗(似乎是没有),但我在课堂上从老师那里听到"熟读唐诗三百首,不会作诗也会吟"这样的说法,隐约感到"唐诗"是古代最好的诗,心中便生出向往,渴望有机会也能品读唐诗,一窥那片云遮雾障的奇丽风景。

谜底终有揭开的一天,但那已是我上了中学以后。某一日,我从我的同学那里发现一本已没有封面的古诗集子,一问才知道那是一本唐诗集。一听说"唐诗"二字,我心头一震,抑制不住就想借来读,仿佛要到一块神秘而古老的新大陆去旅游,其兴奋与激动可想而知。我的同学慨然相允,但只给我两天时间。只有两天时间,太短了,我先是怏怏不快，但还是兴致勃勃地借回来读。一首首长长短短，但大多是方方正正的诗歌呈现在我眼前，一个个听说过和没听说过的名字呈现在我眼前，我到了一个神秘的国度。这些诗歌就像一块块玉石，我知道它光润美丽，可我觉得朦胧难懂，不能一眼看透。于是，我就饥不择食似的拿笔摘抄下来一些。至今，我仍然记得我从这本半旧的唐诗选本(也不知是谁选的)里学会的第一首古诗。

山中

王勃

长江悲已滞，万里念将归。

况属高风晚，山山黄叶飞。

我只似懂非懂地觉得，这是写一个人站在秋风里思念故乡，但为什么这样写不明白，尤其是后一句"山山黄叶飞"，在我脑海里绘出一幅凄凉、黯淡的画面，似乎有点令人不舒服。这就是第一次读唐诗的感觉与印象，这是在我一张白纸似的天性上第一次打下文化烙印的东西，或许深深地影响了我的一生，所以我终生不会忘记。可笑的是，我当时对字词的理解也不确切，第二句中的"将"字，我总以为作"将军"解，以致多少年，我都以为这首诗写的是一位将军的思乡之情。

在这本唐诗选里，我还学到了王之涣的《登鹳雀楼》

"白日依山尽，黄河入海流。欲穷千里目，更上一层楼"开阔雄健的气象，似乎稍稍弥补了我读王勃那首《山中》所形成的抑郁之感。至于还学到了哪些诗，倒是没有明确的记忆了。

这就是我第一次接触唐诗。我一下子推开了唐诗的大门。接着，唐诗就以加速度向我奔涌而来。我很快在我结识的一位书友那里发现了一本《唐诗绝句选》，是专为少年儿童编选的，每一篇不仅有注释，而且有赏析文字。如果不是每篇，那么也是每隔一两篇，还附有一幅插图，这是一本最合适当时的我去读的书，我自然是爱不释手，一读再读。赏析文字倒是看得不多，许多诗略加注释在我看来已是浅显易懂。我一下子真正地进入了唐诗的意境，觉得有一幅幅美丽的图画在我眼前流动，山水、人物、市井、故事、物什，每一件都那么古色古香，又是那么清新明丽，仿佛这一切不是一千多年前发生的，而就在昨天，就在我身边。什么"山光物态弄春晖，莫为轻阴便拟归。纵使晴明无雨色，入云深处亦沾衣。"什么"寒雨连江夜入吴，平明送客楚山孤。洛阳亲友如相问，一片冰心在玉壶。"似乎就是对我说的，那样的亲切，那样的明朗如绘，让我身历其境，在山色空蒙、白云沾衣或寒风冷雨中的楼头旅舍，感受着一片浓浓的亲情。这样的唐诗如清泉，如美酒，饮之有一种说不出的美妙之感。

当然，从这本《唐诗绝句选》里，我也更深、更具体地感受到一种历史感。如"南朝四百八十寺，多少楼台烟雨中"；如"旧时王谢堂前燕，飞入寻常百姓家"；如"山围故国周遭在，潮打空城寂寞回"……在一片诗美中，体会到天地古今的沧桑之意，从而进入一种更悠远的怀想。

我深知书是问别人借的就总得要还，于是我专门买了一个笔记本，尽可能地把它抄下来。我至今记得，有时我放学后和小伙伴们在野地里玩，仍带着这本唐诗和那笔记本，有些诗还是我伏在池塘的堤埂上抄的，一边抄，一边还大声朗诵。

读了几本借来的唐诗，我也想拥有一本自己的唐诗。我悄悄地攒下一元钱，就去镇上买了本早已看中的《唐诗三百首新注》。这本由清人蘅塘退士选编的唐诗，流传最广、影响最大，它把我更深地带入唐诗的境界，我对唐代的许多大诗人也有了初步的了解，陈子昂、李白、王维、杜甫、柳宗元、白居易……从此这些名字长驻我心。我读的不仅是简单的绝句，也有那些字句繁复、含义深奥的律诗和古风了。连张九龄的《感遇》、李白的《下终南山过斛斯山人宿置酒》、杜甫的《月夜》《登岳阳楼》也能背诵下来。通过这些诗，我似乎对唐朝人的生活也有些了解了。知道了"安史之乱"及其对当时社会的影响，对劳动者生活的艰辛有了进一步的体会。例如，读了"春种一粒粟，秋收万颗子。四海无闲田，农夫犹饿死""淘尽门前土，屋上无片瓦。十指不沾泥，鳞鳞居大厦"，对于当时农民辛勤劳作而一无所获的遭遇，无法不产生深刻的同情。

除了这些选本我总要反复咏读，就是偶或在书报上碰到一两首唐诗，我也总要留心记忆下来。如我曾获一枚书签，上面是一幅书法作品，书写的内容是柳宗元的一首七绝《与浩初上人同看山寄京华亲故》："海畔尖山似剑铓，秋来处处割愁肠。若为化得身千亿，散上峰头望故乡。"对作者因思乡而欲"身化千亿"的奇想有同感，遂深表赞叹。父亲闲来也偶吟一首两首唐诗，如"一道残阳铺水中，半江瑟瑟半江红。可怜九月初三夜，露似真珠月似弓。"还有"蜡烛有心还惜别，替人垂泪到天明……"其一咏三叹反复吟味、陶醉其中的情景，至今深深地烙印在我心底。

同学之间也不时交流读诗的感受。一位同学向我推荐王维的诗，说写得好，像画一样，他尤为激赏那首《山居秋暝》："空山新雨后，天气晚来秋。明月松间照，清泉石上流……"甚至考我"天气晚来秋"的解释。他还跟我谈起陈子昂怀才不遇，浪迹长安，买琴摔琴的曲折故事。而另一位年长的同学又跟我说及刘禹锡在玄都观里前后两次观桃所写的诗，对其虽遭贬谪，仍不失幽默、诙谐的精神大为赞叹。而我还从小收音机里收听到根据唐诗故事改写的小说：《红叶题诗》、《人面桃花》，更被一片迷离惝恍的人情所深深感动。至于从《人民文学》上读到一篇历史小说《李贺之死》，更有益于我在读这一短命天才的诗章时初步做到知人论世，理解得也更深。上了高中，我的阅读面进一步扩大，也有了一定的知识基础，可以更深地进入唐诗的堂奥了。不知是因为别人的启发，还是因自己的需要，我有意在某一段时间，专读某一位唐人的诗作。于是我在一个暑假里专读杜甫，而另一个暑假，则专读李白。不仅通读了他们的诗选，而且还个个背诵五十余首。这对我建立文学的感受，积聚写作的才能极有帮助。可惜，这种方法没有坚持下来，只是在大学时代，因为选修课中有一门"李商隐研究"，我才又集中地读了李商隐的诗作，当时能够背诵李商隐的诗约七十首。李商隐的诗的婉约、朦胧之美对我构成一种永远的诱惑，我的写作多多少少受到了他的影响。

　　我读的唐诗不止这些，但这是给我印象最深的读唐诗的经历。我后来常恨自己小时读的唐诗太少，如果在这方面受到更好的教育，我的文学功底或许就要厚实多了，起码不至于像现在这样的捉襟见肘，而我的写作水平也将上升不止一两个层次。我也时常想再给自己补课，各种唐人选集、全集买了不少，但读后记得住的已不多了，我才知道，有些课程缺失了，将永远无法补上。这就是不可替代的"童子功"，对人的一生有决定性影响的"童子功"，打好它是多么重要啊。现在的孩童从几岁开始就在父母怀里背诵唐诗,一识字就可以接触那么多的唐诗读物,相比于我当年是多么幸福啊!

　　当然,我掌握的唐诗不多,主要还怪自己努力不够。就是现在,我也还不时翻阅唐诗,再次感受其历久弥新的韵味与魅力。

手抄本、稿本与剪报

人在十三四岁时,犹如处于一天中的熹微初露、霞光焕发的清晨。一个新鲜的世界在他的面前徐徐展开,他对未来抱有美好憧憬,总是想去兴致勃勃地融入并认识这个世界!

我生长在乡村,生存条件自是十分艰苦,但是承接着大自然的阳光雨露和亲人的照拂,我就像一棵幼树拼命地扎根于脚下那薄薄的一层土,努力抽枝长叶,汲取一切营养,企图尽可能长得茁壮。这似乎一直影响到了今天。

汲取营养的重要来源就是求知,就是读书。除了学校里的课本,几乎所有能遇见的图书对于我都有一种天然的引力。一书得来,摩挲不已,抚弄翻阅没个够,那份欣喜无以比拟。 可惜那时的乡村,图书是多么难得一见。小学时不用说了,所读极其有限;上了初中,交际的范围扩大,同学们偶有书刊交流,心灵才时常得到一些滋润,但犹觉不够,便一再追逼要好的有一定交际能力的同学,希望他们能搜罗到好书提供给我。

有一个同学早年随父母下放回原籍,但好像还有亲戚远在上海。我至今还记得新时期伊始,他去过一次上海,回来向我津津乐道那里重新开放舞场,男女牵手翩翩而舞,对于深居僻壤的我们来说,此真不啻异域仙乡。他因为有些见识与阅历,所以能提供更多的书刊给我,我也将我所拥有的提供给他,包括父亲为我订的《人民文学》。有一次,他还回来的一期《人民文学》,其中一篇丁玲的《杜晚香》不翼而飞,我不仅紧急追讨,拿回来后还给他一番谴责,而他为了赔礼道歉,则神秘地告诉我,他可以给我搞一两本手抄本来看看。

"文革"时期由于文化的禁锢,各种手抄本一时间格外流行,著名的如什么《一只绣花鞋》《梅花党》《第二次握手》,其故事我作为一个乡野孩童都零星听说过。其中《第二次握手》已将正式出版的消息当时我就曾耳闻。多少年后,我到了一家出版社工作,一位从外单位调入的副总编正以他整理手抄本小说名噪一时,而且他言之凿凿地说他正是其中某两部手抄本的原创,我觉得真是巧极了。而那时在乡野,这些手抄本我们无缘得见。我只当那个同学也只是说说而已,但他信誓旦旦地说他能办到,并在某一天傍晚放学后,把我和一两个同学召集到校外的坡地上,向我们展示一册残破的手抄本,打开一看,原来是"臭名昭著"的《少女之心》。传抄和阅看这样的手抄本，几乎与"犯罪"同语，这一点我们是知道的，所以他也只让我们匆匆一翻，看了几段叙述便收起来了，无非是赤裸裸的"身体描写"，对于青少年当然容易引发绮思。这本手抄的小册子在面前晃一晃就被拿走，我们虽觉无奈，也感到还是远离它比较心安。我以为这看手抄本的事就这么过去了，没想到，这位同学几天后又把我拽到校园一角，塞给我另一册手抄本，并说这可以好好看看了。我不知道是什么，低头一看，却是《天仙配》的剧本。我那时已看过《天仙配》电影，我没有想到还能看到剧本，当然就欣然接过来了。

　　回家在灯下展读，这册手抄本让我激动，感觉它展示了电影所没有表现的文字的美。它除了让我看到了电影里所有的台词——有的在看电影时没有听清楚的现在清楚了，它的唱词更是让我吟咏再三。当然今天只记得那些著名的唱段了，如"手拿开山斧一张，肩挑扁担上山岗……""树上的鸟成双对……"以及"槐荫树开口把话提……"从手抄本看到的《天仙配》有种"童话"色彩；而且，它有舞台布景的安排说明，这使我第一次看到了剧本的写作格式。看完后，我意犹未尽，便决定自己也手录一本。我这样做了，但一个晚上显然不够，于是我第二天央求我这位同学，继续借我一天，他却坚决不同意。最后，我提出了交换条件，并请他当晚在我家吃饭，然后让他看着我把它抄完。那是一个春天的夜晚，雨后天气尚寒，抄完《天仙配》，他执意要回家。但他须走一段较长的山路，天黑而路滑，我与家人不放心，然而没法，只好让他提上一只灯笼，手里还拿着一把菜刀以壮胆。他果然安然无恙地回了家，第二天在校园里见到，他只嘻嘻一笑露出两颗虎牙。三十多年过去了，那本我手抄的《天仙配》早已消失无踪，而这位同学也早在二三十年前就已作古，愿他在地下得到安息。

我上小学、中学每天都经过公社大院，从小就喜欢在那里逗留，看院子里的树，看进出院子的人，甚至看餐厅外的那口水井。而公社里的干部总把我们往外赶。但到初二，我就可以理直气壮地在这里出入了，因为与初三班的一位同学相熟，而他的父亲是教育干事，院子里有他一间宿舍。我常到这位同学——准确地说是他父亲的住处闲聊，谈读过的小说，谈唐诗宋词，偶尔还能从他的床铺枕头下摸到一两本书刊。有一天，我实在找不到什么可读的，我的同学看出了我的失落，便告诉我，他父亲的写字台上还有一本不知谁写的剧本《李愬雪夜入蔡州》。我赶忙去翻，果然找到了这个剧本，是用蓝色墨水写在我从未见过的十六开大稿纸上的厚厚一叠手稿。我拿回家，连夜读了起来。它叙述的是唐宪宗元和九年冬，朝廷调集兵马前往淮西平藩镇之乱的故事。我此前似乎已经知道韩愈参与过这次军事行动，但事件的前因后果并不知详，更没有感受到那是一场多么严峻的斗争。我找到的这个剧本手稿展示了这一平叛战争的惊心动魄，我从中读到了一些历史知识，并感受到战役的主将李愬是一位智勇兼具的英雄。我记得剧本一开始就写到了唐军据守的城堡，以及守城的战士望着寒冷的、飘着雪片的天空等让人心中一凛的情景，还记得李愬力排众议，决定出其不意雪夜进军的经过，更记得为了混淆敌人视听，唐军将蔡州城外一口池塘的鹅鸭惊扰之后发出嘎嘎的噪声这一细节。这个剧本写得环环相扣，气氛紧张，而塑造的人物形象丰满，我读后觉得很有气势，很带劲，激发出一种强烈的正义感。它的唱词都是整饬的长句，很有诗的味道。我很喜欢这个剧本，而我的这位同学此后也一直没有向我讨还，我就乐得留在身边，偶尔还再次翻看。一两年之后，我认为再也没有人要这个剧本了，又见这厚厚一叠大稿纸，它的背面还可以写字，就将它对折裁了，装订成两个本本，准备自己在上面写点"诗歌"——我那时正狂热地喜欢"写诗"。到底写了多少，写了什么，早已忘却，多少年来，却一直后悔：真不该把这么好的剧本毁了。我不知道这个剧本是原创还是抄录的，更不知是出自何人之手，如果是原创而且这还是唯一的原稿（不知排演过没有），那我的罪过可就大了，我毁掉了一件多么好的艺术作品，或许还是作者多少年甚至一生的心血！呜呼，想起来，我简直不能原谅自己了！

在公社大院里频繁出入，我还有一个目的，就是可以溜到门口的传达室里阅览报纸。那里总是摆放着一个报架，架上报纸有《人民日报》《解放军报》《参考消息》等。没有书读的日子，报纸上的文艺副刊正可以解渴。我一般中午上学途中会溜进去读一阵，就是星期天，我也偷空或借机跑到公社来看报。常常一版副刊读下来，我忘记了窗外的烈日炎天或天寒地冻，而我的心早已随着报上的文字飞到了祖国各地——巴山蜀水、延边草原、南国海岛、鞍山南北，甚至邻邦朝鲜、泰国、缅甸以及更远的非洲雨林、地中海边，眼界自不消说进一步被打开。我也于此知道了当下的一批作家诗人和刚刚崭露头角而后一步步成名的作者。多少年后，我还有幸与其中几位相遇，心中自是有一种亲切感。当我与这些作家朋友一起畅谈，心中总还像泉水似的涌现当初从报上读到他们华章时的印象。

有些报纸副刊读了之后还爱不释手，怎么办？我便起了占有它的念头。估量着除了我，可能也不再有人读它（现在想来，这种想法是错误的），不如把这些副刊裁剪下来以什袭珍藏，可以反复阅读把上面的文字仔细品味消化。这一念头一经产生就遏制不了，便做起了偷偷裁剪的小动作，甚至不顾门房里还有别人也在读报，竟"公"然对面为盗贼，把那副刊悄悄撕扯下来，折叠掖好带走，如今念及，不觉总是汗颜，心想：可耻啊！然而当初虽怀着怦怦乱跳的心，却硬着头皮做下，实在是经受不住这些文字的诱惑。

撕下来的报纸带回家，都按类整齐地放好。加上父亲常常带回或我光明正大地到父亲学校拿来的《文汇报》笔会副刊，以及到我的一位当过几年民师的表叔家讨来的几张《少年报》，我积攒的报纸已是厚厚一叠。我写作文或写诗，开笔前想激发灵感，总自觉不自觉地要先翻翻这些报纸，似乎也总能从中获得启发。积得多了，父亲告诉我：你不如把你喜爱的文章剪下来，贴在本上，这样翻阅起来就更方便。他甚至向我提供了厚厚一叠八开的白纸，于是，我便剪刀加糨糊，开始了"剪报"；就像编辑排版一样，将大大小小的诗歌、散文紧凑而合理地粘贴在一张张白纸上。甚至父亲也参与了许多文章的剪贴。因为这些文章是刚从报纸上剪下的，在我心目中有"时文"的感觉，与我的几十本藏书放在一起，更显出鲜活的气息，虽参差不一，然而也称得丰富多彩。这一剪报活动，我断断续续坚持到上了大学。有一年暑假，我邀请县城里的一位"诗友"来家做客，我们回忆起自己当初开始"创作"的准备及发表的第一步，我便捧出了这厚厚的剪贴本，并毫不隐瞒地介绍我从这些文章中得到的启发。我见他频频点头，就自告奋勇地说要将这珍藏了多年的、乳汁般哺育过我的一摞剪报送他，目的其实是换来他手里的两本外国诗集一读。他一时受我蛊惑、渲染，竟二话不说就答应了。他带走了这本剪贴，我后来在他家里却也再未见到它，我不知他是否读过了，或许遭到了他的鄙弃也未可知。我颇有点后悔自己野人献曝式的举动了，于人无益反而显出自己之"陋"，是多么的不合时宜，何况这些文字若搁到现在自己翻翻，多少还可以唤起对既往的一些回忆。

"一生都与文字亲"，是我的一种自我期许或自欺；但确实是从童年发蒙开始，我便与文字与书籍结下了不解之缘，虽然基础是那么的薄弱，就是后来自己一再努力，也未能登堂入室，只能略窥文学的门径，但是我不后悔，并十分珍惜来到我生命中的任何一行诗意的文字，任何一页灵动的篇章，任何一部有意义的书籍，一直到如今……

抄 书

热爱写作的人，恐怕或多或少都有抄书的经历。这里的抄书，不是指抄袭别人的文章（拿去发表），也不是指在文章中引用别人的文字，如有人说周作人晚年的文章喜欢大段大段地用"引文"——殆同书抄；而是指在练习写作之初，看到好的文字欲加强记忆，发现仅停留于阅读还觉不够，便自己拿笔把它抄下来，以加深印象，有的是整篇整篇地抄，有的甚至是把一整本书都抄下来，这种办法看似很笨，其实还是很见功效的。这是有成功的先例的。

鲁迅先生是不世出的大文豪，其文好比"李杜文章在，光焰万丈长"，有人说他是天才，他确实天分高，但其实也是经过一番艰苦的磨炼的，他很小的时候就曾抄过很多书。周作人在《鲁迅的故家》之五十三这一节就专门讲到鲁迅的"抄书"：

……这总在癸巳以前，在曾祖母卧室的空楼上，南窗下放着一张八仙桌，鲁迅就在那里开始抄书的工作。……那时楼上有桌子，便拿来利用，后来鲁迅影写《诗中画》，是在桂花明堂廊下，那里也有桌子一两张闲放着。最初在楼上所做的工作是抄古文奇字，从那小本的《康熙字典》的一部查起，把上边所列的所谓古文，一个个的都抄下来，订成一册，其次是就《唐诗叩弹集》中抄寻百花诗，如梅花桃花，分别录出，这也搞了不少日子，不记得完成了没有。这些小事情关系却是很大。不久不知道是不是从玉田那里借来了一部《唐代丛书》，这本是世俗陋书，不大可靠，在那时却是发现了一个新天地，这里边有多少有意思的东西呀。我只从其中抄了侯宁极其实大概是陶谷假造的《百药谱》和于义方的《墨心符》，鲁迅抄得更多，记得的有陆羽《茶经》三卷，陆龟蒙的《耒耜经》与李翱的《五木经》等。这些抄本是没有了，但现存的还有两大册《说郛录要》，所录都是花木类的谱录，其中如竹谱笋谱等五六种是他的手抄，时代则是辛亥年春天了。不知道在戊戌前的哪一年，买到了一部《二酉堂丛书》，其中全是古逸书的辑本，有古史传、地方志、乡贤遗集，自此抄书更有了方向，后来《古小说钩沉》与《会稽郡故书杂集》就由此出发以至成功……

鲁迅当年抄的可真不少，为他后来的写作、研究打下了很好的基础。他的勤于抄录的习惯一直保持到后来，那就是著名的抄古碑，时间是 20 世纪初，他刚到北京的时候。其《呐喊·自序》中有一段文字透露这一消息：

S 会馆里有三间屋，相传是往昔曾在院子里的槐树下缢死过一个女人的，现在槐树已经高不可攀了，而这屋还没有人住；许多年，我便寓在这屋里钞古碑。客中少有人来，古碑中也遇不到什么问题和主义，而我的生命却居然暗暗地消去了，这也就是我唯一的愿望。

后来他的老朋友金心异（即钱玄同）来看他，还有一段"有趣"的对话：

"你钞了这些有什么用？"这一夜，他翻着我那古碑的抄书，发了研究的质问了。
"没有什么用。"
"那么，你钞他是什么意思呢？"
"没有什么意思。"
"我想，你可以做点文章……"

这是人们都耳熟能详的"故实"。从此，鲁迅开始做白话文小说、散文、杂文，现代文坛上诞生了一颗最耀眼的巨星。这"抄古碑"似乎与做"白话文"不相干,其实正是磨砺了鲁迅的文字,使它愈益精粹、锋利,所向披靡,这二者的关系大可以研究,在我看来,就是书法上鲁迅也是受魏晋碑刻影响很大。

从上面一段引文中,我们可以知道周作人小时候也是抄过书的。确实,抄书,哪怕不是整本地抄,差不多是每一位作家必经的阶段。我在大学阶段跟师友们学习作诗,就曾见我的一位诗写得很好的师兄,在一本十六开大笔记本上抄满了当时诗坛上高手的名作,他翻开来一一指点给我看,让我既惊叹又仰慕。他后来的很多诗歌作品都获奖,当然也就非偶然了。

我认识的作家苏北,大约也是抄书的好手。他抄的是汪曾祺的作品,其时他在家乡的银行工作,开始对文学发生兴趣,但如何把文章作好,他尚且"不得要领"。从朋友的谈话中,他第一次听说汪曾祺及其作品,找来一看,觉得亲切(他俩的家乡都在高邮湖边)、有味,从此开始成了国内最"资深"的汪迷,一手文章也越写越漂亮。他有多篇文章回忆这一经历,其中《三十年前的四个笔记本》大约是介绍得比较详细的一篇。

我得到了一本《晚饭花集》。为了学习他的语言和写作方法,我把他的《晚饭花集》用大半年时间给抄在了四个大笔记本上。其实也就是单位发的大号的工作笔记本。我认认真真地一个字一个字地去抄。有心得了，就在边上用红笔进行批注。

……一个春天一个夏天，我把《晚饭花集》抄完了。后来我不知道从哪得到的信息，知道汪先生在北京京剧院工作，我一激动，就把这四个笔记本给寄了过去。寄过去并没有得到回应……

后来苏北到鲁迅文学院进修，适逢汪老来讲课，他得到机会，还问过汪老这四本笔记本的事，汪老只"嗯嗯噢噢"了几声，未置一词；但几年后，汪老自己在文章里提到了这件事，说他曾收到"一个包装得很整齐严实的邮包"，原来是"一个天长县的文学青年把我的一部分小说用钢笔抄了一遍！他还在行间用红笔加了圆点，在页边加了批"，并说"看来他是花了功夫学我的"。

虽然，汪曾祺告诫文学青年："不要学我"，其实那是有一定写作经验之后的事，最初，哪个作家恐怕都是从模仿开始的。苏北后来登堂入室，取得的成就证明了这一点，他的抄书也便成为文艺圈一"佳话"。

我从小喜欢文学，喜欢写作，自然也从小喜欢东抄一点、西抄一点名家的作品，但大多是零零星星的，没有整本地抄过。高中读书时，为应付高考写作文，我用白纸装订了一个刊物式的本子,就在上面很抄了些"锦句格言"与名人轶事逸闻。甚至在初中读书时,我就抄过一些唐诗宋词,还从同学那里得到本县一所省级重点中学用铅字印刷的优秀作文选,曾发愿全部抄录下来,但因为时间有限,只匆匆选抄了几篇。我抄得比较多的是新时期的诗歌,这多少也是因为受前面提到的诗人师兄的影响。我记得从复旦诗社出的选刊《海星星》上就抄了好多篇,还有《九叶集》和蔡其矫的诗。大学毕业,决心考研,理论基础薄弱,我有意识想弥补一些,看到同乡知名学者方孝岳的《中国文学批评》,很喜欢,也决心把全书抄下来,以提高素养,锻炼笔力,可惜也只抄了一半就懈怠下来;其他的,就是陆续抄过一本西方哲学简史和一些短章,总的来说,外国诗歌居多。我抄书的历史就这一点,少得可怜,这是自己懒惰、不肯花功夫的缘故,使得现在我的文字水平还不是很高,对比先贤和同辈作家,当然是很觉惭愧的。

书 癖

"人无癖不可与交",这话似乎有几分道理。因为"癖"往浅里说是"爱好",一个人一点爱好都没有,除非是神仙或修道中人,一尘不染,清静如闲云野鹤,甚至连修道之人也是有爱好的,那就是他所修之道。稍稍往深里说,"癖"是"癖好",爱好成癖,也就是上瘾,说明习惯养成已是根深蒂固,执念很深。这样的人,个性大约也就出来了,即沾染上了所"癖"之物的气味和色彩。某种程度上而言,这样的人的确有几分可爱,身上有人间气息也。

我生五十年矣,真没想到,这么快就糊里糊涂、不知不觉地过去了这么多岁月。为什么糊里糊涂,大约也是有一份爱好在牢牢地吸引着自己的注意力,甚至朝朝暮暮,心心念念,寝馈其中,所以没怎么分心去思索这日子怎么过,漫漫长夜怎么打发。这种爱好就是读与写,而且读是第一位的,这是从小养成的习惯,不仅是习惯,甚至可以说是与生俱来的刻骨铭心的执着与爱恋。日积月累,自然成癖，那么，不叫书癖，还能叫什么呢？

我的书癖，大约有那么两三端。其一就是强烈地寻觅书、搜罗书的欲望。虽然还不能说已到"爱书如命"的程度，但的确是觉得这是一种灵魂的需要，与灵魂有百般牵连。如果要我说一句关于书的"名言"或"警句"，我会说，书是灵魂的伴侣。伴侣在一定意义上是另一个自己，需要时时刻刻在的，也就是如影随形。如果缺席了，就觉得灵魂不完整了，必须时时有未读的新书陪伴在侧才能安心，否则就会食不知味，寝不安枕。于是放出眼光，打开感觉神经，雷达一般去搜索什么地方会有好书。一旦能够精准"定位"，便坚定不移地走过去，把它拿到手里。

每到一个地方，我最关心的是有没有书店，若在大城市，不仅要问有没有新华书店，还要问有没有旧书店，因为近十多年来，我已养成逛旧书店的习惯，甚至认为旧书店比"新书"店更有魅力，以其有过去那么多时光积存下来的陈年旧货也。我怀念20世纪90年代北京街巷里的书香味。那时候，几乎是每条大街都有书店、书摊，到处都可见陈列待售的图书,那真是书的饕餮盛宴啊！可惜，如今这样的风光不再，大量卖家都转到网上销售，这是互联网发达的必然结果，我买书也转移到网上，即便不是每天也是隔日就去旧书网上溜达一圈。

这种搜书、买书的癖好似乎并不难理解，一般人都会有，但是，我由此还衍生出一种"陋习"，那就是到别人家做客，一进屋，眼光就直直地扫向主人的书房；想方设法进去后，则目无旁视，直盯向书架书橱。如果主人深藏密锁，还要尽量用言辞去打动人，请他打开宝藏，让我去参观一番。有的书房里，一排排书橱"缥缃满架"，更是令我目迷五彩，挪不动步子，一边啧啧称赞，一边摩拳擦掌，想抽出一两册翻阅把玩。那种神态，可以说很没风度，但我似乎也无暇顾及了。你说这不也是一种接近病态的嗜欲吗？

其二就是对买来的每一本书都十分爱惜。新轾之物，臻臻至至，漂亮干净，看着就赏心悦目，何况是大家或名人思想、灵魂的结晶，真的令人爱不释手。有时翻开来，还忍不住要闻闻书香，看书前，桌子上要铺上崭新的报纸，手要洗得干干净净。看的时候，要好好地翻看，不要用劲拉，容易使书脱页；看到什么地方，记住页码，不要折页做记号，甚至不夹书签（假如久放，书签也会对书页造成影响）；最好不要在书上用笔画线，精彩的地方默记于心上——因为我发现，即便画了线，也未必就能记住。也不轻易在书上直接批注，实在想写点感想，那么就裁个小纸条写下来，夹在书里。堆放书要稳当，如果倾倒，让书"摔"到地上，总觉得像摔了孩子那样心疼，万一把书脊碰皱了一点点，更是惋惜不已，会一再用指甲把它压实、抹平。

这些年多买旧书，书一拿到手，就要用纸巾给它做初步的清洁，有的是塑膜封皮的，更可以用纸蘸水小心地给它擦洗一遍，但千万不要将水淋湿内页或书口，如果淋湿了，会懊恼半天。接着，要进一步整理，比如书不平展的，要想办法使它尽量平展；如果有折页、卷页的，也要使之展开；书脊和封面有裂缝的，用胶水、糨糊把它粘好，脱页的也尽量对齐粘好；如果有缺口有撕裂的，也尽可能垫上薄纸把它粘上；有馆藏标签的，要小心翼翼地将它揭去。揭标签的办法是用火烤，使用于粘贴的胶水糨糊尽可能融化，揭时不损书皮。有的书口已发黄变旧，那就用砂纸把它仔细打磨，直到重现清新为止。

如果经过这么一番整理，品相仍然不佳的话，那么就找一张质地好一点的纸把它包上——我一般直到这时才包书皮，而不像有些爱书之人，每买一本都给它穿上书衣。作家孙犁先生不就有一部《书衣文录》么？由此看来，我爱书的癖好还没有到极端。我也不是那么喜爱收藏毛边本，不像那些高"段位"的藏书家列身于鲁迅所说的"毛边党"。我总觉得，齐斩斩的新书多好，参差不齐我不是太喜欢。

不管怎样，我的书癖种种总是一定程度地存在，好像至今还乐此不疲，我也暂时没有戒掉的想法。但是无论如何，不能走火入魔或偏执。在这方面我是有教训的。上大学的时候，由老师作伐，和一位高中同窗谈朋友。她在另一所大学上学，我去看她，顺便在那个城市的书店里买了一本海外华人的诗集。书放在她宿舍里不过一两夜，再取走时，发现她用钢笔把封面的花纹描了一遍。我心疼不已，一下午一连三次提到这件事。最后，她恼怒了，委屈地说："难道这书比我还重要，值得这么反复说！"我一想也是，顿时哑口无言，且心生愧意。

还有一回，我从一家旧书肆逛回来，自行车上捎着一套全新的《全唐诗》，非常漂亮，有二十多本。我仔细用绳子捆扎好，还特意调整了松紧度，生怕把它勒坏了，小心地骑车往回赶。快到家时，过一个路口，当时天色已暮，大家都比较着急。我的自行车不小心碰着了一位正走路的青年妇女，碰得不重，但车座后面的书还是滚下来了，摔在了地上。我心里一紧，连忙下车嚷道："我的书——"那位妇人看了看我，开言道："一个男人骑车碰了人，不问人，只问书！"我的脸顿时发起烧来，想起圣人曾经"不问马，只问人"的轶事，我到底还是修为不够啊！我向那位妇人投去歉意的目光，说了声"对不起"，心里更是不由感叹："你教训得对！"这件事直至今天都没有忘记，大约一辈子也不会忘记。

一见难忘

我总觉得,一个人喜爱不喜爱读书,可能有很多天生的成分。嗜书如命的,生来就与文字亲。他从识字开始,就如饥似渴地寻觅书籍,仿佛书里有他渴望的宝贝,有他灵魂的东西,必欲得之而后快。

幸抑或不幸,我就是属于这一类人。从小就喜欢看到的、来到面前的每一本书,总想把它拿到手,打开它,来一番阅读,领略它所展示的风光,就像听一位老人讲述他的故事,在他的娓娓倾谈中流连忘返。

但我生在乡间,小时候所能接触的图书非常有限;幸好稍稍长大,改革开放伊始,思想禁区被打破,能看见的图书日渐增多,但限于自身的条件,许多图书仍可望而不可即,来到眼前的有些图书,我仍只能稍稍寓目或仅能给予一瞥,遂"忍痛割爱";然而在长长的岁月里,仍然念念不忘,总是想什么时候把它搞来,一读为快。

《白香词谱》就是其中之一。这是清朝嘉庆年间靖安人舒梦兰编选的一部唐人至清人的词作集，所选的每首词后面还详细列注平仄韵调，示人以作法，所以称为词谱。我非词家，甚至基本不写古体诗词，但这部书自从我第一次见后，就一直存在于我的记忆中。前些年，我甚至不知其作者及其内容，只知道有这么一部书存在。因为我一直没有忘记初见的情景。

那是20世纪80年初，我在读初中，某天班上来了一名插班生，姓刘，是我所在公社书记的儿子。他对各门功课均无兴趣，唯独对语文还比较上心，尤其喜欢古典诗词，这与我一拍即合。于是我们便有了一些来往，常常一起谈谈读过的诗和书，虽然我们知道的都少得可怜。有一天，可能在我的要求下，他带我去了他父亲在公社大院的宿舍。一间稍大的屋子，里面光线并不太好，中间是一座四柱架构的大床，挂着蚊帐，旁边还有一张比较庞大、比较沉重的写字台；其时，他父亲不在，好奇的我正好可以东看看，西看看，但并没有看到什么稀奇的东西，只在其床头柜上发现一本封面上有花枝图饰而纸张已略略泛黄的书籍。我拿起来一看，只见封皮上写着"白香词谱笺"五个字，翻开来是竖行的排版和一个个细长的大字。我念了念书名，并问我的同学，这是白居易的诗词吗？我记得白居易又号"香山居士"，但我的同学却回答，不是，是清人编的一部词谱。然后就催我放下，以防让他父亲发现有人动了他的东西。我们也就很快离开了。从此以后，四十年来，我都没有忘记这部书，也在书店遇见一两次，但我并不写古体诗词，所以一直没买。直到前些日子，我实在忍受不住对这部书的好奇，欲一窥其庐山真面，才在孔夫子旧书网上下单，买来一本当年出版的《白香词谱笺》，并打开端详其封面图画及内文格式，得知其系"舒梦兰辑，谢朝征笺、顾学颉校订"，于一九五七年二月由文学古籍刊行社出了第一版，翌年重印。此书之得，我有一种"他乡遇故知"般的欣喜与满足。

大约也就在我看见《白香词谱笺》后的一两年，我又碰到了一本让我记挂了三十多年的书——《挤奶女的罗曼史》。这是一部很寻常的书，如果着意搜罗，早不难得到，但平时接触的书那么多，也可以说是应接不暇，所以也就一直让它在记忆中沉睡。

我是在本县文化馆的一位馆员家里看到这本书的。那时候我已开始文学创作，写些诗歌，偶或投稿给县文化馆的杂志《龙眠文艺》（先是报纸，后改为杂志），也就认识了文化馆的工作人员，有汪老、朱老，还有年轻的项老师、伍老师。伍老师从安徽大学毕业不久，在省报上发过很好的散文，也让我读之不忍释手，因在文化馆里出入，不知怎么我们就认识了。有一天去登门拜访。那一天，他妻子也在，他们似乎新婚不久，一个长得漂亮，一个也很帅气，青春作伴，活泼而有生气，真令人羡慕。我不知跟伍老师谈了哪些，大约不是很多，但我却清楚地记得在他家的沙发上放着一本《挤奶女的罗曼史》。我拿起来翻了翻，知是由安徽文艺出版社不久前出版的外国中篇小说丛刊中的一种，收有好几位外国作家的作品，"挤奶女"不过是其中之一。但我一见这一浪漫的书名就有一种阅读的欲望，甚至在头脑里想象：在炊烟袅袅的草地上，一个姑娘手提着一桶奶，从一群奶牛身边走过……我多么想了解她的"罗曼史"啊，可是面对认识不久的伍老师，我哪里能开得了口，所以就沮丧地告别，离开了伍家。没想到，我从此再也没有见过这位伍老师，他上调到了省城，在省报工作，只是偶尔还能听人讲起他在本县文化馆的一些逸闻。而《挤奶女的罗曼史》也就成为我放不下的一本书。幸运的是，我在北京喜欢逛旧书肆，而80年代初出版的"外国中篇小说丛刊"以及与之同时出的"外国抒情小说选集"在书肆里常常出现，有一次就拿到了这本《挤奶女》，只是封面与记忆中的似乎不同，当然是我将这本书与别的书的封面搞混了。而内容也不像我猜度的，不是一个底层女性爱上贵族而后被抛弃的故事，但也有近似的地方，挤奶女是爱上了一个贵族的人物，而那个"贵族"也爱她，但贵族最后却割舍了自己的爱，去促成了她与原定未婚夫的结合……情节颇有一点莎翁戏剧的风味。

我上了大学，读书的机会大为增多，一般情况下，不存在见到了却无法得到，只得失之交臂的事儿，但也有例外。十多年前，我在京城经人介绍认识了一位藏书家赵先生，曾前去拜访。到他家一看，不由暗吃一惊。他收藏了几万册图书，有专门的两居室用来囤书。我一一浏览他的书橱书柜，真可谓缥缃满架，琳琅满目，蔚为大观。我本想借阅几册只闻其名未见其"实"的图籍，但遭到了拒绝，我也理解一位藏书家的原则，只得再次贪婪地"检阅"一排排书脊；但这么多，一时也浏览不尽，只把目光停留在最感兴趣的部分。一是他收齐了百花文艺出版社所出的小开本散文集，那真如百花齐放一般，让我目眩神迷，钦羡不已；另一是港版书，尤其是香港三联书店出的一套"回忆与随想文丛"，其中收了巴金、徐铸成、胡絜青、新凤霞、柯灵等人的集子，尤其是有几本黄裳的散文集《山川·历史·人物》《珠还集》《晚春的行旅》等。这些集子大陆都出过简体字版，但这套港版，用纸高级，设计典雅，齐齐楚楚，非常漂亮，让人爱不释手。我一见就割舍不下，非常想把它们搜罗到自己的箧中。幸好现在有孔夫子网，一上去搜索，总能搜到，只是价钱都不便宜，但心爱之物，怎以价钱论，于是便陆续下单，买来了《山川·历史·人物》，还有《小荷集》《急转的陀螺》《梦痕集》等，放在书橱最显眼的一角，热爱至今。

类似的情况也还是有的。几年前，我给国家图书馆原副馆长杨讷先生出一本书，为确定书稿，去他家拜访了几次，每次对他家的藏书都有一种探宝的欲望，可惜每次来去匆匆，都只能"入宝山"而空回——不是说得到，是说看到。其中有一次见其座椅上摊开一本近似画册的书，拿起来看，方知是杨先生的老师周一良先生的回忆录《钻石婚杂忆》。随手翻一翻，见里面插图甚多，形式流行的"画传"类读物。匆忙之下，我以为这也是一本香港三联书店的出品。后来，我也念念不忘这书，但很快知道这是大陆的三联所出，我也毫不犹豫地在网上下单订购了一本。但最后去杨讷先生家，我请求他带我参观他的藏书，他也有一间大藏书室，里面中外典籍都很多；而尤其令我眼馋的是他夫人的卧室，那里也有整整两个大书柜，而且大多是外国名著的中文版本——他的夫人是位翻译家，曾任《世界文学》杂志编辑，所得名家签名的译本数不胜数，特别是网上最受欢迎的外国文学"网格本"，几乎都齐全了，而且大都是精装本，其中大多有译者签名，这真是珍贵无比啊。一见之下，毫无疑问，我就两眼放光，而两腿撕掳不开了。

　　如今，杨讷先生已经仙逝，而据我所知，他的哲嗣也非学文，我真担心这些好书流散出去，也就风流云散，再也难得一见了。那么，我再是惦记，也惘然了。呜呼！

"浅游"琉璃厂

有人说:"不做无益之事,何以遣有涯之生。"我觉得这话有几分对。人生虽然有限,但常常觉得无用、无聊、无奈,如果不搞点小爱好,做点看似没有什么用的无益之事,岂不枯燥得要命。于是,有人打牌,有人钓鱼,有人搞收藏,乃至拍曲、写字、画画,我认为都无可厚非。这当中甚至可以算上吟诗、写文章。要知道并非所有文章都是"经国之大业"。

我也喜欢偶尔写点文章。因为要写,所以要读,搜罗图籍便成了我的业余爱好,其实也是一种"无益之事"。这似乎是从小就养成的习惯,只要听说周边有什么好的书店,我是想方设法都要去看看的,仿佛只有去了,才得安心。

我还远在安徽乡下的时候,就耳闻北京琉璃厂大名。我知道,琉璃厂是明清以来北京城著名的图书、字画交易场所,是住在北京、往来北京的文人学士必至之处。那里有一家家古籍书店，可谓缥缃满架，书画琳琅，更兼文房四宝，古雅芬芳，极是诱人。甚至听说，一些大文人把约会的地点都定在"厂甸"，几位知己或相熟的老友把臂书摊，一同披沙拣金，互相指点推荐，是何等的风雅、快慰！一来二往，他们与店伙都认识了，店伙会为他们留心搜集图册，孤本珍本不用说了，即便零本残本也是极为难得的。有的还直接把书（当然也包括字画）送上门去。远的不说，近代以来如梁启超、刘半农、陈垣、阿英、邓拓都是琉璃厂的熟客，他们的万卷藏书有多少都来自这里。鲁迅先生的日记里也频频提到去琉璃厂觅书。这是一个多么辉煌的所在，简直让人产生这样的感觉：去不去琉璃厂已成为是不是一个文化人的标志。因此，我不知何时，大约从很早起就对琉璃厂充满热羡和向往。

可是，我究竟是何时第一次去琉璃厂的，却记不得了。1990年夏天我第一次到北京参加研究生复试，却因为种种原因未被录取，因此在北京只有短暂逗留。在这短短的四五天里，我的两位在大学读研究生的同学尤其是北师大的那一位，也带我逛了几家书店，买了几本书，但去过琉璃厂没有，却毫无印象了。我只记得在一家书店那一长溜的旧书摊上，发现了一套《义门读书记》，才知古人读书是如此下功夫，而又以这么朴实的字眼给自己的著作命名，但我只翻了翻，怕自己看不懂，又因为价昂，踌躇再三而放下了。这是在琉璃厂的中国书店吗？有点像，但绝不敢肯定。

而记得比较确切的是第二年再来京复试，这次我确实到了琉璃厂。因为我不仅自己想去看看琉璃厂的风光，而且受我的一位酷爱古典文学的同事之托，在京代买一些古典文学图籍。我跑到琉璃厂一看，似乎与我过去读到的那些名人笔下的琉璃厂不一样，除了街道两边的房子似乎是仿古建筑的，那种到处可见图书摊位、觅书的人熙来攘往的景象一点也没有看到。当时我也想不到太多，就走进几家书店，按我那位同事的口味为他挑了二十来本，其中有《庾子山集》《陶渊明集》《近体诗钞》等，我自己买了没有呢？不记得了，要买也只买了一两本，因为我知道自己即将来京读书，机会还多。这二十来本书由店员用绳子扎好，提在手里沉甸甸的，我步行至和平门路口，看见一家邮局，心想何不将它邮寄回去得了，于是便走了进去，打包付邮。

这年下半年，我就来京读书了。按照我的性格，当年应该就会重游琉璃厂的。这时，我在心里对琉璃厂的大致方位似乎已有了一点印象，就是从和平门地铁下来往南走一段路，前面即是一东西向的街巷，初看上去与普通商业街也没有什么两样。我到了一十字路口往右（西）拐，就会看到沿街的确是开了一些书店，具体有多少，没有数过。有的确实是在书架上摆放着一部部蓝面牙签的线装书，到底是古代（民国以前）还是今人刻印的呢？看那崭新雪白的切口，我觉得大多是今人翻印，再上前一看，价钱都高得令人咋舌，我自是不敢问津。我只好转到卖现代印刷品也就是由出版社出版的新书店里看了看，大约都是由出版社设在这里的"专卖店"经销，整个店里几乎都只卖他们自家出的书。有一次，大约已快到傍晚，我匆匆忙忙在"商务"店里翻检图书，看一排排书架上摆满了"汉译名著"，有红色、蓝色书脊的两种，都是西方大学者的著作，如雷贯耳的名头，我当然是目迷神夺，爱不释手，可怜自己只是个穷学生，只选择了几种几年前就已出版的书，如黑格尔《美学》、孔狄亚克《人的思维是哪里来的》、卢梭《社会契约论》、列维—布留尔《原始思维》、斯宾诺莎《神、人及其幸福论》等。又在中国书店或古籍书店，买了几本唐人诗集，如《杨炯集》《王维集》等。在读书期间大约还去过几次。也买过外国文学，如漓江版的诺贝尔文学奖丛书的《太阳石》《狮子与宝石》等，以及商务版罗素《西方哲学史》，这几种书都深得我心，抱回来读得很认真。

再次走上工作岗位，上班在宣武门，距和平门倒是很近。可是我这个人对地理位置向来懵懂，所以虽然知道琉璃厂"近在咫尺"，但仍不记得具体在什么地方，每次骑自行车前往，仍要向路人打问。很快，我记住了附近有北京师范大学附属中学，好像鲁迅先生在此演讲过。仍如学生时代一样，每次也只匆匆来逛一下，买三五本自己喜欢的而定价又不贵的现代印刷品，线装古籍照例是不敢问津。大约买过《菊与刀》《日本与俄国的现代化》《阿拉伯通史》《论法的精神》《美国的民主》等商务版名著，都通读了，感觉颇有收获。偶尔也到卖字画的店里张望一下，看那下面标注价格都是数千、几万，当然是极感"震撼"。后来读到张中行老人的《我的琉璃厂今昔》，说见荣宝斋里卖启功先生的字，20世纪80年代初一幅售价二百元，"不想又过了几年，连续有人告诉我，原来二百那样的，已经涨到六千。"我就曾在这家店里见过一幅启功的字在那里出售，标价是七千。不过那字写得真好，一改我过去读印刷品启功字给我的呆板印象，只觉得那笔画鲜颖、浏亮得不得了，就像姑娘亮晶晶的眸子，又像春雨过后一竿竿翠竹，简直就会说话似的，心里不禁大为佩服，想大家就是大家，如果我是一个富翁，我也会毫不犹豫地买下一幅。

　　新世纪到来，我当然仍偶尔去逛琉璃厂。最初几年，以前各出版社的"门市部"似乎只剩下三四家，我曾陪一位女同事去那里访书，还买过几本。我记得那位女士因喜欢纳兰性德，便买了一本《饮水词》送给了她。再过一两年去，那些门市部一一消失了踪影，而店面都换成堂皇、现代气派的画店。街道两边也常看到闲散人等两个一伙、三个一堆地跍蹴着或倚立在那里，每见一个来逛琉璃厂的人便有人扬起脸，望着你，甚至凑过来问你："要画吗？高仿的。"或直接就两个字："高仿！"这些人一看就知是从外地农村来的，不知通过什么途径做起这个生意。所谓高仿，就是可以乱真的名画仿作。而图书只有中国书店仍在经营。这家书店分成两爿，一爿是在海王村的南新华街，一长溜，有几间卖新书，有一大间专门卖收上来的旧书，但没一本是线装的；另一爿就在琉璃厂街上，上下两层，一层多卖绘画类书籍，大型画册等，最里边也有一间卖旧书，而二层一大间卖线装书，另一间卖旧书。我照例是只在卖旧书的地方浏览。有一次陪家乡一家报纸的老总看了琉璃厂那边的旧书，在卖旧杂志（一般都是合订本）的架子上还发现了刊有我旧作的杂志，同时在旧书架上买了中华书局出的《安南志略·海外纪事》和《岭外代答校注》。靠近海王村的中国书店旧书部我浏览得更细致。但这两处（是同一家单位）旧书其实都不便宜。我拣便宜的挑了一些，去年买了几册台湾远景版精装本诺贝尔文学奖获奖作品全集，三十元一册，最近去又买了两本，一本是《乐章集校注》，一本是叶灵凤《读书随笔》第三册，正好配上此前搜罗到的两册成为一套，其实这书我在80年代就有过一套，只是没有带来北京。

很想一提的是，前年我还曾带女儿来逛过一次琉璃厂，我心里当然祈愿她能热爱书籍，但她才七岁，未来如何，也难预测，不过她倒是吵着要这本或那本图书、杂志，我虽没有都答应，其实心里还是很高兴的。我还在琉璃厂那边的中国书店买了一套京剧脸谱小泥人送给她，是放在一长条形小纸盒里的，一共六个，稚拙可爱，只是那纸盒已经旧了，价倒不贵，十二元。另外，我们还蹩进一卖字画的商店兼私人工作室，观赏一中年书家在那里挥毫作书，我和他还略为交谈了几句，并得到他的一张名片。

今日的琉璃厂与昔日的琉璃厂相去甚远，这是没有办法的事。时间在改变一切，现在专心于搜罗并阅读、研究线装书的人可能越来越少了，像我这样的，也可算得半个读书人了，也基本上没有关注过线装书籍，主要的原因是没有那个经济实力，当然也没有那个"学力"了，所以，我逛琉璃厂从来没有体验过如古人，甚至我们的前辈淘选到孤本、珍本乃至丛残零本古籍的喜悦与快乐，也不了解这里面的经营流通等情况，因此，我逛琉璃厂当然只能像一尾小鱼，从不敢往深水里去，而只能在岸边上"浅游"了。即便如此，我觉得也不失为一种快乐。

北京的书摊

听到北京城里实体书店一家接一家关张的消息,总使人有些怅惘。虽说现在流行在网上购书,但偌大的京城里动不动整条街道都看不见一家书店,总使人感到缺少了什么——这多少有点像一座城市的布局,如果所见到的都是楼宇而很少见到绿地、公园,总是要让人感到枯燥乏味的。

二十年前,刚到北京,让我欣喜不已的就是这里随处都可以碰见书店,套句古语来说,就是:"十步之内必有芳草。"走不多远,一家小书店、一两家书摊就会闯入眼帘,一本本新鲜出炉的好书"獭祭鱼"似的摆在那里,令搜者见猎心喜,忍不住停下脚步去翻阅、去淘选,而他们也总能挑到一两本自己喜欢的图书,抱在怀里,欣欣然归去。曾几何时,这样的书摊、书店一个个从眼前悄然消失,现在要买一本书除了去网上搜索,就得跑很远的路去那硕果仅存的大书店了。而书店书摊的倒闭,一个不争的事实是读者少了,甚至连到网上书店买书的人都少了:人们学会了需要知道什么就在网络上阅读下载,而这种浅层次的、实用性的阅读,对于一个民族的文化发展意味着什么不问可知。

我怀念那些消失的书店、书摊,尤其是后者,当年数量更多,而形式更为简便——大多是昼开夜收的露天式的,就像路边的大排档总是吸引着三五个乃至一大群行人在那里,聚餐或独酌。正是因为有了它们,整个北京城里都散发着浓浓的书香,使北京成为不可多得甚至无与伦比的文化之城。然而,套句俗话说:这一道亮丽的风景再也看不到了,置身繁华的街头,一个真正的爱书人读书人当会感到荒芜与寂寞多了。

我所藏图书不多,几千册而已;其中就有许多来自街头的书摊。当年我就读的人民大学校园里就有好几个书摊。东食堂前面有一家,学校开的"新华书店"旁还有一家,这些都是我饭后或课余流连忘返的地方。有时即便不买书,站在摊前一本本翻开,摩挲一下,也是一种很大的享受。正是在新华书店旁的那一家,我见到了刚出版的《文化苦旅》,在众多的文学书当中,当时确有"一篇跳出"的感觉;而以写《乡场上》早已知名的何士光,他的散文集《如是我闻》也是在此进入我的视野,我对这样一位"写实"作家的书中竟透出一种禅意略为惊诧。这两本书我都没有买,但初见时的"书影"已深深地烙印于心。而东食堂前面的书摊我也不少光顾，一套《基督山伯爵》似乎就得之于此，而在这里买的《中国现代作家选集·戴望舒》，虽然只用几块钱买来，却一直是我的心爱读物之一。步出学校大门，往右侧一拐，也有好几家书摊在等着我们，甚至连一个小小的报刊亭，在重重叠叠的报刊当中也要空出一块地方摆上几本时鲜书以招徕爱书人的目光。在人大的最后一年，学校大门对面的一条小巷里突然冒出好几家书摊，是用铁皮和石棉瓦隔成的一个个单间，里面有顶天立地的书柜，也有平摊开来的铺子，好书鳞次栉比，连片展示，让人惊喜。这是我每隔一两天就必去的地方，每次去都不会空手而返。在这里到底买了哪些，记忆已经不确，但当一套《鲁迅全集》赫然出现在眼前，我的脚步便再也撕挪不开，这样的情景还像就发生在昨天。这套当年以一百五十元买下的《鲁迅全集》至今还摆放在我的书架上，并不时要打开来从中汲取精神的力量。

从人大毕业，我仍然要不时回到学校去看望还在那里读书的前女友。从宣武门外到海淀，有一段不近的路程。最初是乘车，但很快就喜欢骑自行车前往，因为方便。而在路经白石桥附近，有一天忽然发现几间简易棚屋前聚拢着人群，下车一看，才知是书摊，当即加入觅书的人群之中。一套人民文学出版社出版的《全本新注聊斋志异》拿在手里便怎么也不忍放下。除此我还买了张岱的《夜航船》和周作人的《饭后随笔》，算是意外之喜。而在我供职单位宿舍的周边，也是迭见书摊。跟在人大所见到的一样，这里街头巷尾的报刊亭也都售书，让我如入宝山，逛了一处又一处。在小区对面的报刊亭，我虽然有些犹豫，最终还是将一套价格不菲的精装本《丰子恺全集》收入囊中。在所住大院后门林荫道上散步，散了好几个月，才发现对街绿树掩映之间，竟然还有一家空军某单位开的"雄鹰书店"，差点失之交臂，在这里我得到的是一套初版的精装本《追忆似水年华》。而从住地走到长安街对面的中央电视台西侧的科协大院，也没有料到这里简直是一个书的集市——地下大厅布满了书店、书铺。每逢周末和节假日，店主们还将书搬到院子里，一家家书摊纵相连、横相接，卖书的，买书的，纷然交错，最盛的时候简直是摩肩接踵，双方问价还价，都忙得不亦乐乎。正是在这里，我买了五卷本大江健三郎作品选，彼时大江刚获得诺贝尔文学奖，其作品在中国也深受青睐；同样在这里，我还买了十卷本川端康成文集，虽然家中已有他的《雪国》《千只鹤》等代表作，仍然觉得买全了才甘心。而这儿的地下书城也就从此常逛，并与几位摊主建立了良好的互动。有时他们见到我会神秘地问：有禁书，要看否？但因为对此兴趣不大，至今不知那所谓的"禁书"到底是什么。

在单位宿舍住了一年多，搬进月坛南街八号院，正以离科协大院的书城书摊远了为憾，没想到第一次从三里河拐进月坛南街的入口，就发现这里也有一溜书摊，就像那些沿街的水果铺子一样，放书的木板倾斜向外，买书者三三两两沿街道溜达，恰如长滩拾贝。我从此总要往这里跑，寻觅心目中的好书，还学会了同摊主砍价。在这里，我买到了李泽厚《中国现代思想史论》，从而将他的三本"思想史论"都配齐了；还买了几本人物传记及佛经故事之类的杂书。记忆犹新的是这里的摊主中有一位袖珍姑娘，虽然身高只有一米多点，但动作十分麻利，从书摊与书摊之间的搭板下钻进钻出，拿书放书，收钱找钱，一切从容娴熟、有条不紊。

在那些日子里，我还喜欢在休息日骑自行车在住地附近闲逛。走不多远，在纵横交错、曲里拐弯的小巷尽头，说不定就会与一家小书店小书摊邂逅；当值的大多是从乡下来城里打工不久的小姑娘，个个面容清秀，衣装朴素；但隔不多久你再去，说不定她就学会了城里的时样装，让你忍俊不禁而又颇生感慨。

几乎是一夜之间，这些书摊说消失就消失了，虽然并非让人难以理解，但确实有点让人难以接受。当年那些书摊（包括有些小书店）虽说放在街头，曝日栉风，多少有些简陋，但是却让人感受到一种浓浓的书香无处不在，也使人觉得生活的充实、可靠。而现在,街道上的楼宇是越来越漂亮了,但少了书摊、书店的点缀,总让人感觉空荡荡的,最起码在一个爱书人眼里是如此。

不过十年多一点,当年的情景就不复再现,甚至让人担心那些硕果仅存的书店还会不会继续消失,想来怎不怅怅。

一个平凡人的书生活

我十分怀念在我生命的初年来到我面前的一本本书。这些书有的只是"看图识字"的连环画,然而,它们为我打开了一个世界,使我知道了,除了我所在的村庄和附近的几个村落,还有另外一个天空、另外的人们。它们或者说是他们引发了我无穷的想象。

使我始料不及的是,自从第一本书来到我的手上,会有无数的书接踵而至。一直到今天,我几乎每天都在跟书打交道,几乎每天都要读书,幸耶?不幸耶?我甚至觉得这是一种宿命。

然而我还是觉得幸福。因为几乎每一本书——当然是我喜欢的书,都能带我飞翔。摆脱羁束,任意翱翔,自然让人感到愉悦。每一次巨大的愉悦甚至能保留到今天。

趴在生产队打谷场那城垛般的干草堆上,迎着微寒的春风,我翻阅一本刚出版的本省的文艺期刊,我竟然有耐心一个字一个字把其中的一部多幕剧剧本读完,几位复出的老作家的名字从此在我心里扎根，而剧中人物与极"左"路线的斗争，也在我头脑里生动地展开。我一口气读完，甚至能在淡淡的暮霭里眺望到田野里浮动的一抹春色。刚刚喜欢上诗歌的我，是在同一期抑或另外一期刊物上读到了一组气势恢宏的诗作《八万里采风录》，抒写的是作者在欧洲几个国家采访期间生发的感慨与联想，写马克思墓和巴黎公社社员墙的两篇尤为扣人心弦。我根本没有料到，十多年后，我会来到北京在这位作者的手下工作，会上他家去做客，会接受他赠送载有这组诗的诗集。而当时，这中间存在多么长、多么大的时空距离。类似的经历还不止一次。

从小就似乎像一只蜜蜂，每天醒来所做的主要的事，主要的念想，就是寻觅那绽放的花蕊——书籍。一见到书，似乎就眼前一亮。于是，跟人千方百计地打听，跟有书的人千缠百磨。到父亲任教的学校去，最吸引我的就是有几本连环画、故事书读。小学四年级的暑假父亲让我去学校陪他，我提出的条件就是为我找一本书。父亲还真的从他的同事那里找到了一本撕掉了封皮，也没有了结尾的小说，写的是抗战期间海上的一艘轮船为了躲避日寇而四处漂泊的故事，也紧紧地抓住了我的心。我第一次从上面知道了"集中营"这个名词。及至后来，我才知道它的作者是一度颇有名气的陆俊超，我在复刊后的《人民文学》杂志上还读到过他的短篇（也是那么吸引人），可惜此后很难再读到他的新作，但是，他在我心目中已有了崇高的位置。

没有书读的日子是多么百般难耐。而在我那穷乡僻壤，没有书读的日子总是居多，于是只能读老课本、读字典，也一再翻箱倒箧，寻觅父亲所藏的几本杂志几本书。历史课本是从村里搜罗来的，上面一幅唐代西域各民族在长安的插图，让我第一次见识到别的民族人物的状貌（很觉新奇），那本范文澜先生主编的《中国近代史》所叙甲午海战（同样有幅照片插图），第一次在我年少的心里激起国家遭受欺侮那无可名状的耻辱与悲愤，并且刻骨铭心。没有书读，我一次次跑到小镇上那唯一一家小书店，递上几枚积攒多时的硬币，千挑万选才挑选到几本少年时能读懂的小说和童话：《新儿女英雄传》《哑铃铛的故事》《俄罗斯童话选》。后面的一本可算是我读翻译文学的开始，其中所收高尔基的那则"伊则吉尔老婆子的故事"——《丹柯》深深震撼了我，丹柯把自己的心掏出来引领他的民族走出绝境的壮举，在我眼前树立了一座顶天立地的丰碑，及至多少年后，我都要以之为题写一首诗歌。

搜书几乎是每一个读书人的本能。我很早就沾染上了这一"贪婪"的习惯：四处搜寻，甚至要占为己有。到外婆家做客，也是向舅舅打听他可有书；答曰：没有，只有几本《康熙字典》。那也好啊，可以识得几个奇形怪状的字。于是，踩着摇摇晃晃的楼梯，上了那座几乎直不起腰来的阁楼，将一只鼓鼓囊囊的麻袋打开，拿出四册古色古香的书，满心欢喜地下楼，虽然并没有识得几个字，放在身边也觉踏实。或许这就是"爱书人"的普遍心理。我甚至因此而受到"嘲讥"。几年前在与几位老同学聚会时还有人提及此事，说是他的书一到我手里就危险，就大有"黄鹤一去"之势，我与其说是讪笑以对毋宁说是在偷乐。不过这多是早年的事了，是的，在读大学的时候，我就从这位同学那里借得三五本外国小说和诗集而未归还，但现在我几乎不致如此，相反，因为自己身在出版部门工作，一有好友莅临，我都要送上整摞的书；有的不想要，我还有硬塞给他的意思，仿佛人与我心同此理，欲则同嗜。

"坐拥百城，何假南面而王。"我现在才体会到，读书人（如果自己也勉强算得一个吧）念兹在兹都是书，真的有点如魔如痴的味道。不断地买书，就像春燕衔泥，一本本的书从四面八方衔进书巢。最初是满箧满柜，后来是几大书橱，最后是几面墙壁都塞得密不透隙，还在不断地涌来，然而还要搜寻。正如我在一首拙作里提到，仿佛在这个世界上存在那么一本书，对于你，它是这个世界上最好的一本书，它的每一行每一个字都呼唤和对应着你的灵魂，你不把它寻到绝不放手，而之前所有的书都是阶梯，都是前奏。其实，我的意思是在暗示，这样的一本书是绝不会存在的，如果硬要说存在的话，那就是靠你自己写出来。正如蜜蜂采百花酿蜜一样，你搜寻成千上万本书，就是为了写一本能安慰你自己灵魂的书，对于你自己来说，那是一本"大"书！

因此，我很欣赏许多前辈的生活：一生在读书、编书、写书中度过。但是，要真正做到这些，谈何易哉！书，我虽然日日在读，却并不像有些人所说的那样，书越读越薄，而是越读越觉得知之甚少，越读越觉得还有那么多的书必读应读而未读。编书，是我的工作，且不去说它。写书对于我更是一件难事，虽然我已发表了数百篇诗文，但除了自印几种聊以慰藉外，仍无一本到坊间行世，勉强弄个书号倒也不难，总觉意义不大，总还想写一部百读不厌的诗集，然而谈何易哉，甚至有点痴心妄想。转而又觉"书到用时方恨少"，唯有不断地访书，如深海探骊一般，想于古今典籍中萃取精华，庶几有实现愿望的一天。于是，足迹几乎踏遍半个北京城的大小书肆，近来又习惯于三天两头在"孔夫子旧书网"上浏览，发短信、用银行卡转账，换来一本本"一版一印"的老出版物，怀着期待的心情拆封，沏一杯绿茶，在灯下久久摩挲、翻阅。在这 E 时代，过着清寒而充实的平凡人的书生活，不亦快哉！

读书三态

平生唯一觉得比较快慰的是多少读了一点书。四十余年来一直在读书，虽然还有那么多书没有读，许多也没有读透，但总算还是这么一直读着。

喜欢读书、一直读书的前提，当然是能读得进去。其动力是向往书中展示的世界。如果缺乏向往（实际上就是求知欲），谁会长年累月地青灯黄卷，打发或者说挥霍那么多的时光哩？

我承认我对这个世界包括写在书本里的世界（书本里的世界其实是外在真实世界的折光或抽象），有着无穷的向往甚至幻想，我要无穷无尽地追寻下去，所以也就必然会一直读下去。

读书人在书的世界里漫游，悠然自得，总是很幸福的。我感觉那是或如对长江大河，胸襟顿阔；或如遇小桥流水，身心俱适；或如在山阴道上行，目不暇接；或如飞升璀璨星天，华光烨烨；有时也如置身十面埋伏，铁马金戈……

总之是使心灵获得解放,思绪得以自由驰骋。而当读至入迷处,简直是与之融为一体,彼此不分。此时,在外人看来,那神态与表情大约已与平时有所不同吧。

回想我的读书经历,情绪被完全牵制以至神态有异,总是不期然而出现。读着读着,受到感染,双睛湿润或鼻子发酸的情况,自是不免,就是再大一点的"失态"也非没有。

我不知道有没有人读着读着而放声大哭的,而我从前却有过两三次。典型的一次是在读研时,二十多岁,正值青春年华,总觉未来可期,正好读到朱东润先生的名作《张居正大传》。我素知张是明代有名的改革家,他提出的"一条鞭法"影响深远,便编入中学历史教科书;而一旦翻开《张居正大传》,从张的家世和出生读起,不知不觉便被带入其中,直至感情渐渐在一定程度上与之相融。大传随着传主的经历延伸,写其大踏步登上权力的顶峰,把想做的事情一一实践,可谓旋乾转坤,宏图大展,一定程度上止住了大明朝的颓势,端的是令天下多少读书人羡煞愧煞!而即便如此,他在仕途上也并非都一帆风顺,也不得不时常面对宦海的暗流或惊涛。幸亏当时的慈圣皇太后即神宗皇帝的母亲还算开明,能够予居正以信任,才使得他履险如夷,大刀阔斧地施展抱负。可以说,古代几乎所有读书人的梦想或者说终极追求,即所谓的修齐治平,在他这儿得到了实现,其事业之鼎盛在中国历史上都很罕见,做到了所谓名垂青史。这对于我这样一个幻想多多的年轻人,该有何等的吸引力或者说诱惑!所以当我读到居正因父亲病逝而不得不回家奔丧,辞朝时与小皇帝依依惜别的一段对话,真是感慨不已;再也抑制不住内心的滚滚波涛,先是鼻酸,继之眼热,随后喉咙经受不住气流的冲击,竟咧开嘴放声恸哭。

这一段文字今天读来似乎已经很平淡了,其曰:

这一天居正到文华殿,神宗在西室里坐着。居正面奏道:"臣仰荷天恩,准假归葬,又特降手谕,赐路费银两,表里及银记一颗。臣仰戴恩眷非常,捐躯难报。"

"先生进前来些。"神宗吩咐道。

居正向前挪近几步。

"圣母与朕意,原不愿放先生回。"神宗说,"只因先生情辞恳切,恐致伤怀,特此允行。先生到家事毕,即望速来。国家事重,先生去了,朕何所倚托?"

居正叩头称谢,又说:"臣之此行,万非得已。然臣身虽暂违,犬马之心无时无刻不在皇上左右。伏望保爱圣躬。今大婚之后,起居食息,尤宜谨慎。这一件,是第一紧要事,臣为此日夜放心不下,伏望圣明,万分撙节保爱。又数年以来,事无大小,皇上悉以委之于臣,不复劳心；今后皇上却须自家留心，莫说臣数月之别，未必便有差误。古语说：'一日、两日几万'一事不谨，或贻四海之忧。自今各衙门章奏，望皇上一一省览，亲自裁决。有关系者，召内阁诸臣，与之商榷停当而行。"

"先生钟爱，朕知道了。"神宗说。

"臣屡荷圣母恩慈，以服色不便，不敢到宫门前叩谢，优望皇上为臣转奏。"居正说。

"知道了。"神宗说，一边又叮咛道，"长途保重，到家勿过哀。"居正感动得了不得，伏地呜咽，话也说不得了。

"先生少要悲痛。"神宗安慰他，但是神宗也呜咽了。

居正叩头，退出西室，在他退出的时候，听得神宗和左右说："我有好些话，要与先生说，见他悲伤，我亦哽咽说不得了。"……

我不知道当初读这段文字为什么那么感动，大约为所谓的"知遇之恩"吧。居正与小皇帝之间的关系确实有点"异数"。臣在君面前已不像是战战兢兢的奴仆，当然也不是所谓的帝师，君也不再是高高在上的神圣，彼此之间像家人那样真诚关切。这样的君臣互相关心、体贴的情形，恐怕是千载难遇的。我当然是为居正庆幸，但也为这样的场面亘古稀见，多少士子皆辗转在专制的淫威之下，战战兢兢，如牛似马，一任驱使、宰制，遂有一种"前不见古人，后不见来者，念天地之悠悠，独怆然而涕下"的感觉！我把头放倒在学生宿舍那光光的床板上，（被子拿去晒了。）放肆地号啕起来。幸亏室内无人，不然当会惊诧莫名。

这大约也可看出当年我的性情之一斑。不管怎样，这倒是个人阅读史上的一个特例或者插曲。

这样的情景当然也不常见，大多数时候的阅读都很"正常"，反应也是微弱的，有点情绪也只如一缕涟漪，从心底轻轻漾开，表面上不会看出有什么异样。但还是有例外，一些文字甚至瞬间就能引起我生理的反应，如紧张时候嘴里会顿时觉得一片焦苦；还有，我读不得记述川菜的文章，因为在我的印象里，川菜总是以辣著称，而这样的文字会迅速调动起我食川菜时的一些感觉，头颅的上部便腾得如同燃起火焰，随即面红耳赤起来，而最后则是脸面上沁出一颗颗的汗珠。

那一阵子是我最苦闷的日子，我只得一个人待着，倍感寂寥。幸好还偶或有书籍来到我的身边。我就坐在一张旧沙发上，沉浸于那似乎离我较远的一行行文字。正是在这时，一篇记述川菜之辣的文字跳脱出来，一个个菜名跃入眼帘，同时头脑里映出的都是红彤彤的画面："肥肠血旺"，一大盆猪血、毛肚，加上豆芽与大堆的红辣椒一起熬煮，你说那是什么滋味？它给室内的空气都增加了热度；"麻婆豆腐"，豆腐浸泡在红油辣椒和豆酱之类的佐料里，真的是又麻又辣，仿佛钳住了人的舌头，又炙烤着人的整个味觉，让整个口舌又麻又辣又糯又欢快火热，即便是不敢下箸却又欲罢不能；"麻辣脆肚"，主料是胖头鱼的鱼肚，加上芝麻（少许）辣子凉拌，佐之以糖、醋、盐、油，那真是吃上一口也觉热辣火爆；"川味香肠"，肠里的肉都裹着辣椒末末……这样的文字勾起我对吃这些菜时的想象，周身一下子热乎起来，而整个味觉如万条蚯蚓苏醒，蠕动着，嗖嗖地松动我的感觉神经，最后鲜红的辣椒便铺天盖地，笼罩了我的整个头部神经。我便如蒸了一次桑拿，所有的知觉纤维都沁出了咸咸的水星，从脖颈上，从发丛间，从面颊，潜滋暗涌，很快就洇湿一片，接着便串联到了一起，汇成大大的水珠，一颗颗地往下滴。怕滴到书上，我便弯下了腰，很快地面上就洇湿了一片……

这也是从未有过的经历，连我自己也不敢相信，读一篇文章，竟然读得这般大汗淋漓，而且不可遏止，恐怕也是世间少有。但毫无疑问，它是真实发生了。我以前读枚乘的《七发》，所记楚太子得病，无药石针刺灸疗可以诊治，有"吴客往问之"，欲以"要言妙道说而去也"，结果一番话，几段夸张形容之后，太子还真的"涊然汗出，霍然病已"，我素不相信能如此，而当自己读书以至汗出如浆,始信有之。

在读书过程中,读到会心处,莞尔而笑,大约是每个人都可能有的,但读到有趣的地方,忍俊不禁,放声大笑呢?或许同样会有,但多乎哉,不知也。我也不多,但有一次特别难忘,大约也是在寂寞中,所以记忆较为清晰。

我读的是孙犁先生的著作。孙犁的"耕堂劫后十种",很能适合我当时的心境。因为孙犁先生经历了一场大动乱,整个世界观似乎都改变了,对人世虽然不说是完全失望,却也灰心了几分,因此,他的心便常常处于孤独寂寞甚至凄戚的状态。

但是有一天,我读到了他的那篇《删去的文字》,忽然发现他在困境中依然保持着一线"生机",这生机就是对人世的留念与向往。

那段被"删去的文字",是孙犁怀人文章中记述在"文革"期间接受"外调"的事。所谓"外调",就是某机构派人到当事人之外的单位去调查,这是"文革"时期的一个"热词",而接受"外调"的人常常感到被审讯,因此在心理上总感觉不快,甚至会产生厌烦以至过激的言行。孙犁先生自是免不了要多次接受外调,但有一次似乎有些不同,且看他写道:

在我处境非常困难的时候,每天那种非人的待遇,我常常想用死来逃避它。一天，我又接待一位外调的，是歌舞团的女演员。她只有十七八岁，不只面貌秀丽，而且声音动听。在一间小屋子里，就只我们两人，她对我很是和气。她调查的是方。我和她谈了很久，在她要走的时候，我竟恋恋不舍，禁不住问：

"你下午还来吗？"

正是读到了这里，我哈哈大笑起来。我是那么高兴，我高兴一个老人长年行走在一片凄风苦雨的荒秽惨淡之地，忽遇一泓清泉而从内心深处焕发出一种喜悦，由此可以看出老人对人世犹存着爱恋；我更佩服孙犁那么不加掩饰对美、对青春的倾倒与欣喜，也喜欢他写得那么婉转而风趣。一句"你下午还来吗？"暴露出老人内心深处的渴望与期冀，这是多么可爱的老人，不，是多么可爱的男子，因为那一刻，青春与生命力又回复到这位作家的身上。这是多么美好的事，如果我有酒在手，那就是不仅大笑出声，而且还要为他浮一大白。

读书而读到这样的"境界"，大约总是可以聊以自慰的吧。

杜老送我的书

今年是著名的九叶派诗人杜运燮诞辰一百周年。第一期《诗探索》理论卷刊出了纪念特辑,缅怀这位对中国新诗做出重要贡献的诗人。

我也沉浸在对他的怀念当中。我与晚年的杜老有过一些交往,这成为我终生难忘的回忆,其经过我已写成《老树着花有清采》等文,在两家有影响的报刊发表过。

但我还想着重谈谈他送我的书。因为几乎每次去他那里,他老人家都会送我一两册书,主要是他自己的著作和同为九叶派著名诗人穆旦的作品——由此也可以看出他与诗友穆旦非同一般的情谊。

可惜早年,我没有十分特别珍惜一些作家签名题赠的著作,在某种情境下,就轻易送或借给了别人,以致今天写起文章,印象就有些模糊了。我只有尽可能打捞我的记忆。

我是大约在 1995 年的秋天第一次去拜见杜老,因偶然发现我们住在同一个大院里而跟他联系的，至今还记得当初在电话簿上看到他名字时的惊喜。第一次见面，我听他讲述了他的"来历"，谈话一个多小时，临别时，他拿出一本《穆旦诗选》送我，此书只是薄薄的一小册（一百多页），是杜老受委托编选并撰写了一篇后记，由人民文学出版社 1982 年出版，因先前我就有这本书，所以后来不知送给了哪一位同行。

这次见面时杜老还提到他正在印一本《杜运燮诗精选一百首》，系自印，因他儿子有一朋友在印厂工作，愿为杜老出版这么一本著作。果然，到了这年 11 月中旬的一天，我再去见老人时，他拿出了一本印得很朴素的诗集送我，似乎比一般小 32 开还小一点，但十分厚实，排版也大方、优雅，一看就让人很喜爱，封面上只简单印着书名，好像还注明"非卖品、供交流"，连图画也没有，但扉页上写着"北京教育学院印刷厂印刷"。杜老送我时，在书上题了"李成兄留念"几个字。一个"兄"字让我看到老人的谦逊。新世纪后，家乡诗友来访，我因有杜老别的诗集，乃将之赠送给了他，现在想来，当然颇为后悔。但当初我爱不释手，读了又读，开始感受到"杜诗"的独特魅力，就是朴素其表，内在却很有新意，对描写的事物，总是能找到自己的独特视角，因此，杜老的每一句诗都是出自自己的哲思与深意，非常难得。最末的《自画像速写稿（一）

(二)》,好像再未收入其他诗集,我多么想再读读啊!

第二年元旦后一日,我再一次走进杜宅,听他聊了聊写诗的经验。他除受外国现代派诗歌影响外,还十分喜爱唐诗,这一点也深得我心。这一次,他送了我一册他所著诗集《你是我爱的第一个》和大家纪念穆旦的文集《因为一个民族已经起来》(也是由杜老领衔主编的)。这两本书,我都非常喜欢,至今仍放在书橱比较显眼的地方,不时翻阅。

特别是《你是我爱的第一个》,由马来西亚霹雳文艺研究会1993年出版,小32开,收入作者海外题材诗作33首,不足百页,看上去也不像是正式出版物,而像是用打字机打印出来的,但装帧设计跟真正的书几无二致。封面上有一棵迎风舞动的椰树树冠,彰显本书的热带特色。目录后有"自序"一篇,叙述此书由来:1992年3月,作者在时隔四十六年后回到出生地——马来西亚霹雳州实兆远探亲访友,引发无限感慨,写下《你是我爱的第一个》《出生地拾梦》等诗作,表达心中的一片深情。此行还去了他青年时代曾经工作过的新加坡,亦有献给狮城新作;再加上20世纪40年代写于海外的诗歌,一共分成"马来西亚篇""新加坡篇""泰国篇""缅甸篇""印度篇"等五个部分,可见作者早年阅历就丰富多彩,让人有他非成为诗人不可的感觉。

这本朴素的小书，我不知读了多少遍，就是因为其中的感情深厚而真挚，写出来却朴素而优美，读来隽永有味。其中长诗《滇缅公路》《马来亚》，写得尤为精彩，是作者成名作与代表作，当年就受到朱自清、闻一多等大家的赏识。而新作如《岛忆》中的诗句"从高空俯视／小巧玲珑的滴翠小岛／是一颗名贵的绿宝石"，如《狮岛写意》："这个花园不是／坐在或躺在阳光下／而是悬浮在阳光中／也不总是浮在阳光月光中／甚至更朦胧／常常会化成一个梦／带着花园和鱼的梦"……都诗意盎然，让人身临其境。

到了1996年初夏，我又去拜访杜老，在他家客厅见到已有五六个客人正在那里商议着什么，其中有一位儒雅的年龄比较大的夫人，杜老介绍说是穆旦夫人周与良教授。他们正在讨论出版穆旦著作。果然，几个月后有《穆旦诗全集》问世。我再去杜老家时，他从室内取来一部送我，精装，绿色封面，1996年9月由中国文学出版社出版。我记得当初还在客厅里与该书的责任编辑文钊坐在一起并小声交谈过几句。此书前不久我还拿出来翻阅，但转眼又消失在书堆里，遍寻不见。不然可确切地知道杜老送书的日子，上面有杜老的题字及日期。

很快就到了1998年元旦，新华社以新华诗社名义举行酒会，为杜老祝寿，我应邀与会，可以说是分享了一份诗的光荣。在与杜老相见时，他告诉我，他编的《西南联大现代诗钞》已经出版，下次我去他那儿，他将送我一本，并说到这部书中完整收入他早年的两部诗集《诗四十首》和《南音集》，资料性比较强。我心想，这是多么诱人的一部书。可惜，我没及时到杜老家去取，这年三月，我就因故离开单位。一别三年，再回来，去拜访杜老，已是2001年的5月3日。这天晚上，我去他家小坐，彼此谈了别后情况，我说我看到人民文学为他出的《60年诗选》，十分漂亮；他告诉我，此前，中国文学出版社已为他出了一部诗文选《海城路上的求索》，说着便从内室取出一册，签名题字，并介绍这个书名的由来。我如获至宝，回来逐字逐句读了数遍，从中汲取有益营养。我尤其喜欢其中的散文，因为许多是第一次见，且多写他童年、家乡，是一份宝贵的资料，写得也很优美，曾选入南洋华文课本。

这是我最后一次见他，翌年，他便与世长辞。我在心中悲痛叹息良久。

我曾在《老树着花有清采》一文中提过，我极想为他出版一部散文集，我觉得他应该有这么一部文集。我最近从旧书网上搜罗图书，发现他的散文集已于2006年由中国戏剧出版社出版，但不是单独书号，是丛书中的一种，书名取得也不是太好，叫《热带三友，朦胧诗》，但其中收入他的散文作品较全，他20世纪50年代初在香港出版的散文集《热带风光》亦应尽在其中，我毫不犹豫买来这本书，读时既感觉与杜老晤对，又恍若置身南洋，同时从他三位亲友的回忆文章里进一步了解到他的身世和人生经历，对他的人格与人品愈加崇仰。我也想到，如果他健在，我去看他时，他一定会再一次题词赠给我这本集子，可惜，他都已逝世 16 年了。

但杜老的诗文，我总觉得读来还像第一次读一样亲切有味。

乡间的书友

现在想起来，当年我在那穷困闭塞的家乡，虽然好书难觅，也并不是一点书没读。虽因时代变迁，四书五经之类的传统典籍不可能读到，但现当代文学作品还是看了几本。这端赖乡间一些和我一样喜爱看书的书友互相"接济"。

忠实的书友当中有我的同窗阿杰。他比我还小一岁，平时寡言少语，总是喜欢手持一卷独处一隅，沉浸在文字的世界里。虽然你看他在功课上似乎并不怎么用心，但天资聪颖，任何数学、物理难题到他手里都会迎刃而解；因为喜爱读书，语文尤其是写作也很优秀，所以他一路顺利，考入重点高中，又被保送上了西北某名牌大学。我们从小学就在一起破蒙，常常形影不离，所以他看的书刊，大部分都能流动到我手里。而他那个村子里正好有几个喜欢看些"闲书"的，所以书源几乎不断，我有时简直弄不清他从哪里弄来一些"怪书"，如《郁离子》《错斩崔宁》《笑府》《虹桥作战史》，以及《激战无名川》

等读物。有的书在他手里也是一闪而过，如《基督山伯爵》《西沙儿女》，等到我向他借，他说已经还回去了，如此神秘，叫我无奈其何。真的没书可看时，我们把他父亲的赤脚医生手册都翻了多遍；而一册农村历书式的读物《东方红》，虽然每年出一册却像一本综合性杂志，里面既有二十四节气及一些农耕知识，也有戏曲、快板书等乡村文艺，读来也觉津津有味。我还从他那儿借阅过英汉对照读物《西方传说故事选》，记得其中一个故事讲到一位失败的英雄躲入山洞，从蜘蛛不断织网中得到东山再起的启发，此外还有达摩克利斯之剑等故事，我读后至今不忘。我常常和他歪在他家那简陋的木床上，沉浸在手捧着的书刊里，对外界已然无知无觉。

在阿杰的村里还有我们的一位学长。我从小跟他熟络。他比我高四五个年级，为人温文尔雅，简直不像农家孩子，虽然家境窘困，但他把自己和家里都拾掇得干干净净。我常常一有空就跑到他身边，与他闲谈，从他那里我知道了不少文学掌故，如《太阳照在桑干河上》《暴风骤雨》获得斯大林文学奖，刘绍棠上学时课本里有自己的文章等，让我燃起对文学的无限向往。他还打开他的笔记本，同我一起欣赏他摘抄的古诗文，甚至把它们读给我听，如韦庄的《思帝乡》："春日游，杏花吹满头，陌上谁家年少，足风流……"《九张机》："一张机，采桑陌上试春衣，风晴日暖慵无力……"他陶醉其中，念完后不住地赞叹：

"你想想这写得多美啊！"这些诗词都是我第一次接触，而他的赏析让我对艺术审美有了最初的体验。更难得的是，我第一次从他那里听到大诗人艾青的名字，因为他的笔记本上抄了艾青复出后发表的第一首诗《红旗》，我至今还记得他跟我说：你看这开头连续用了几个比喻多好："火是红的，／血是红的，／山丹丹是红的，／初升的太阳是红的。"他后来去县城上了高中，学校有图书馆，他借回的书有时也在我手里停留，我尽可能快速浏览。其中有柳青的《铜墙铁壁》、姚雪垠的《长夜》，甚至还有一本谌容在"文革"末期出版的长篇《万年青》。有一次他带回一册本县一中印的优秀作文选，我借来连续两晚抄录了好几篇。1980年，这位兄长考入信阳某学院，我们还有过通信，他回乡时赠我一本《现代游记选》，我珍藏至今。

邻村有一位与我往还比较多的女书迷。她是方家抱养的女儿，据说是她那都是公职人员的亲生父母在"文革"期间受到迫害，不得已把她送人的。这样的出身也使她比一般农家少女出落得更清秀脱俗，何况她那么喜欢看书。一本本不知从何而来的名著总会神奇一般出现在她手上。从她那里我得以读到《林海雪原》《青春之歌》之类的"红色经典"。我们不仅交换书籍，还经常交流"读后感"。我们曾在一起讨论过《三家巷》里的陈文婷和《青春之歌》里的林道静，还猜测过《林海雪原》作者在后记中提到的"妻子"是否就是小说中的白茹。让我惊异的是，电影《地道战》原来是根据同名小说拍摄的，与电影不同，小说似乎涉及男女主人公的爱情，虽然没有铺展开来写，点到为止，也足以让处于青春期的我感觉特别美好。后来这位书迷远嫁他乡，但她一直保持阅读的习惯，多年后，我从北京回乡度假，她还来我家看我，其时她正身怀六甲，我们见面仍兴奋地大谈当代文学，我很惊讶，她对当红女作家，如陈染、林白的作品竟比我这个中文系学生还熟悉。

那时借来的书大多都不知道其来处即真正的主人是谁。一本《格兰特船长的女儿》只记得是本村阿国哥借给我看的，他给我的期限很短，到时就得还回。正值盛夏，我日以继夜，用一天一夜把它看完。晚上站在白炽灯下，头顶热气腾腾，身上汗如雨下，还被蚊子咬出几个大包。但书中描写的海洋风光让我不忍释卷，曲折而巧合的情节更是让我惊喜得直想欢叫。我多么想多读一些凡尔纳的科幻小说，我不记得《十八岁的船长》是不是同时读到的，其他的《海底两万里》可就无处可觅。上了初中，我从一个比我大两岁的男孩手里借来了一本《格林童话》，感觉眼前仿佛打开了一个五光十色的天地，什么拇指姑娘，什么会自动开饭的桌子，什么不来梅的音乐家，背景和故事都那么新奇，除了觉得匪夷所思，我也常常被逗得笑出声。为了和那个男孩借书，我把从我同学手里借来的一册《西游记》转借给了他，谁知却惹了一场不大不小的麻烦，因为他把书给弄丢了，我被书的主人追得很紧，只得多次跑到这个男孩家去讨要。可惜的是，这么喜欢阅读的少年成家后不知为什么自杀了，这真令人心伤而百思不得其解。

后来我结识了一些远方的书友。有一对书迷兄弟，父亲做大队干部，所以哥哥早年就读到了高中，弟弟是我初中的学兄。他俩搜罗读物的路子很广，我常往他们家跑。有时得一书，只能当场读，我就停留在他们家的柴房里，忍饥忘渴，一睹为快。其中有《童话选》和《科幻小说选》。我还读到了张天翼的《大林和小林》。这篇杰作情节生动至极而又风趣幽默，时常逗得我忍俊不禁，哈哈大笑，回来忍不住要向别的小朋友复述其情节；而那些科幻名篇也引领我张开想象的翅膀，飞往未来的时空。

"童年啊，你的整个经历，毫无疑问，像航行在春水涨满的河流里的一只小船。"孙犁在他的名作《铁木前传》结尾所说的这句话，让我深有同感。我也是一只小船，我的漂流，也可以看作阅读的历程，我航过的这条河虽然说不上多深多广，但也可以说涨满了春水，这让我在这条河里不仅获得了对这个世界的初步认知，也时常感觉到一种冲浪般的欢愉。

小城书店

去年腊月，我回故乡度岁，住在县城，闲来无事，当然要上街逛逛。第一个要去的地方，还是新华书店，距城中心的广场不远，走几步就到。门面倒是貌不惊人，走进去一看，多少有点讶异，宽敞的大厅里不仅靠墙的书柜里摆满了图书，中间设置了许多书架，架上的图书也极丰，形成一道道超过半人高的书的墙垛，整个书店被塞得累累实实，就我的经验来看，这已经不像是一个县级市的书店了，我所到过的一些中等城市的书店也赶不上这里；再进入文史图书区域，看到书架上的图书都插有分类的牌子，特别是我所熟悉的文学类图书，有许多是我在北方的大城市都没有见过的，就是最近几年诺贝尔文学奖得主的作品在这里都比较齐全，这真是有点出乎我的意料，说明文学在我家乡人们的心目中还是有着崇高位置，我不禁为之庆幸。

我不记得上一次到这家新华书店是什么时候，十余年来，我回故乡比较少，也不过三四次，有时还来去匆匆。在我的印象里，新华书店几乎还保持二十年前的样子。那时的书店好像不在今天这个位置，但也相隔不远；而且不像今天允许读者进到书店里自选，买什么书，还需要叫店员给你取来。外围一溜柜台是玻璃做的，里面也陈列有书。至于什么书放在柜台里，什么书放在靠墙的橱柜里，其分别的标准不得而知。

但这书店是我素来所崇仰和心向往之的地方，其原因就在对于书籍一直有那么一种执着的喜爱。这里是我一生真正与书结缘的地方。记得那时我还不到十岁，不知之前是否已经来过这里，抑或只是听说有这么一家书店而已，总之是做梦也想从乡下到这书店里来买一本书。我似乎已经想象得出这个专门卖书的场所一定有很多书，在我的心目中这是一个多么神圣的地方，它是我今生要跳的第一个龙门。我好容易等到一个机会，对门的二姑父家要到县城交公粮，我自告奋勇地帮他推板车。到了城里，我央求二姑父给我十几分钟时间到新华书店看看，得到允许后，便揣着十几个硬币赶了过去。果然有那么多的书摆在那里，还有三五个顾客在买书。我看不见贴墙的高高的大书橱里都摆放着什么书，只在玻璃柜前一遍遍地逡巡起来，甚至弯下腰，倒过头来，紧贴着玻璃，透过柜子中间那一道同样是玻璃做的横档，看摆在上面的书的标价，揣摩着自己手里的那一点钱能买一本什么样的书。算来算去，选中了一本小册子《英王陈玉成》。我那时是否已知道"陈玉成"是何许人也，记忆已经十分模糊了。买回这本书，我对太平天国的一段史实、几个英雄人物有了一点大概的了解，由此也开始了我买书，甚至说是"藏书"的历史，一直到三四十年后的今天，还在持续不断地买书、藏书。

后来，只要有机会，我总要钻到这家书店里逛逛，尽可能地买上一两本图书。我留在老家的藏书里，一套《中国现代短篇小说选》是初中时在这书店买的。初三那年来县里参加"文艺座谈会"，不用交会费、餐费，还得到两三块钱补贴，那正好去买书，选了一本《燕山夜话》。上了高中，学校在县城边上，每周上学、回家，只要进城，也尽可能到店里转转，买上一两本定价不太高的图书，足以欢喜大半天，甚至一整天。我特别记得买过《丁玲短篇小说选》《茅盾散文速写选》《庐隐选集》《罗亭·贵族之家》以及泰尔戈的诗集《飞鸟集》《游思集》《园丁集》等，还在这家书店买过减价书《南行记》《南行记续编》及《西行漫记》。这时，我已经能看清靠墙的书橱里陈列的每一本书了。巴金的《爝火集》《英雄的故事》在那里摆了好长时间，那个"爝"字我最初还不认识，查了字典才知是什么意思，心里一直在踌躇是否买它，不知为什么，最终还是没有买。另外一本《高粱红了》，也是如此。有意思的是，我在我就读的高中学校附近还认识了一位文友，他就在县城里工作，认识新华书店里的工作人员，他说他可以直接去书库里去"淘书"，这对于我是一种多么大的诱惑，我便请求他带我去。他在一天傍晚带我去了一趟，我就进了书店后面的一个小院，在一个小书库里看了看，也不过是几堆书堆在那里，我挑选了一本诗集：韩北屏的《夜鼓》。谁曾料到，十年后，我竟然与作者的女儿成了同事，承她好意，赠予我一套《韩北屏文集》；等她高升调往别的单位，没想到，我又与她妹夫庄先生在工作上有了一点交往，谈起往事，他又将珍藏的一本《夜鼓》赠我，这些对于我都是可珍视的书缘记忆了。

参加高考前，我在这家书店还买过《杜甫诗选注》《诗话与词话》《司空图和他的〈诗品〉》，认真读过，多少也算为上中文系初步积累了一点点古典文学知识。后一本小册子的作者，还是我大学时代的老师，在本省学术界也颇有声名。上了大学，每逢寒暑假，县城的新华书店也还是要逛的。买过一些什么，记不得了（好像买过一本《拉丁美洲抒情诗选》，可惜不久就被一位学兄借走，并且再也没有还回。直到今天我还怀念这本诗集），但《红高粱家族》，我也是踌躇许久而没有买，那原因可能是其中的《红高粱》一篇当初在《人民文学》上发表，我在第一时间就读到了，而且极为惊讶：还有这么好的小说！既然有了这一篇，是否还需买全书呢？我拿不定主意，但回到家，心里仍然放不下，便托上县城办事的父亲买回来，但父亲没有买回来，他言之凿凿地告诉我，那书已经被人买走了。而且只有一本。我感到遗憾，而且一直到今天都还觉得有些遗憾。莫言先生获诺奖后，我又从网上订购了一册，但已不是初版本，初版本在旧书网上已炒到一两百，甚至两三百元一本。我当然不是为惋惜这价钱，还是因为失掉了当初的书缘。

新华书店工作人员素来不多，只有两三个人。我很喜欢其中一个漂亮的姑娘。高高的个子，长而圆的脸庞，白皙的皮肤，清纯如水，一看就知道出生在城里。我觉得这么清纯的姑娘就应该在这里工作，就应该跟书打交道。我不时地去找她拿书过来翻阅，当然也从她手里买过几本书；也许是我的目光在她身上每次都多停留了几秒，她似乎也注意到我了。但是一切仅此而已。有一次好像是到了年根，我和我的父母一同去了书店，书店里人很多，几乎到了拥挤的程度，大多是来买年画对联的，那姑娘正在忙碌，我也没有去找她拿书。我的父母看这里嘈杂得很，就招呼我一同出去，母亲喊了我的小名，而此时我正离这位姑娘不远，顿时我感到我的耳根在发热，我不知道自己为什么这么觉得不好意思。

这好像是我与父母三人唯一一次同时出现在一家书店。

一回首，二三十年光阴就不知消失到哪儿了，一下子就跨到了今天，我正站在一个全新的书店里，周围簇拥着这么多崭新的图书。店里的工作人员只有一个中年妇女，她站在收银台边，我挑了三本书过去付款，情不自禁赞叹这里品种丰富。女店员微笑了，她说："我们这里是'文都'嘛！"我的心里也有了那么一种骄傲感：虽然外面社会上读书的风气日益减淡，在历史上出过著名的散文流派的我的家乡，这边风景到底还是有些不一样。